www.mayabook.co.kr

www.mayabook.co.kr

일구이언이부지자

일구이언 이부지자 ❶

지은이 | 이문혁
펴낸이 | 권순남
펴낸곳 | (주)마야 · 마루출판사
등록 | 2008. 1. 7(제310-2008-00001호)

초판 인쇄 | 2009. 1. 12
초판 발행 | 2009. 1. 14

주소 | 서울시 노원구 상계 1동 1049-25 신영산업 BD 602호
대표전화 | 02-2091-0291
팩스 | 02-2091-0290
이메일 | marubooks@hanmail.net

ISBN | 978-89-5974-363-6(세트) / 978-89-5974-364-3
정가 | 8,000원

잘못된 책은 교환하여 드립니다.
저자와 협의하여 인지를 붙이지 않습니다.

일구이언 이부지자

이문혁 신무협 장편소설

①

마루&만양

목차

작가의 말 …006

프롤로그 …009

제1장. 일어탁수(一魚濁水) …019
- 물고기 한 마리가 큰물을 흐리게 하듯
  한 사람의 실수로 인해 여러 사람이 그 해를 받게 된다.

제2장. 수주대토(守株待兎) …043
- 달리 변통할 줄 모르고 어리석게 한 가지만 매달리니 융통성이 없다.

제3장. 재자가인(才子佳人) …073
- 재주가 있는 남자와 아름다운 여자는 그물에 엮이기 마련이다.

제4장. 상전벽해(桑田碧海) …097
- 뽕나무밭이 변하여 바다가 되었으니
  세상의 일은 변화가 심하고 갈피를 잡을 수가 없다.

제5장. 갈이천정(渴而穿井) …123
- 어리석은 자는 목이 말라야 우물을 판다.

제6장. 교각살우(矯角殺牛) …151
- 뿔을 고치려다 소를 죽인다는 말로 잘해보고자 벌인 일이
  최악의 상황을 가져온 경우

제7장. 교외별전(敎外別傳) …179
- 마음에서 마음으로 전해진다.

제8장. 여리박빙(如履薄氷) …203
- 얇은 얼음을 밟는 듯 매우 위험한 상황에 처해
  위태로운 모습

제9장. 금석맹약(金石盟約) …239
- 쇠와 돌같이 굳게 맹세해 맺은 약속

제10장. 순망치한(脣亡齒寒) …263
- 입술이 없으면 이가 시린 것처럼
  서로 돕던 이가 망하면 다른 한쪽도 위험하다는 뜻

제11장. 남부여대(男負女戴) …291
- 남자는 지고 여자는 인다는 뜻으로
  오갈 곳 없이 떠도는 신세

외전 - 그날의 기억 편 …319

일구이언이부지자

작가의 말

 사람이 사람을 좋아하는데 이유가 있냐고 물어본다면 좋으니까, 라고 답하겠습니다.
 이유가 그게 전부냐고 다시 되묻는다면 그저 고개를 끄덕이며 미소 지을 뿐입니다.
 인류의 역사상 가장 단순하면서 복잡한 단어, '사랑'. 어느 누구도 하지 않을 수가 없으며 받지 않을 수 없는 숙명과도 같은 사랑. 그래서 정의(正義)를 위한다거나 협객(俠客)의 길을 가는 것 역시 '사랑'에서 시작된 또 다른 행위일 뿐입니다.
 자기 자신을 사랑하고 타인을 사랑하고 모두를 사랑하고 세상을 사랑하는, 인간 세상에 존재할 수 있는 모든 사랑의 이야기가 인류를 발전시키고 지탱해왔음은 누구도 부정하지 못할 것입니다. 그리고 그중에서도 가장 왕성한 호기심을 발휘하는 이성 간의 사랑은 귀엽기도 하고 달콤하기도 하지만, 애절하기도 하고 너무나 슬퍼 가슴이 저미는 경험을 하기도 합니다.

『일구이언 이부지자』를 이끌어가는 주인공 소관치. 그의 운명 또한 사랑하는 마음에서 시작되었습니다. 무와 협이 난무하는 도산검림(刀山劍林)에 사랑 하나만 보고 뛰어든 관치. 그리고 그와 함께하며 각자의 인생을 새롭게 만들어가는 수많은 사람들처럼 『일구이언 이부지자』를 통해 색다른 장르 소설의 길이 열릴 수 있기를 기원합니다.

2009년 1월
이문혁

프롤로그

"전 약한 사람은 싫습니다. 아무리 변두리 무관의 딸이라지만 전 무림인이에요."

마을 어귀 조그만 무관의 장녀 손소민은 관치의 고백을 받아들이지 않았다. 한동안 굳은 얼굴로 발끝만 바라보고 있던 관치가 잔잔한 목소리로 다시 입을 열었다.

"만약에 말입니다."

미련 없이 등을 돌리던 손소민은 소관치의 말에 잠시 걸음을 멈춰 섰다.

"당신이 말하는, 강한 사람이 되어 돌아온다면 제 사람이 되어주시겠습니까?"

관치의 질문은 감정의 고조를 느끼기 어려울 정도로 차분했다.

　손소민의 어깨에 작은 떨림이 일어났다. 그러나 떨림 끝에 흘러나오는 말은 여전히 냉랭했고 차가움을 보일 뿐이다.
　"글이나 보던 당신이 얼마나 강해질지 의문이군요."
　"사내는 일구이언하지 않는 법입니다."
　등도 돌리지 않고 차갑게 말을 뱉는 손소민의 태도에도 관치는 흔들리지 않았다. 오히려 당연한 것에 의구심을 품는 게 아니냐며 단호한 태도를 보일 뿐이다.
　일개 서생이 무림인으로 살아간다는 것이 얼마나 허황된 것인지 손소민은 누구보다도 잘 알고 있었다. 그러나 관치의 무뚝뚝한 말투와 흔들림 없는 모습은 손소민의 마음을 흔들어놓기에 부족함이 없었다.
　"보여 주세요. 당신의 말대로 일구이언하지 않는 게 사내라면 인생을 맡기는 데 망설이지 않을 겁니다."
　관치는 손소민의 말에 고개를 끄덕이더니 주먹을 움켜쥐었다.
　"꼭 돌아오겠소. 약속하리다."
　관치는 더 이상 늘어놓을 말이 없다는 듯 그대로 몸을 돌려 성큼성큼 걸어가 버렸다.
　손소민은 선뜻 약속을 던져 놓고 돌아가 버린 관치를 조심스럽게 돌아봤다. 그리고 그녀의 입에서 들릴 듯 말 듯 작은 말소리가 흘러나왔다.

"너무 늦진 마세요……."

◆ ◆ ◆

 집으로 돌아온 관치는 조심스럽게 부친의 서재로 숨어들었다. 며칠 전 숙부에게 볼일이 있다며 잠시 집을 비운 상태였지만, 언제 어떻게 돌아올지 판단이 서지 않는 사람이 자신의 부친이었다. 어차피 오늘 이후 집을 떠나게 되면 이런 고민을 한다는 것 자체가 무의미할지도 모르는 일이지만 이왕이면 자신이 어떤 목적으로 집을 나가는지, 또 어느 곳을 목표로 이동하는지 알려지지 않는 게 좋았다. 문사의 가문이라 여타의 무림인들처럼 강력한 힘은 없었지만 어이없게도 부친의 능력은 어설픈 무림인들에 비할 바가 못 됐다.
 물론 숨겨진 무공의 고수라든가, 은거기인이라는 소리는 아니었다. 머리 씀씀이나 예측 불가능한 부친의 대처법이 뭔가 있어 보이는 자들도 바보로 만들어버리곤 했기 때문이다.
 "고약하긴 하지만 대단한 양반이지. 괜히 꼬투리 잡혀 집에 끌려오느니 최대한 조심하는 게 성공 확률을 높이는 방법이다."
 관치는 고양이처럼 서재를 돌아다니며 서책들 사이를 뒤지기 시작했다.

"이상하다. 그때 분명히 들었는데… 아! 여기 있다!"

관치는 얇게 제본된 책 한 권을 빼들더니 조심스럽게 펼쳐 들었다.

"어디 보자……."

한 줄씩 꼼꼼히 책을 읽어 내리던 관치는 마지막 장에 가서야 얼굴 표정이 밝아졌다.

"이곳으로 가면 되는 건가."

관치는 가문의 원류라 할 수 있는 장소가 적힌 곳을 확인하더니 책을 조심스럽게 본래의 위치에 꽂아 넣었다.

"칫, 과거엔 문무를 겸했다던 가문이 어쩌다 반쪽짜리가 되었는지."

관치는 가문의 역사를 공부하던 중 우연히 찾아낸 작은 책자 덕분에 소씨 가문이 처음부터 책벌레 소리를 들었던 것은 아님을 알게 되었다. 언제부터 문사의 가문으로 돌아섰는지는 알 수 없었지만 과거엔 나름대로 인정을 받는 무가였다고 믿어도 될 만한 흔적을 찾아낸 것이다.

물론 그것을 알게 되었다고 무(武)를 익힐 생각까지는 없던 관치였다. 하지만 무학이 빠진 문(文)만으론 반쪽짜리 세상밖에는 살지 못함을 깨닫게 되자 언제부턴가 마음 한구석이 뻥 뚫린 것처럼 허전함을 느끼기 시작했다. 그러던 중, 그간 몰래 사모해오던 손소민마저 나약한 문사에게 평생을 맡길 수 없다는 말을 하니 더 이상은 참을 수 없는 지경에 이른 것이다.

"문은 더 이상 배울 게 없다. 어차피 지루한 날들의 반복이 아니었던가. 이번 기회를 통해 새로운 분야의 학문을 접해 보는 것도 나쁘지는 않을 것이야."

관치는 부친의 서재를 나와 자신의 방으로 돌아가더니 꼼꼼하게 짐을 꾸려 밖으로 빠져나왔다.

"앞문으로 나가는 건 일꾼들 때문에 어렵겠고, 어차피 몰래 나가야 하니 담을 넘는 게 좋겠다."

주변을 살피며 보는 이가 없는지 확인하던 관치는 전각 뒷담을 넘어 뒷산 대나무 숲으로 모습을 감춰버렸다.

죽산(竹山)의 자랑이자 일대 최고 기재로 이름을 날리던 소가장(炤家莊)의 장남 소관치(炤官治). 대충 휘갈긴 가출사유서를 집 안에 던져 놓고 그는 그렇게 고향을 떠나버렸다.

◈ ◈ ◈

"그 이야기 들었나?"
"응? 무슨 이야기?"
"글쎄 저 위에 소가장 있잖아."
"소가장?"
"그래."

"소가장이 왜?"

"어허, 이 사람. 소식을 못 들은 게구먼."

"그것참, 빙글빙글 돌리지 말고 그냥 속 시원하게 말을 해봐. 무슨 일인데 그래?"

"소가장 큰 공자가 과거를 코앞에 두고 가출을 했다는구먼."

"그게 무슨 소리야? 가만있어봐라. 소가장 큰 공자 나이가 올해 열여섯이니… 그렇군. 내년엔 과거에 나갈 나이였구먼."

"그러게 말일세. 기재로 소문이 자자해서 다들 기대하는 마음이 적지 않았는데, 도무지 무슨 일인지 모르겠단 말이야."

"소가장 장주가 가만있을까?"

"듣기론 사람을 풀어 찾고 있다고 하는데 어디로 숨어버렸는지 코빼기도 볼 수가 없다고 하는군."

"그것참, 장주도 머리가 복잡하겠구먼."

"그렇겠지. 자식이 집을 나갔는데……."

"소가장 형제가 어떻게 되더라?"

"듣기론 큰 공자 밑에 동생 둘이 있다고 하더군. 남동생과 여동생일 거야."

"쯧쯧쯧, 첫째가 그리 사고를 쳤으니 동생들 어깨가 더 무거워지겠구먼."

"아마도 그렇겠지……."

죽산 저잣거리엔 두 사람 말고도 대부분의 사람들이 소관치의 가출 사건으로 대화가 끊이질 않고 있었다.

무당산 자락에 위치한 대나무 마을 죽산. 그동안 소가장에서 마을 사람들을 위해 많은 선정을 베풀어왔기에 소가장에서 일어나는 일들은 마을 사람들의 관심사가 되는 일이 많았다. 좋은 일만 있어도 모자랄 판에 장주의 큰아들이 가출했다는 소식은 설왕설래 수많은 억측과 소문을 만들어내고 있었다.

물건을 사러 밖에 나왔던 손소민 역시 그 소식을 들었는지 표정이 많이 어두워져 있었다. 자신 때문에 한 남자의 인생이 크게 뒤틀린 셈이 되었기 때문이다.

제1장. 일어탁수(一魚濁水)

일어탁수(一魚濁水)

―물고기 한 마리가 큰물을 흐리게 하듯 한 사람의 실수로 인해 여러 사람이 그 해를 받게 된다.

"비가 오기 전에 빠져나가야 한다. 빨리 움직여라!"

전날 밤 갑자기 쏟아진 비 때문에 길이 패어 짐수레의 바퀴가 웅덩이에 박혀 버렸다. 거기다 시커멓게 몰려오는 먹구름 때문에 빨리 쉴 곳을 찾지 못하면 길 한가운데서 폭우를 만날 판이었다.

"아무리 비가 왔다곤 하지만, 이렇게 웅덩이가 크게 파인다는 게……."

바퀴를 빼기 위해 지렛대를 누르고 있던 쟁자수 하나가 짜증스런 표정으로 구시렁거렸다.

"엉뚱한 소리 할 시간 있으면 용이라도 더 써봐. 투덜댄다고 바퀴가 혼자서 빠져나오는 것도 아니잖아."

동료 쟁자수 한 명이 어디다 정신을 파냐며 오히려 잔소리를 해댔다. 동료 쟁자수 역시 목소리에 잔뜩 신경질이 붙어 거칠기는 마찬가지였다.

"젠장, 이번 표행은 딱히 신경 쓸 일이 없어서 편하다 했다. 무당산이 지척인데 이게 뭔 짓이냐."

"시끄럽다! 한 시진이면 해가 떨어질 텐데 비구름까지 몰려오고 있지 않느냐. 빨리 수레를 빼내라!"

국주 진가정의 아들이면서 표두의 직책을 가지고 있는 진하석이 투덜거리는 쟁자수들에게 고함을 질렀다.

투덜투덜 짜증을 늘어놓던 쟁자수들은 진하석의 호통 소리에 움찔한 표정을 짓더니, 젖 먹던 힘까지 끌어내 수레를 밀어올리기 시작했다.

'빌어먹을 자식. 이럴 때 그 잘난 무공 좀 보여 주면 안 되나. 우리들끼리 용쓰는 것보다 백배는 빠르겠다.'

쟁자수들은 거드름을 피우며 자신들을 재촉하는 진하석의 모습에 속으로 진탕 욕을 해댔다.

말이야 바른 말이지, 자신들 두서넛 힘쓰는 것보다 무공을 익힌 표사나 표두들이 나서준다면 일이 빨리 끝남은 물론이요, 이렇게 고생을 하지도 않을 것이다. 물론 수레가 웅덩이에 빠지고 먹구름이 몰려오는 상황에 표물을 노리는 녹림패까지 등장한다면 사태는 최악으로 치닫겠지만 말이다.

현재 대부분의 표사들은 일정 거리를 확보한 상태에서 표물을 노리는 자가 나타날 것을 대비해 경계를 서고 있는 상태였다. 그렇다고 경계를 서고 있는 표사들의 도움을 바라는 것은 절대 아니었다. 자신들도 표사와 쟁자수가 정확히 어떤 일을 하고 또 어떻게 행동해야 하는지 모르지 않았다.

단지 탱자탱자 거드름이나 피우며 뒷짐을 지고 있는 표두 진하석이 미울 뿐이었다. 평소에도 쟁자수들 괴롭히는 걸 취미처럼 여기는 자라 그의 행동거지는 작은 것 하나까지도 쟁자수들의 눈살을 찌푸리게 만들고 있었다.

팔뚝이 후들거릴 정도로 용을 쓰고서야 수레를 끌어낸 쟁자수들은 거친 숨을 몰아쉬며 바닥에 주저앉았다. 목적지에 가까이 왔다는 생각에 긴장이 풀려 있었는데 막판에 와서 남아 있던 힘을 모조리 짜내고 나니 맥이 풀린 것이다.

"누군가 온다!"

헉헉거리며 숨을 고르고 있던 쟁자수들은 뒤쪽에서 경계를 서고 있던 표사들의 외침에 정신이 번쩍 들었다. 만에 하나 표물을 노리는 자들이 나타난 것이라면 문제가 심각했다. 수레에 대단한 물건이 실린 건 아니었지만 무당파의 부탁으로 여러 가지 물품들이 골고루 쌓여 있었기 때문이다. 행여 물건을 털리기라도 하는 날엔 보상은 둘째 치고 무당파와의 약속을 어긴 대가로 표국의 명성에 상당한 흠집이 생길 수도 있었다.

물론 이런 종류의 생각은 쟁자수들이 아닌 표사나 표두가 하는 것이 정상이었지만 용선표국은 운영의 특성상 쟁자수들도 마찬가지로 긴장을 해야만 했다. 가뜩이나 먹고살기 힘든 판에 그런 일이라도 벌어지고 나면 이번 표행을 통해 받아야 할 품삯이 모조리 날아갈 수도 있었기 때문이다.

다른 표국은 어떻게 운영을 하는지 모르겠지만 용선표국은 표행 중 문제가 생겨 피해를 입게 되면 가장 먼저 쟁자수들의 몫을 뺏어다 피해를 복구시켰던 것이다.

억울한 마음에 하소연을 하고 싶어도 자칫 그런 짓을 했다간 표두 진하석에게 끌려가 딱 죽지 않을 정도로 얻어맞고 표국에서 쫓겨날 수도 있었다. 표국의 하는 짓이 더럽고 고깝긴 했지만 자신만 바라보고 살아가는 가족들을 생각하면 딱히 방법이 없는 상황이었다. 그러다 보니 쟁자수들은 표행을 나설 때마다 표물에 이상이 생기지 않도록 긴장을 늦출 수가 없었다.

산속은 평지보다 해가 빨리 떨어지고 어둠이 찾아오면 사물을 알아보는 게 더더욱 힘들었다. 산 너머엔 아직 해가 떨어지지 않은 상태였지만 산 안쪽은 이미 어둠이 깔리기 시작했다. 그 와중에 뒤쪽에서 누군가 모습을 드러냈으니 표사들 역시 긴장한 표정이 역력했다.

"누구냐? 걸음을 멈추고 정체를 밝혀라!"

표사들은 의도적으로 검 뽑는 소리를 강하게 내며 위협적으로 말을 던졌다.

"그러는 당신들은 누구요?"
 상대는 표사들의 외침에 오히려 반문을 해왔다.
 "우리는……."
 "그만. 아무 말도 하지 마라."
 표사 중 하나가 자신들이 누군지 밝히려 하자 표두 진하석이 말을 막았다.
 "우리가 먼저 물었다."
 진하석은 상대를 바라보며 검을 들어올렸다. 뒤쪽에서 모습을 나타낸 사내는 힐끗 수레와 깃발을 쳐다보더니 다시 입을 열었다.
 "표국이군."
 진하석은 끝까지 정체를 밝히지 않고 엉뚱한 소리만 해대는 사내의 태도에 입가를 비틀었다. 산적이라면 스스로 녹림의 소속을 밝혔을 것이고 그냥 지나가는 사람이라면 표국의 깃발을 확인한 순간 알아서 피해 가는 게 일반적이었다. 그런데 자신들의 질문에 반문을 하는 것은 물론 시큰둥한 목소리로 '표국이군.' 이라고 말을 내뱉자 진하석은 가슴 한 구석에 묘한 불쾌감을 느꼈다.
 "계속 정체를 밝히지 않는다면……."
 자존심이 상한 진하석은 사내의 기를 죽이기 위해 목숨을 들먹이려 했다. 그러나 이번에도 진하석이 필요로 하는 말은 건너편 사내의 입에서 흘러나왔다.

"죽이기라도 할 건가?"

진하석은 안력을 높여 사내의 모습을 천천히 살펴보기 시작했다. 주변이 어두워지긴 했지만 아직 사물을 분간하지 못할 정도로 어둠이 찾아온 것은 아니었다. 처음 사내가 나타나 긴장했던 땐 녹림패가 나타난 것으로 잠시 착각을 한 것이지만, 그저 사내 하나가 전부라는 걸 확인하자 여유가 생긴 것이다. 물론 그 여유 속엔 건방져 보이는 상대방을 고이 보내주지 않겠다는 생각이 포함된 상태였다.

하지만 강호의 일이라는 게 보이는 것이 전부가 아님을 잘 알고 있었기에 사내를 손봐주겠다는 마음이 들었음에도 먼저 움직이진 않고 있었다. 일단 어떤 자인지 파악을 하고 스스로 상대할 만하다 여겨지면 병신으로 만들어버릴 심산이었다.

'사십 대 초반? 무림인의 기세는 느껴지지 않는군. 그렇다면 입만 산 놈이거나 기껏해야 이류라는 소린데…….'

진하석은 상대의 나이와 기세를 가늠하더니 이번엔 그의 복장과 무기들을 살펴보기 시작했다.

'거지도 아니고… 무슨 옷이.'

진하석은 사내의 옷이 넝마에 가까울 정도로 해졌다는 것과 몸에 무기 같은 건 지니지 않고 있음을 확인하자 슬쩍 입꼬리가 올라갔다. 부나방처럼 죽을 곳을 찾아 세상을 떠도는 낭인도 아니라는 뜻이다.

'미친놈이거나 세상 물정을 모르는 놈인가?'

사내의 담대함에 잠시 긴장감을 느꼈던 진하석의 얼굴에 의아함이 드러났다. 하지만 표국의 깃발을 확인하고도 자신 앞에서 툴툴거릴 정도라면 결코 미치거나 물정을 모르는 자는 아니란 판단이 들었다. 어쩌면 의도적으로 자신들에게 시비를 걸었는지도 몰랐다.

문득 생각이 지나쳐 길 위에 나 있던 웅덩이도 사내의 짓이 아닐까 하는 궁금증까지 들기 시작했다.

쟁자수들이나 괴롭히며 표국의 이득을 위해서라면 아귀처럼 행동하던 진하석이었지만 단지 국주의 아들이라는 이유 때문에 표두의 자리를 꿰찬 것은 절대 아니었다. 예측하기 어려운 상황에선 어떻게 대처를 하고 또 준비를 해야 하는지 누구보다 잘 알고 있는 사람이 바로 진하석인 것이다. 표국의 다른 표사들과 달리 진하석은 표두의 자리에 오르기 전 5년간 강호를 떠돌며 여러 차례 죽을 고비를 넘긴, 경험 있는 무림인이었다.

강호에서 만나는 사람들은 그것이 누가 되었든 조심을 하는 게 상책이었고 자신의 실력은 3할 이상 감추는 것이 상식이었다. 거기다 혼자의 몸이 아닌 책임질 물건과 사람들이 있는 상황에선 더욱 주변을 살펴보는 게 바람직한 대응 태도였다.

사내의 정체나 의도를 파악하기 어렵단 생각이 들자 진하석은 일단 상대를 도발하기로 마음먹었다.
"죽고 싶은 모양이군."
 진하석의 목소리가 차갑게 가라앉았다. 어려서 청성 문하로 들어가 속가제자로 10년의 세월을 투자한 진하석이었다. 거기다 얼마 전 기를 검에 담을 수 있는 경지에 오른 뒤론 어지간한 강호의 무부는 얼마든지 상대할 자신이 붙은 상태였다.
"길 가던 사람을 막아서서 누구냐고 따져 물은 것은 그렇다 치자. 그런데 이젠 다짜고짜 사람을 죽이겠다고?"
 사내는 진하석이 살기를 뿜어내고 있음에도 전혀 느끼지 못하는 사람처럼 앞으로 걸어 나왔고, 3장 이상 떨어져 있던 두 사람의 거리는 순식간에 1장으로 좁혀졌다.
"더 이상 다가온다면 표물을 노리고 의도적으로 접근한 것으로 여기겠다."
 진하석은 만에 하나 상대의 목숨을 거둘 때를 대비해 모두가 보는 앞에서 명분을 얻을 수 있는 말을 던졌다.
 주원장이 나라를 세우고 명(明)이 세상을 지배한 지 벌써 80년에 가까운 세월이 흘렀다. 제국은 더욱 튼튼해졌고 기강은 굳세어져 과거 어느 나라와 비교해도 밀리지 않을 만큼 성세를 누리고 있었다.
 나라의 기강이 바로 서면 세상을 지배하는 것은 국가의 법(法)이었다. 자신이 아무리 무림인이라곤 하지만 사람의 목숨을 빼앗는다는 건 포청(捕廳)과 껄끄러운 관계가 생겨날 수도 있다는 뜻이었다. 당연히 죽일 자를 죽였다는 명분은 이 시대 무림인들에게 필수나 마찬가지였다. 태조 주원장부터 지금에 이르기까지 무림인들을 억제하는 정책이 이어져 오고 있어 오래전 전설로나 내려오던 강호는 무색해진 상태였다.

 아마 상대도 그런 부분 때문에 길 가던 사람을 막고 죽이겠다 협박하는 것이냐며 따져 물은 것이 분명했다. 만에 하나 문제가 생긴다 해도 그 역시 빠져나갈 구멍이 필요할 것이기 때문이다. 아무리 관과 무림이 소 닭 보듯 한다곤 하지만 그건 어디까지나 보편적인 관례일 뿐, 그것 때문에 국법이 무너지는 일은 극히 드물었다.

 "내가 만약 이 길을 지나가야겠다면 정말 죽일 것이오?"

 사내는 도끼눈을 뜨고 자신을 노려보는 진하석에게 별것도 아닌 일로 왜 이렇게 요란을 떠는지 모르겠다며 질문을 건넸다.

 진하석은 금방이라도 달려들 것처럼 다가온 사내가 목소리를 누그러뜨리며 입을 열자 어이없는 표정이 되었다.

 그러나 그것도 잠시, 진하석의 표정은 더욱 무섭게 일그러졌다. 앞뒤 상황을 되짚어보니 상대의 태도와 말은 자신을 놀리고 있다는 생각밖엔 들지 않은 것이다. 도발을 하려다 오히려 도발에 걸려든 꼴.

"지금 날 놀리는 것이냐!"

"그것참, 길을 막고 대뜸 검을 뽑아든 게 누군데 그런 소리를 하는 것이오? 그리고 나보다 나이도 어린 것 같은데 초면에 말이 심한 것 아니오?"

사내는 묘하게 대화를 비틀며 진하석의 성급함을 나무랐다.

"닥쳐라! 표국의 깃발을 보고도 다가온 것은 네놈이었고, 분명히 경고를 했음에도 헛소리를 해댄 것 역시 네놈이었다."

"표국의 깃발을 보고 다가온 것이 왜 잘못인지, 아무런 잘못도 하지 않았는데 왜 경고를 들으며 목숨을 위협받아야 하는지 그걸 한번 설명해보시오. 보아하니 당신이 이들을 대표하는 것 같은데 지금 그대들의 행동이 정말 타당한 건지 한번 들어나봅시다."

진하석은 대화가 이상하게 돌아간다는 느낌을 받았지만 그렇다고 '진작 지나가는 행인이라고 이야길 할 것이지.' 하며 허허거릴 수도 없는 일이었다.

"말하지 않았느냐? 표국의 깃발을 보고도 다가온 것 자체가 잘못이라고!"

"그것참, 거꾸로 생각해봅시다. 이 깊은 산중에 혼자, 그것도 해가 떨어져 금방이라도 밤이 찾아올 시간에 사람이 사람을 보고 다가간 것이 그렇게 큰 잘못이라고 한다면, 당신은 세상 어디를 가도 오직 저 혼자인 것처럼 행동하고 누군가 다가왔다는 이유만으로 검을 들이대도 넙죽 엎드려 무조건 싹싹 빌어야 정상이라는 거요?"
"뭐, 뭐라고?"
진하석은 우수수 쏟아져 나오는 사내의 말에 말문이 턱 막혔다.
"거기 표사 양반, 내 말이 틀렸소?"
사내는 진하석이 미처 대답을 못하고 머뭇거리자, 대상을 바꿔 상황을 지켜보고 있던 표사 한 명에게 질문을 던졌다.
"그것이……."
질문을 받은 표사는 사내의 말이 틀렸단 생각이 들지 않았기에 딱히 반문을 하지 못하고 말을 머뭇거렸다.
"그쪽 표사 양반은 어찌 생각하시오?"
사내는 또다시 다른 표사에게도 질문을 던졌고, 어느 누구도 사내의 말에 반박을 하지 못했다.
"보시오. 다들 내가 틀리지 않았다는 걸 알면서도 나에게 이리 대하는 것은 내가 없어 보이고 홀로 길을 가고 있기 때문이 아니오? 어느 표국인지는 모르겠지만 정말 인심이 사나운 것 같소."
"누가 인심이 사납다는 것이냐!"
진하석은 사내의 입에서 용선표국의 인심이 나쁘단 말이 흘러나오자 대뜸 발끈한 표정을 지었다.

"아니 그럼 아니란 말이오? 내 행색이 남루하고 기댈 곳 없이 홀로 떠돌고 있다 하여 무시한 것이 아니냔 말이오. 내 특별히 가진 재주는 없다지만 세상을 떠도는 동안 수많은 사람을 만나고 또 무림의 호걸들을 만나왔소. 하지만 그 어느 누구도 가진 게 없다 하여 무시하지 않았고 힘이 부족하다 하여 겁을 주지 않더란 말이오. 그런데 지금 당신은 어떻게 했소. 그저 다가왔다는 이유 하나만으로 검을 들이대고 목을 자르겠다고 하지 않았소."

"그것은!"

"그것은 뭐요?"

"혹 녹림패가 나타나 표물을 노리는 건 아닌가 했기 때문에······."

진하석은 별것 아닌 자라면 당장에 병신을 만들어버리겠다던 생각은 어느새 망각해버리고 사내의 말에 휘말려 변명을 하는 입장이 되고 말았다.

"그것참, 여기가 어디요?"

사내는 진하석과 표사들을 보며 지금 자신들이 있는 곳이 어딘지 모르고 그러는 거냐며 오히려 따져 물었다.

"그게 무슨 소리요?"

반말 일색이었던 진하석은 자신도 모르는 사이에 사내에게 공대를 하며 질문을 던졌다.

"무당산이 지척이고 무당파까진 하루도 걸리지 않는 곳에 어떤 녹림패들이 자리를 잡고 영업을 하겠냔 말이오."
 진하석과 표사들은 사내의 말에 꿀 먹은 벙어리처럼 한동안 대답을 하지 못했다. 생각해보니 녹림십팔채 중 하나라해도 간이 배 밖으로 나오지 않는 이상 무당산 자락에 산채를 만들 정신 나간 자들은 없는 게 당연한 이치였다. 혹 근방에 도적패가 출몰했다는 말만 흘러들어도 당장에 무당의 검수들이 달려 나올 게 뻔했기 때문이다.
 "그렇게 뻔한 곳에서 나를 도적놈으로 만들다니 도대체 어느 표국이기에 이리 몰상식한 것이오?"
 "몰상식하다니요! 말이 지나칩니다."
 진하석은 용선표국이 한순간 바보가 되어버리자 얼굴이 붉어지며 대뜸 소리를 질렀다.
 "아, 이런. 그 부분은 제가 말이 좀 심했나 봅니다. 하지만 상황이 이러다 보니……."
 사내는 이번엔 자신이 실수를 했다는 듯 말끝을 흐리며 헛기침을 해댔다.
 "우리 용선표국은 무한에서도 세 손가락 안에 드는 신뢰 높은 표국이오. 실수라도 그런 말을 입에 담았다간 치도곤을 당할 것이오!"
 신하석은 연방 궁지에 몰리다가 사내가 말실수한 것을 기회 삼아 다시 신색을 되찾았다.
 "아! 용선표국이었습니까?"

일어탁수(一魚濁水) • 33

사내는 설마 신하석의 표국이 용선표국인 줄은 꿈에도 몰랐다며 반가운 표정을 지었다.

"험험, 우리 표국을 아시오?"

"알다 뿐입니까. 이곳 호북성은 물론이고 하남을 넘어 산동까지 표행을 나가는 대단한 곳 아닙니까?"

사내는 용선표국이라는 말을 듣는 순간부터 표정이 싹 바뀌더니 진하석의 가려운 구석을 싹싹 긁어주었다.

"잘 알고 있으면서 그런 실수를 한 것이오?"

진하석은 은근히 타박하는 말투면서도 기분은 나쁘지 않은 표정이 되었다.

"듣자하니 용선표국은 무한에서도 인심이 자자한 곳이라던데, 이거 제가 오해를 했던 것 같습니다."

인심이 자자하다는 말에 쟁자수들의 표정이 '웃기고 있네. 어떤 놈이 그런 헛소리를!' 이라는 표정을 지었지만, 진하석은 당연하다는 듯 고개를 끄덕였다.

"실례가 안 된다면 어디까지 가시는지……."

고개를 끄덕이고 있던 진하석은 표행의 목적지를 물어오자 금세 표정이 바뀌었다.

"저는 무당산 밑에 죽산이라는 곳에 가는 중입니다. 하하하. 고향에 돌아가는 길이죠."

진하석은 사내의 고향이 죽산이라는 말에 다시 표정이 본래대로 돌아왔다.

"죽산이 고향이시오?"

"그렇습니다. 외지로만 떠돌다가 이제야 돌아가는군요."

진하석은 사내의 행색을 다시 한 번 살펴보다가 입을 열었다.

"우리도 죽산을 거쳐 무당으로 가는 길이오. 보아하니 혼자서 길을 나서기엔 상황이 좋지 않아 보이는데……."

"저야, 숙식만 해결된다면야 고마울 따름이죠."

사내는 처음 나타났을 때와는 전혀 다른 사람이라도 된 듯 진하석을 향해 굽실굽실 정성을 다하고 있었다.

"유 표사, 하루 정도라면 쟁자수들과 함께 움직여도 문제가 없을 것 같은데."

진하석은 쟁자수들을 관리하는 표사에게 의견을 물었다.

"그렇지 않아도 길이 좋지 않아 사람이 필요했는데 그렇게 해도 될 것 같습니다."

진하석은 표사의 대답에 고개를 끄덕이더니 다시 사내를 바라봤다.

"들었소?"

"물론입니다. 쟁자수 일이라면 과거에 잠시 해본 적이 있으니 충분히 도움이 될 것입니다."

사내는 예상치 못한 곳에서 의인(義人)을 만났다는 듯 연방 진하석에게 굽실거렸다. 진하석 역시 처음과 달리 사내에 대한 인상이 나쁘지 않았는지 미소를 지으며 앞으로 걸어 나갔다.

"모두 출발한다! 방현(房縣)에 도착하면 짐을 풀 것이니 날이 더 어두워지기 전에 속도를 높여라!"

표사들은 진하석의 외침에 대답을 하더니 곧바로 쟁자수들을 불러 모아 수레를 움직이기 시작했다.

괜히 걱정을 했다는 듯 앞장서서 발길을 재촉하던 진하석은 점차 시간이 지나자 이게 아니라는 생각이 들었다. 곰곰이 생각해보니 뭔가 이상한 점이 많다고 느낀 것이다. 사내의 입에서 흘러나오는 말에 듣고 반응하는 데 급급하다 보니 자신이 왜 그자를 향해 검을 뽑아들었는지조차 헷갈릴 정도였다.

'젠장, 결국 저자의 말장난에 놀아난 꼴이 아닌가!'

사내의 말이 틀렸다 반박할 수가 없어 머뭇거리긴 했지만, 막상 표행 중인 자신의 입장에서 본다면 당연한 대응이었던 것이다. 거기다 용선표국은 인심이 후하고 자신은 어려운 사람을 돕는 의인이 되어버리는 바람에 사내를 내치지도 못하고 동행으로 삼고 만 것이다.

'아니야. 설마.'

진하석은 사내의 행동이 모두가 계획된 것이었다는 생각이 들었지만, 왠지 그것을 인정하고 싶지가 않았다. 자신이 나이 서른이 넘도록 적지 않은 사람들을 만나왔지만 지금껏 그렇게 계획적이고 능글맞게 상대를 바보로 만드는 능력자는 본 적도 들은 적도 없었다. 그리고 만에 하나 동행을 하기 위해 계획된 행동이었다면 자신이 그자의 장난질에 놀아난 꼴이 되는 것이니 그 역시 원치 않은 결과였다. 그저 운 좋게 시기적절하게 상황이 맞아떨어져 그렇게 된 것이라고 치부해버리고 싶었다.

'젠장, 하지만 혹여 그자의 목적이 결국 표물이라면⋯⋯.'

진하석은 끝내 불안한 마음을 떨치지 못하고 쟁자수들과 킬킬거리며 걸음을 옮기고 있는 사내에게 다가갔다.

"그런데 말이오."

진하석은 사내를 바라보며 그냥 궁금해서 그런다는 표정을 지으며 슬그머니 말을 걸었다.

"네?"

"이것도 인연인데 이름 석 자 정도는 알아야 하지 않겠소?"

"아, 이름 말씀이군요. 저는 소씨 성에 관치(官治:관리가 되어 백성을 다스린다.)라는 이름을 씁니다."

진하석은 사내의 이름을 듣는 순간 자신도 모르게 피식 웃어버리고 말았다.

"아, 미안하군요. 나도 모르게 웃음이 나와서."

"아닙니다. 다들 그러는걸요. 이름이 관치라고 밝히면 다들 비슷한 반응을 보여서 이젠 그러려니 합니다."

"그렇군요. 그런데 죽산이 고향이라고 했는데, 오랜만에 돌아가는 것 같습니다."

진하석은 사내의 정체를 하나라도 더 알아내고자 접근을 하면서 자신도 모르게 말이 조심스러워졌다. 묘하게도 한번 공대를 쓰자 다시 말을 낮추기가 어려워진 것이다.

"그러니까, 어디 보자. 그때가 영락(永樂) 이십일 년에 집을 떠났으니……."

관치의 입에서 영락 21년이라는 말이 흘러나오자 진하석은 물론이고, 함께 걷고 있던 쟁자수들 역시 '정말?'이라는 표정이 떠올랐다. 영락제가 등극한 지 21년째 되던 해 고향을 떠났다면 벌써 23년이 넘었기 때문이다. 영락제가 죽고 홍희제(洪熙帝)와 선덕제(宣德帝)를 거쳐 지금은 주기진(朱祁鎭)이 황제에 오른 지 19년이나 되었기 때문이다.

"설마 이십삼 년이 넘도록 한 번도 고향에 돌아오질 못했다는 말이오?"

진하석은 관치란 이름의 사내가 세월을 계산하며 눈을 깜빡이는 동안 먼저 질문을 던졌다.

"아, 벌써 그렇게 세월이 흘렀습니까."

"그럼 지금 나이가 어찌 되시오?"

곁에서 대화를 듣고 있던 쟁자수 하나가 관치의 나이를 물었다.

"열여섯에 떠나 이십삼 년이 흘렀으니 올해 서른아홉이 되겠습니다."

 진하석은 관치의 나이가 자신보다 많다는 것은 느끼고 있었지만 설마 9년이나 차이가 나리라곤 생각지 못했기에 잠시 떨떠름한 표정이 되었다. 다시 말을 놓기가 더 어려워진 것이다.

 '젠장, 괜한 걸 물어봐서는……'

 진하석은 쓸데없이 나이를 물어본 쟁자수를 향해 한차례 인상을 쓰더니 다시 관치에게 시선을 돌렸다.

 "그렇게 오랫동안 밖에서 뭘 하고 살았던 겁니까?"

 진하석은 행색을 봐서는 딱 거지였지만 말하는 모양새나 행동하는 게 결코 시정잡배 같지는 않아 보여 궁금한 표정을 보였다.

 "이것저것 닥치는 대로 그렇게 살았죠. 인생 뭐 있겠습니까? 생각 한 번 잘못했다가 이 나이가 되어버린 거죠."

 "……"

 진하석은 관치의 대답에서 닳고 닳은 장돌뱅이의 냄새가 난다고 생각했다. 자신이 어리광을 부리며 청성파에 입문했던 나이에 이 사내는 세상에 뛰쳐나와 지금껏 풍파를 견뎌내며 살아남은 것이다.

 처음 관치를 만났을 땐 병신으로 만들어버리겠다 생각했던 진하석은 점차 시간이 지날수록 묘한 호기심을 느끼기 시작했다.

그와 대화를 나누다 보면 자신도 모르게 자꾸만 그가 속했던 세상에 직접 발을 담그는 듯한 착각이 들곤 한 것이다. 물론 관치라는 사내가 이야기꾼 저리 가라 할 정도로 말을 잘하는 것도 한몫했겠지만, 이상하게도 관치의 인생 역정은 듣는 이의 마음을 사로잡는 그 이상의 것이 존재했다. 진하석은 관치라는 이름의 사내가 목젖이 보일 정도로 껄껄거리며 웃을 때마다 심하게 마음이 두근거렸다.

'뭐야! 왜 남자 따위에게 심장이 뛰는 거지?'

진하석은 왠지 억울한 마음에 울컥한 심정이 되었지만, 그렇다고 관치와 함께할 시간을 포기할 마음은 추호도 없었다. 밤을 샌다고 해도 그의 이야기를 들을 수 있는 시간은 결국 10시진 정도. 진하석은 그 시간조차도 아쉽다는 듯 계속해서 관치의 23년에 대해 질문을 던졌고 관치는 그럴 때마다 껄껄거리며 왜 그리 남의 인생사에 궁금한 게 많냐며 웃음을 터트렸다. 그리고 그럴 때마다 진하석의 가슴은 여지없이 두근거렸고 얼굴에 홍조가 들 정도로 야릇한 감정이 솟구쳐 올라 마음을 가누는 게 쉽지가 않았다.

쟁자수들 중에 눈치가 빠른 자들은 진하석의 기묘한 변화를 알아챘지만 그들도 관치의 인생사 듣는 재미가 쏠쏠했기에 별다른 표현은 하지 않았다. 지루한 표행 길에 느닷없이 대찬 이야기꾼 하나가 등장을 하였으니 모두들 반갑지 않을 리 없었던 것이다.

"좋아하는 여인 한 명 때문에 과거시험도 때려치우고 무공을 익히겠다 가출을 했단 말이오?"

 진하석은 관치의 가출 사유에 황당한 표정을 지을 수밖에 없었다.

 '어쩐지 말투나 하는 짓이 시정잡배 같지는 않다 했더니 과거엔 글 좀 읽었던 서생이었구나. 관치라는 이름도 이제야 이해가 되는군.'

 "혹시 일어탁수(一魚濁水)라는 말을 아시오?"

 관치는 쟁자수는 물론이고 아예 수레에 걸터앉은 진하석에게도 함께 질문을 던졌다.

 "그게… 물고기 한 마리가 물을 흐린다는 뭐 그런 뜻 아닙니까?"

 진하석은 딱히 어려운 말은 아니라는 듯 대충 뜻을 이야기했다.

 "그렇죠. 제가 바로 그 일어탁수의 표본입니다."

 "그게 무슨?"

 진하석은 관치 스스로 자신을 일어탁수라고 말하자 무슨 소린지 모르겠다며 고개를 갸웃거렸다.

 "정말 제 이야기가 궁금한 겁니까? 사실 듣고 보면 그냥 그런 한심한 인생사일 수도 있는데."

 "아니, 그게 무슨 말입니까. 한 사람의 인생사라는 게 어찌 그저 그런 이야기일 수가 있겠습니까. 그런 걱정은 마시고,

한번 이야기해주십시오. 아예 몰랐으면 모를까 이것도 인연은 인연인데."

 진하석은 왜 이렇게 관치란 사내의 과거가 궁금해졌는지 설명하라면 '그걸 어떻게 설명해!'라고 버럭 소리를 지를 정도였지만 뭉실뭉실 피어오르는 호기심을 억누를 수가 없었다. 거기다 소녀를 사랑한 소년의 파란만장 일대기가 아닌가. 결과가 궁금해서라도 진하석은 기필코 이야기를 들어야만 했다. 그것은 곁에 있던 쟁자수들 역시 마찬가지여서 관치는 더 이상 버티질 못하고 하나 둘 이야기를 꺼내기 시작했다.

 은근슬쩍 모르는 척 귀를 기울이고 있던 표사들 역시 관치가 이야기를 하겠다고 대답하자 은근히 기뻐하는 표정을 보이고 있었다.

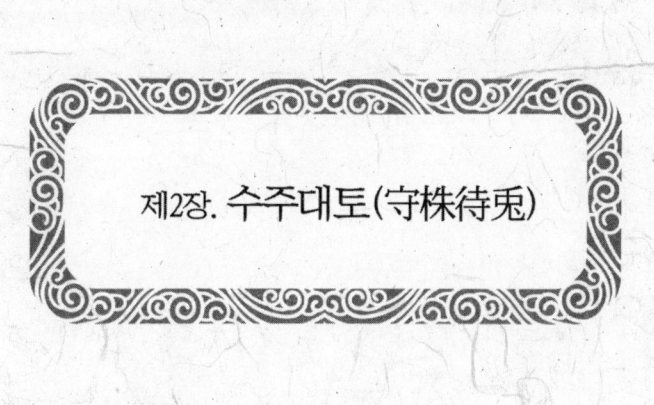

제2장. 수주대토(守株待兎)

수주대토(守株待兎)
-달리 변통할 줄 모르고 어리석게 한 가지만 매달리니 융통성이 없다.

 관치는 할아버지가 남겨 놓았다는 가문의 무공을 찾아 무려 반년이나 거지처럼 떠돌았다. 결국 우여곡절 끝에 무인각이라는 곳을 찾아내 수련관에 들어갈 수 있었지만 무공은 고사하고 시작부터 일이 꼬이고 말았다.
 모든 것이 금방이라도 이뤄질 것처럼, 자신을 기다리고 있는 손소민이 해맑은 웃음으로 자신을 반겨줄 거라 상상하며 하루하루를 보내기 시작했다. 그러나 그렇게 시작된 무인각 생활은 관치의 인생을 나락으로 몰아넣었고, 결국 수련관을 빠져나올 때까지 20년이 넘는 세월을 쏟아 부어야만 했다.
 무인각에 만들어져 있던 수련관은 사람의 손으로 여닫는 공간이 아니었다. 오직 기관으로만 작동되는 인공혈(人工

穴)이었던 것이다.

 관치는 어려서부터 오직 관직에 나가기 위한 삶을 살아왔다. 학문적 탐구와 관료적 사고를 키우고 훗날 출사를 하게 되면 어떤 길을 걸어야 할지에 대해서만 고민을 해왔었다.

 당장 마음을 앞세워 집을 나서고 무인각에 들기는 했지만 무공에 대한 기초나 이해가 있을 리 만무했고, 거기다 기관에 대해선 관심조차 없었기에 관치는 한순간의 실수로 20년간 수련관에 갇혀 감금 생활을 해야만 했다.

 그리고 오늘, 구사일생으로 동굴에서 기어 나와 다시 세상에 자신을 드러내고 그동안 얼마나 긴 시간을 날려 버렸는지를 알게 됐다. 아집과 고집, 그리고 자신의 능력을 바로 보지 못한 대가로 세상에 동떨어져 수십 년이란 세월을 흘려보내고 만 것이다.

 관치는 땅이 무너지고 하늘이 쏟아질 정도로 통곡을 했다. 옛이야기 속에서나 나올 법한 '하루 만에 노인이 되어버린 소년' 처럼 자신의 인생 또한 단절과 접속을 경험함과 동시에 20년이나 늙어버린 것이다. 꿈도 야망도 자신의 청춘도 모든 게 물거품처럼 사라진 것이다.

 살아났다는 안도와 드디어 세상 속으로 돌아왔다는 행복감은 아무런 의미도 없었다. 살아도 이미 산 것이 아니었고, 세상에 돌아왔어도 자신이 알고 있던 과거의 세상은 이미 사라지고 없는 것이다.

"그녀는… 이미 나 같은 건 잊어버렸겠지."

정인(情人)이었던 것도 아니고, 서로가 마음을 나눈 사이도 아니었다. 그저 일방적으로 소년은 소녀를 좋아했고, 소녀와의 약속을 지키기 위해 집을 나서는 순간 모든 게 뒤틀어져 버렸을 뿐이다.

"약속은 내가 어긴 게 되어버렸군."

소년은 소녀가 바라는 사람이 되어 돌아올 것을 약속했지만 이미 과거의 소년은 사라졌고 지금은 홀로 늙어버린 중년의 사내만이 덩그러니 남아 있을 뿐이었다. 지금쯤 자신의 사랑했던 소녀는 다른 이의 아내가 되어 가정을 이뤘을 게 분명했다. 아니, 그렇게 되어 있어야만 했다. 만에 하나 자신의 일방적인 약속 때문에 그녀에게 좋지 않은 일이 생기기라도 했다면 관치는 죽어서도 자신을 용서하지 못할 것만 같았다.

"후……."

관치는 잃어버린 세월과 사라져 버린 청춘을 떠올릴 때마다 가슴이 꺼질 듯 한숨이 터져 나왔다.

"이제 뭘 해야 하지……."

자신의 꿈이자 목표였던 손소민은 이미 다가갈 수 없는 사람이 되어버렸다. 막상 그토록 원하던 세상에 되돌아왔지만 어떻게 살아야 할지 어떤 판단도 내릴 수가 없었다. 생각하면 할수록 모든 것이 막막하고 두려웠으며 또한 무상해졌다.

"부모님은 어떻게 지내시는지……."

사실 관치가 고향에 돌아갈 엄두를 내지 못하는 이유 중에 하나는 20년간 소식을 끊어버린 자신으로 인해 마음에 응어리를 안고 살았을 어머니에 대한 죄스러움 때문이었다.

어쩌면 지금쯤 자신은 세상에 없다 생각하고 살아가고 있을 소가장의 식구들. 미치도록 보고 싶고 당장이라도 달려가 자신이 돌아왔다고 외치고 싶었지만 이제 와 그게 무슨 소용이란 말인가.

"죄를 지었다면 합당한 벌을 받는 것은 당연한 이치. 이미 잊힌 존재가 무슨 염치로 그들을 찾아간단 말인가."

지금쯤 아버지의 뒤를 이어 가문을 이었을 동생을 생각한다면 더더욱 앞에 나설 수 없다는 생각이 들었다. 가문을 승계한 차남에게 20년간 소식도 없던 장남의 존재는 불편하기만 할 것이다.

"그냥… 이대로… 부평초처럼… 그렇게 살다 가자. 망각된 존재는 망각된 채로 남아 있는 게 모두를 위하는 길일 거야……."

관치는 스스로를 다독이기도 하고 자책하기도 하며 하루를 꼬박 보낸 뒤에야 몸을 일으켰다. 뭐가 되었든 먹고살기 위해서라면 일을 해야만 했고, 일을 하기 위해선 사람들 사이로 자신을 밀어 넣어야 했다.

"지긋지긋한 이끼와 버섯은 오늘로 끝내는 거야. 사람이 되려면 세상 속에서 살아가야지."

관치는 홀로 어둠 속에서 생활한다는 것이 얼마나 무섭고 지긋지긋한지 잘 알고 있었다.

조그만 야명주 하나 덩그러니 박혀 있는 바깥세상과 완벽하게 단절된 고독의 공간. 이미 몇 번이나 목숨을 끊으려 시도한 적이 있을 정도로 참을 수 없는 적막감.

동굴 속에서의 생활은 관치를 심각한 우울증에 시달리게 만들어놓았다. 반복되는 우울증과 정신착란은 그의 마음을 병들게 만들었고 너무나 지친 나머지 더 이상 사람의 마음을 갖지 않기 위해 고뇌에 빠져든 적도 있었다. 그리움이란 단어 자체가 그에겐 독이고 저주였으며 죽음을 부르는 사신이었다.

"더 이상은… 단 한순간의 시간도 헛되이 보내지 않을 것이다."

관치는 어둠 속에서 날려 버린 20년의 세월을 보상이라도 받겠다는 듯 자신에게 남겨진 최후의 시간까지 절실한 마음으로 살아갈 것을 맹세했다.

◆ ◆ ◆

2년 뒤.

"이보게 관치, 오늘은 평소보다 힘을 더 써야 할 듯싶네."

화려한 고급 객잔은 아니지만 해물과 면을 볶아 칼칼한 음식 맛으로 인기를 얻고 있는 우성각(優性閣). 내륙 지방이라 해산물을 구하기 힘들어 대부분 건조한 해산물을 물에 불려 사용하는 요리였지만 다른 객점에선 미처 시도하지 못한 음식이었기에 우성각은 해물 요리로 인지도를 얻은 곳이었다.

관치는 두 달 전 이곳 총관 하월성의 눈에 들어 장작 패는 일을 도맡아 하는 중이었다. 이곳저곳을 떠돌다 사천성까지 흘러든 관치는 이곳 우성각에서 밥값 대신 장작을 팬 일이 있었는데, 그것이 인연이 되어 아예 우성각에 일꾼으로 들어온 것이다. 일반인처럼 세상에 적응하는 게 불가능했던 관치에겐 행운이나 마찬가지였다.

"예약 손님이 많은가 봅니다."

"예약은 무슨."

총관 하월성은 시큰둥해하며 달갑지 않다는 표정이 되었다.

"누가 오는데 그러시는 겁니까?"

"사천에서 주인 노릇을 하는 사람들이 온다네."

사천성에서 주인 노릇을 하는 사람이라면 사천 성주나 그 측근, 그리고 당문세가의 사람들을 의미했다. 사천 성주가 밖에 나와 식사를 할 리는 없으니 결국 총관의 심기를 불편하게 만든 이들은 당문세가라고 봐야 했다.

하지만 그들이 예약도 없이 온다는 것만으로 아침부터 총관의 심기가 불편할 리는 없었다. 뭔가 다른 이유 때문에 심사가 뒤틀린 모양이었다.

"당가의 사람들이 오나 보군요."

"무슨 바람이 불었는지 새벽부터 연통이 왔지 뭔가. 누군진 모르겠지만 당문에 찾아온 손님 중에 하나가 화끈한 요리를 좋아하나 보네. 점심을 먹는다 해도 될까 말까 한데 아침부터 대뜸 삼십 인분의 음식을 준비하라니, 정말 예의가 없는 자들일세."

총관은 예상치 못한 주문량에 재료를 구하고자 새벽부터 정신없이 뛰어다닌 것 같았다. 하긴, 다른 객점들 역시 자신들이 쓸 만큼만 재료를 준비해두었을 것이니 하월성은 평소 견원지간이나 다름없는 다른 객점의 총관들에게 아쉬운 소리까지 해가며 겨우 분량을 맞춘 것 같았다.

거기다 건조한 해산물은 들어오는 양이 정해져 있어 30인분의 요리를 준비하는 것이 만만치 않았다. 우성각이 해물볶음으로 유명해지긴 했지만 다른 음식에 비해 고가인 데다 하루에 팔리는 양도 얼마 되지 않았기에, 갑작스럽게 예약도 없이 30인분의 요리를 준비한다는 것은 쉬운 일이 아니었던 것이다.

다른 곳에 비해 규모가 크진 않지만 내심 자존심을 지켜왔던 하월성은 당문세가의 갑작스런 행동 때문에 좋지 않은 경험을 해야만 했으니 심기가 불편해진 것이다. 아무리 당문이 사천에서 주인 행세를 하고 있다 하지만 일방적으로 통보에 가까운 거래를 요청하는 것은 예의에 벗어난 일임에 틀림없었다.

"땔감을 들이는 건 애들을 시킬 것이니 자네는 분량에 문제가 없도록 해주게나. 부엌 바깥쪽에 놔두면 될 것이네."

"알겠습니다. 두 묶음 정도 더 패면 충분할 겁니다."

관치는 툴툴거리며 주방 쪽으로 걸어가는 하월성을 물끄러미 바라보다가 도끼를 들어올렸다. 두 묶음이면 관치의 평상시 속도로 반 시진 정도 걸리는 일이었다. 그러나 당문의 사람들에게 음식을 내가는 시간 역시 늦어도 반 시진 안에 마무리되어야 했기에 평소보다 3배 이상 빠른 속도로 장작을 패야만 했다.

"전날 쓰고 남은 장작이 일부 있기는 하지만 그걸로는 불을 지피는 정도밖에는 쓰지 못할 것이고……."

평소 많아야 3개 정도 사용하던 아궁이를 나머지 4개를 포함해 7개가 동시에 돌아가야 할 테니 당연한 일이었다. 거기다 보통 아침 식사는 간단히 하는 게 일반적인데 우성각 최고 요리라 할 수 있는 품목을 대량으로 만드는 일이니 일손도 달릴 게 분명했다. 총관 입장에선 잘해봐야 겨우 본전이고 못하면 우성각 얼굴에 먹칠을 하는 것이니 통통 부은 얼굴을 하고 있는 것도 충분히 이해가 되었다.

"오늘은 땀을 좀 쏟아야겠군."
 관치는 손바닥에 마른침을 뱉더니 장단이라도 맞추듯 경쾌한 속도로 땔감을 준비하기 시작했다. 쉴 새 없이 떨어져 내리는 도끼질에 곧 주방에서 필요한 장작이 쌓이기 시작했고, 분량이 거의 채워질 때쯤 누군가 박수를 치는 소리가 들렸다.
 관치는 난데없이 들려오는 박수 소리에 이마에 흐르는 땀을 훔쳐 내더니 소리가 나는 쪽으로 고개를 돌렸다.
 '이곳엔 외부인이 들어올 일이 없는데.'
 관치는 자신을 바라보며 손바닥을 부딪치고 있는 청년을 바라보며 의아한 표정을 지었다. 부엌 뒤쪽은 밖으로 통하는 문도 없을뿐더러, 자신이 숙소로 사용하는 창고 하나만 덩그러니 남아 있는 곳이었다. 물론 자신이 생활공간으로 쓰고 있는 창고가 별관 쪽으로 연결되어 있긴 했지만 그 문은 자신이 팰 나무를 들여오는 입구로 사용할 뿐, 그 외엔 별관 쪽으로 발길도 돌리지 않는 관치였다.
 '어떻게 들어온 거지?'
 결국 청년이 창고에서 나오진 않았을 것이고 그렇다면 주방을 통해 뒤뜰로 왔다는 것인데, 와봤자 아무것도 없는 곳에 나타났다는 것도 이상했지만 청년이 주방을 통과하는 동안 아무런 제재도 받지 않았다는 점은 더더욱 이해가 되지 않았다.

청년을 바라보는 관치의 얼굴은 어딘지 모르게 어색함이 묻어났다.

아직도 처음 보는 사람 앞에선 불편한 마음이 드는 관치였다. 오랜 세월 말없이 혼자 지내는 게 익숙해지다 보니 조용히 자신의 일에만 몰두하는 게 편하게 느껴졌다. 필요 이상의 말을 하거나 친분을 쌓기 위해 노력을 하는 등의 행동은 관치에게 그다지 익숙한 일이 아니었다. 아니, 익숙해지려고 노력할 이유가 없다는 게 더 맞는 말일지도 몰랐다.

우성각에서 일을 한 지 시간상으론 두 달밖에 안 됐지만, 객점에 관계된 사람들 중 아는 사람이라면 박수를 치거나 말을 거는 등의 불필요한 행동은 하지 않았을 것이다. 자신이 어떤 반응을 보일지 뻔히 알고 있기 때문이다. 한 달 전부터는 총관을 제외하곤 자신에게 말을 걸거나 또 대답을 하는 사람은 전무하다고 봐야 했다.

"도끼질에 서열을 매길 수 있다면 당신은 내가 본 사람 중 최고라 해도 되겠습니다."

밝은 청색의 비단에 연꽃 문양이 수놓아져 고급스런 느낌이 물씬 풍기는 복색의 청년이었다. 그는 남녀를 가리지 않고 고개를 끄덕일 만큼 상당히 수려한 용모를 가지고 있었다. 이마는 반듯하고 눈썹이 짙고 곧은 게 여인들의 마음도 꽤나 흔들고 다녔겠다는 생각이 들었다. 나이는 20대 중반 정도로 보였지만, 움직이는 걸음걸이나 자세는 어딘지 모르게 연륜이 묻어나는 그런 청년이었다.

'독특한 분위기다. 무림인인가?'

관치는 자신의 도끼질에 관심을 보이는 청년의 태도에 별다른 대꾸 없이 바라보다가 다시 자신의 일에 몰두하기 시작했다. 청년은 관치가 별다른 반응을 보이지 않고 다시 자신의 일에 집중을 하자 조금은 무안한 표정이 되었다.

"하하, 이것 참."

청년은 어색한 분위기를 바꿔보려는지 너털웃음을 보이며 다시 말을 건넸다.

"아무리 일이 바빠도 그렇지. 사람이 말을 걸었는데 무심한 것 아닙니까?"

'별로 말하고 싶지 않은데, 어지간하면 그냥 가지.'

관치는 청년이 뭐라고 말을 하건 신경을 쓰지 않고 마지막 남은 장작에 도끼를 내려쳤다. 그리고 쩍 소리를 내며 갈라진 장작 조각이 좌우로 떨어져 내리자 주섬주섬 챙겨들어 다른 장작들과 함께 지게에 올려놓았다.

청년은 계속해서 관치가 자신의 말을 무시하자 입술에 힘이 들어가며 좋지 않은 표정이 되었다. 반복적으로 흘러나오는 파열음에 호기심이 생겨 오기는 했지만, 설마 중년 사내의 도끼질 소리라고는 생각지 못했었다. 발길을 한 김에 사내의 도끼질을 지켜보고 있다가 자신도 모르게 감탄사를 뱉고 박수를 친 것이 전부인 상황이었다.

물론 나무꾼 사내에게 여타의 감정이 있어 찾아온 것은 아니었기에 그저 숙련된 그의 동작과 힘 배분에 고개를 끄덕이며 말을 걸었을 뿐이다. 그런데 연달아 자신의 말을 무시하고 관심도 두지 않으니 겨우 장작이나 패는 나무꾼 주제에 사내가 자신의 처지도 모른단 생각이 든 것이다.
　하지만 상승의 공부를 익히며 무림의 인사로 이름을 높여가는 자신의 위치를 본다면, 겨우 나무꾼 하나에게 민감한 반응을 보일 정도로 행동하는 것 역시 불필요한 일이란 생각도 들었다. 그러나 아무리 상승의 공부를 하고 타인이 우러러보는 위치에 올랐다 해도 청년은 젊었고 또 혈기왕성했다. 그리고 그것은 쉽사리 자존심을 접을 만큼 아직 여물지 않았단 뜻이기도 했다.
　이쯤에서 마음을 돌리고 객점 안에서 자신을 기다리고 있을 당문 사람들에게 돌아가는 것이 옳은 선택이라 생각하면서도 청년은 결국 미련을 떨치지 못했다. 자신의 시선에도 아랑곳하지 않고 장작을 쌓아올리더니 지게를 주방 입구로 옮기는 관치에게 다시 한 번 말을 건 것이다. 하지만 처음 호감으로 시작된 목소리에 비하면 마치 최후의 통첩이라도 내리는 듯 묘한 비장감이 스며 있었다. 청년의 마음에 작은 변화가 생긴 것이다.
　"계속 내 말을 무시할 것인가?"
　관치는 청년의 목소리와 어투에서 감정적 변화를 느꼈지

만, 그리고 그 변화가 결코 호의적이지 못함을 알고 있었지만 꼭 대답을 해야 할 필요성은 여전히 느끼지 못했다. 안면이 있는 사람도 아니고 딱히 상대방에게 잘못을 한 것도 아니었다. 거기다 그가 뭐라고 하건 그것은 그의 의지일 뿐, 자신이 그의 뜻에 가타부타 반응을 보여야 할 이유를 찾지 못한 것이다.

지게를 옮겨 놓고 우물가로 가 땀을 씻어낼 생각이었기에, 관치는 그의 감정에 변화가 생기든 비장한 표정으로 그다음에 무슨 일이 벌어질 수도 있음을 암시하든 간에 무관심으로 일관했다.

물론 청년의 신분이 범상치 않고 무림에 관련된 사람임은 어렵지 않게 알 수 있었다. 총관의 말대로 오늘 우성각의 예상치 못한 손님이 당문세가이고 30명이 넘는 사람들이 찾아왔다면 이곳에서 자신이 모르는 얼굴은 당문의 사람이거나 무림의 인물일 수밖에 없었다.

'저러다 가겠지.'

관치가 아는 상식에선 무림인이, 그것도 백도 무림의 사람이 일반 양민을 괴롭힌다는 소린 들어보지 못했기에 별다른 부담 없이 행동을 한 것이다.

물론 청년 역시 백도의 무림인답게, 그리고 상승의 공부를 익히고 있는 명문의 제자답게 문제를 일으킬 사람은 아니었다. 하지만 지금 이 순간만큼은 관치가 생각하는 것처럼 단순한 형태로 일이 흘러가지 않고 있었다.

 백도가 되었건 흑도가 되었건 스스로 무림인이라 자각을 하고 있는 자들은 명분과 정의보다 자신의 명예를 중시하고 자존심이 드세다는 점이 사태를 심각하게 만들고 있었다. 거기다 청년은 지금껏 살아오면서 한 번도 타인에게 무시를 당해본 적도 없었고, 또 무시를 당할 위치에 있지도 않았다. 결국 여물지 못한 이성은 자존심에 상처를 입었다 생각하도록 만들었고 청년은 지금 이 순간 자신이 있어야 할 곳을 망각하고 엉뚱한 상황을 연출해내고 만 것이다.

 청년은 끝내 자신의 경고를 무시하는 관치의 모습에 급기야 머금고 있던 미소가 사라지고 얼굴이 경직되었다. 어느 곳에 가더라도 절대 겪을 수 없는 일이, 예상치 못했던, 아니 상상도 하지 못했던 장소에서 겨우 장작이나 패는 인간이 자신을 무시해버린 것이다.

 "감히 객점 일꾼 주제에!"

 청년은 관치의 무관심 일변도에 더 이상 참지 못하고 일갈을 토해냈다.

 청년이 분노를 드러내기 전까지 자신의 일만 묵묵히 실행하고 있던 관치가 결국 고개를 돌렸다.

 "그대의 신분이 어떤지 알지 못하지만 그러지 맙시다."

 청년은 자신의 호통에도 담담한 표정을 잃지 않는 관치의 모습에 얼굴이 붉게 달아올랐다. 기껏해야 나무꾼에게, 아니 시골 촌부나 다름없는 사내에게 무시를 당하는 단계를 넘어 괜히 시비를 걸고 있다는 말까지 들은 것이다.
"네놈이 진정 나를 능멸하는 것이냐?"
자신을 능멸했다 외치는 청년의 말에 관치는 어이없는 표정이 되었다. 누가 누굴 능멸했단 말인가. 오히려 조용히 있는 자신을 귀찮게 하고 윽박지르고 있는 것은 청년이 아닌가 말이다.
"누가 그대를 능멸했다고 하는 것이오? 나는 타인과 말 섞는 걸 좋아하지 않을 뿐이오. 오히려 그대가 내 사정은 고려치 않고 고집을 피우고 있지 않소."
관치는 청년의 행동을 나무라며 타이르듯이 말을 이었다.
"감히 누굴 훈계하려 드는 것이냐! 네놈은 목이 열 개라도 된단 말이냐?"
"휴……"
관치는 계속되는 청년의 억지 섞인 음성에 길게 한숨을 쉬었다. 그러나 청년이 보기에 관치의 한숨은 자신을 무시하다 못해 완전히 한심한 인간으로 취급하는 것으로 보였다. 이미 관치를 바라보는 청년의 눈빛은 적대감에 물들어버린 상태. 관치가 어떤 반응을 보이더라도 무릎 꿇고 사과를 하지 않는 이상 모든 게 변명으로 보일 뿐이었다.
"네놈이 자초한 일이니 내 손을 원망하지 말거라."
청년은 언제 흥분을 했냐는 듯 눈빛이 착 가라앉으며 관치

쪽으로 걸음을 옮겼다.

"결국 그게 목적이었던 것이군."

막 손을 쓰려던 청년은 관치의 말에 주춤거리며 움직임을 멈췄다.

"목적이라니. 그게 무슨 소리지?"

"보아하니 무림인 같은데 그렇지 않소?"

"맞다. 이제라도 그것을 알았다면 무례에 용서를 구하거라. 성의를 다한다면 팔 하나 정도로 오늘의 일을 무마시켜 주겠다."

청년은 알아 모시라는 듯 관치를 바라봤다. 평소 청년의 품행을 생각한다면 있을 수 없는 일이었지만 과거 그를 완성시키고 있던 외면의 가식은 사라진 지 오래였다. 지금 이 자리에는 자신과 관치 단 두 사람만 존재할 뿐이고, 이런 자신의 또 다른 모습이 타인들에게 들킬 염려도 없었다.

"그게 문제라는 거요. 무림인들은 때와 장소를 가리지 않고 시시비비(是是非非) 가리기 좋아하는데, 바로 그것이 당신들의 목적이고 문제지 않소."

"시시비비를 가리는 것은 옳고 그름을 따지는 것이니 정의로운 자라면 당연히 행해야 할 일이다. 그것이 목적이든 아니면 과정이든 판가름이 필요하다면 참을 이유도 피할 이유도 없지."

청년은 관치의 말에 훈계라도 하는 듯 줄줄이 말을 늘어놓았다.

"바로 그것이 문제라는 것이오. 나는 나의 일을 할 뿐이오. 그대의 방문을 바란 적도 없거니와 그대가 말을 걸어주길 기다린 적도 없소. 그대는 주인의 허락도 없이 타인의 처소에 들어와 문제를 일으키고 있단 말이오. 시시비비라. 옳고 그름을 가린다고 했소? 무엇이 옳은 것이고 무엇이 그른 것인지 그것부터 배워야 할 나이에 잘못된 가치를 가지고 판단을 내리려 하니 그래서는 아니 될 것이오."

청년은 그저 객점 뒤뜰에서 허드렛일이나 하는 일꾼이, 아니 장작 하나는 정말 잘 패는 무뚝뚝하고 무관심하던 한 사내가 언제 그랬냐는 듯 청산유수에 비견될 정도로 말을 늘어놓자 잠시 말문이 막혔다.

"그대는 어떤 말을 늘어놓는다 해도 나를 핍박할 명분이 없으니 이대로 돌아가는 게 좋을 것이오."

"음……."

청년은 계속되는 관치의 나무람에 침음성을 흘렸다. 관치의 말 몇 마디에 잠시 흔들렸던 이성이 제자릴 찾고 거칠어졌던 마음은 안정이 되었다. 그러나 짧고 단순한 흥분의 대가치곤 나무꾼 따위에게 훈계를 들을 정도로 심각한 실수는 하지 않았단 생각이 들었다.

애초부터 객점에서 장작이나 패는 자를 붙잡고 시시비비를 가리고자 한 것부터가 잘못이라는 건 알고 있지만 이대로 물러선다면 자신의 체면은 땅에 떨어지고 말 것이다.

 청년은 관치의 숨을 끊어놓기로 결심했다. 어차피 자신과 관치 두 사람 사이에 일어난 일이고 두 사람만이 아는 사실. 자신이 실수를 했건 엉뚱한 짓을 했건 그것이 밖으로 흘러나가지 않는다면 모든 게 처음으로 되돌아갈 거라 생각한 것이다.

 "혼이 나야만 정신을 차릴 자로군."

 아침부터 자신의 손에 피를 묻히는 것이 꺼림칙하긴 했지만 일단 죽은 자는 말이 없는 법이고, 누군가 왜 죽였냐고 물어봐도 이 일에 답할 사람은 자신뿐이니 장작 패던 사내와 그것에 시비를 걸었던 자신의 무례함은 어디에도 없을 것이고 진실은 사라질 것이다.

 관치는 붉게 달아올랐던 청년의 낯빛이 신색을 되찾자 고개를 끄덕였지만 눈빛의 무게가 무겁게 느껴지자 불편한 표정을 지었다.

 '날 죽이려 하는가?'

 관치는 청년의 손이 한차례 흔들리면서 자신의 목을 노리며 날아들자 성큼 반걸음 정도 물러섰다. 남들이 보기엔 관치가 아슬아슬하게 위기를 모면한 것처럼 보일 수도 있겠지만 막상 큰맘 먹고 손을 썼던 청년은 표정이 딱딱하게 굳어졌다.

 '내 손을 피해?'

얼떨결에 한 걸음 물러서면서 운 좋게 자신의 손을 피했다 생각할 수도 있었다. 그러나 그런 착각은 삼류들이나 할 짓이었다. 청년은 관치의 담대한 행동과 어투가 단순히 한 사내의 고집과 성격에서 나온 것만은 아님을 알아차렸다.
"한 수 밑는 구석이 있었구나."
청년은 관치의 움직임이 얼마나 시기적절하고 효율적이었는지 알아차렸기에 그 목숨을 빼앗는 일이 쉽지 않게 됐음을 인정해야만 했다. 하지만 그렇게 느끼면서도 인정할 수 없는 부분이 있었다.
'기척이 없다.'
아무리 삼류 무인이라 할지라도 무공을 익히기 시작하면 특유의 기운이라는 게 생기기 마련이었다. 그리고 그 기운은 감각 수련을 통해 정도의 차이를 파악할 수가 있었는데 관치에게선 이렇다 할 기세나 기운을 찾아낼 수가 없었다.
결론부터 내리자면 관치의 움직임이 정말 뒷발로 쥐 잡듯이 운에 의한 것이거나, 자신이 판단할 수 없을 정도로 높은 수준의 실력자라는 뜻이었다.
'고수(高手)라고 보기엔……'
관치는 일반적인 무림의 고수라고 보기엔 뭔가 미심쩍은 부분이 많은 사내였다. 청년은 상대의 실력을 가늠할 수 없게 되자 행동이 조심스러워졌다.
관치는 청년의 움직임이 진중해지자 피곤한 표정을 지었

다. 사람들과 안면을 트고 인연 맺기를 피하고자 했던 행동들이 자칫 은원(恩怨)으로 발전할 수도 있음을 깨달은 것이다. 관치는 지금이라도 청년을 돌려보내는 게 최선이라는 생각을 했다.

"나는 이곳에서 벗어나는 법이 없소. 그대가 보고 있는 이 공간이 나의 세상이고 삶을 영위하는 모든 것이오. 이곳에서 있었던 일은 그냥 잊으면 어떻겠소?"

"이미 각인된 기억을 어찌 지운단 말이냐? 내 비록 네놈의 음흉함을 파악하지 못해 낭패를 당하곤 있지만 네놈을 이대로 살려 보낸다면 훗날 다른 이들에게 손해를 끼칠 수도 있으니 물러나지 않을 것이다."

"극단적이라 생각지 않소? 누누이 말했듯이 난 이곳을 떠날 생각이 없소. 그저 이렇게 세상 속에서 삶을 영위할 뿐이오."

"네놈에게 호의를 가졌음에도 불구하고 너는 나를 무시했다. 그리고 나를 이 상황으로 이끈 것이야말로 네놈의 음흉함을 증명하는 것이다. 오늘 이곳에서 목숨을 잃는 한이 있더라도 사특한 심성을 가진 네놈을 절단 내고 말 것이다."

관치는 대화 자체가 통하지 않을 정도로 마음을 굳혀 버린 청년의 모습에 답답한 듯 한숨을 쉬었다. 만약 청년이 본격적으로 공격을 해온다면 자신의 능력으론 도저히 감당해낼 수도 없을뿐더러, 문제라도 생기는 날엔 자신을 받아준 총관의 입장이 난처하게 될 수도 있었다.

'이대로 도망을 가야 하나.'

관치는 우성각을 떠나야 하는지 정말 심각하게 고민하기 시작했다. 자신에게 호의를 베푼 우성각과 하월성 총관이 무림의 사람들에게 괴롭힘을 받는다면 도저히 참을 수 없을 것 같았다.

과거 치기 어린 행동 때문에 가문은 물론이고, 사랑했던 여인까지 잃어버린 경험이 있었기에 관치의 행동은 더욱 조심스럽고 신중할 수밖에 없었다. 아무리 작은 일이라도 본래 흐름에 영향을 준다면 미래는 예측할 수 없을 정도로 틀어져 버림을 깨달았기 때문이다.

'무림인들의 사고는 정말 이해할 수가 없구나. 범인은 상상치 못할 힘을 가지고 있음에도 그것을 사용하는 방법은 왜 이리 편협하고 시야가 좁단 말인가.'

관치 자신도 사랑을 얻고자 힘을 추구했던 적이 있었지만 그것은 목적에 이르는 수단이었을 뿐, 수단을 완성하기 위한 도구로 선택한 적은 한 번도 없었다.

청년은 관치가 뭔가 생각하는 눈치이자 이것이 기회라 생각하며 다시 공격을 감행했다. 청년의 무공은 본래 공수권이나 장법이 아닌 검을 중심으로 하는 것이었지만, 잠시 사제에게 맡겨 놓은 터라 별수 없이 어려서 배웠던 금나법을 사용해 관치를 압박하고 있었다.

"언제까지 피할 수 있을 것 같으냐!"

금나법이 상대의 목숨을 끊는 절명 수법은 아니었지만 내공을 수련하고 상당한 경지에 이른 청년에겐 수법에 상관없이 무시무시한 경력이 실려 있었다. 한 번이라도 잡히는 날엔 관절이 수수깡처럼 부러질 만큼 매섭고 날카로운 공격이었다.

행동거지에 판단을 세우지 못해 잠시 한눈을 팔던 관치였지만 청년의 손이 날아들자 자신의 의지완 상관없이 기다렸다는 듯 몸이 움직였다. 무인각에 비치된 몇몇 서적을 공부하긴 했지만 아무리 좋은 수법도 실전의 묘미를 겪어보지 못하면 단순한 틀에 지나지 않았다.

관치는 잃어버린 세월을 보상이라도 받고자 세상 속에서 조용히 살아가는 것을 택하였기에 자신이 익히고 수련한 것들을 내세우지 않고 지내고 싶었다. 그러나 그가 어떤 마음을 가지고 살고자 했든 간에 막상 현실 속에선 모든 게 틀어지기 시작했다. 그가 좋든 싫든 수십 년간 몸에 밴 습관들이 은연중 자연스럽게 드러났고 그것은 결국 무림의 사람을 끌어들여 문제를 파생시킨 것이다.

'무림인들이 파리 떼도 아니고 왜 자꾸 꼬여드는 거야!'

무인각을 떠나 2년 동안 계속해서 반복되던 오해와 질시들. 관치는 자신이 원하던 평범한 삶과 점차 거리가 멀어지자 결국 은거에 가까운 삶을 택하고 우성각에 몸을 의탁한 것이다. 그런데 그 와중에도 원치 않는 싸움을 해야 하는 상황이 벌어지자 관치의 마음은 설명하기 어려울 정도로 복잡한 심사가 되었다.

 청년은 절묘하다 싶을 정도로 어깨를 피해내는 관치의 움직임에 심장이 쿵쾅쿵쾅 뛰기 시작했다. 이번엔 자신보다 높은 경지에 든 고수라 해도 쉽사리 털어낼 수 있는 공격이 아니었기 때문이다. 적어도 방어를 하거나 몸을 격하게 움직여야 정상이거늘, 관치는 최소한의 움직임으로 자신의 기습을 무의미하게 만들어버렸다.

 '첫 공격도 겨우 한 치를 두고 피해냈었다. 절대 우연이 아니다!'

 어쩌면 운이 좋아서 자신의 공격을 피해냈을 수도 있다는 마음이 전혀 없진 않았기에 설마 하는 심정이었다. 그러나 불안감은 적중되었고 장작을 패던 사내의 실력이 자신의 능력으로 이길 수 없을 수도 있다는 생각이 들자 불쑥 두려움이 일었다.

 '검만 있었어도.'

 청년은 착잡한 표정으로 자신을 바라보는 관치의 눈빛에 울컥해지다가, 자신의 손에 검이 있었다면 충분히 승산이 있었을 거라는 생각이 들자 은근히 억울한 심정이 들기도 했다. 손으로 공격하는 것과 검으로 공격하는 것은 위압감은 물론이고, 거리상의 이점도 무시할 수 없었기 때문이다.

만약 검을 가지고 기습을 했다면 상대는 한 치 이상의 거리를 벌리지 못해 단번에 절명을 했을 것이다.
"지금이라도 그만둡시다. 나는 싸움을 좋아하지 않소."
관치는 다시 한 번 청년을 설득하기 위해 입을 열었다.
"흥! 높으신 경지를 이룬 고인(高人)이셨군. 그래서 나 같은 것은 안중에도 없었던 거야."
청년은 관치의 계속되는 부탁에도 여전한 모습을 보였다. 오히려 자신을 놀렸다 생각하는지 분한 표정까지 뒤섞인 얼굴이 되었고, 꽉 다문 입이 절대 이대로 물러나지 않을 거라는 다짐을 보여 줬다.
"나는 가겠소. 서로에게 원한이 없는데 목숨을 걸 이유가 없소."
"도망을 치겠다는 것이냐?"
청년은 분명히 유리한 입장에 놓인 관치가 그냥 물러서겠다고 하자 더더욱 자존심이 상해버렸다.
"그렇소. 난 도망을 칠 것이오."
청년이 도망을 치겠냐고 물어본 것은 정말 도망을 칠 거라 생각하고 말을 한 것이 아니었다. 이대로 물러나서는 안 된다는 말을 역설적으로 한 것이었다. 그런데 상대는 대뜸 도망을 치겠다고 대답하니 더더욱 어이없는 표정이 되고 말았다.
"무인의 자존심도 없는 것이냐!"

청년은 사내가 이대로 가버린다면 치욕을 만회할 기회가 없어진다는 생각이 들었다. 방금 전까진 누군가 자신의 행동을 볼까 두려워 급히 관치의 목숨을 끊는 게 목적이었지만 이젠 누구라도 좋으니 소란을 알아채고 이곳으로 와주었으면 하는 마음이 되었다. 그러다 보면 자신의 사제도 모습을 드러낼 것이고 검 역시 함께 올 것이다.

"난 무인이 아니오. 그리고 자존심을 세우고 싶은 마음도 없소. 말하지 않았소. 그저 삶을 영위하며 나에게 충실하고 싶을 뿐이라고."

관치는 더 이상 잡혀 있다간 일이 커질 수도 있다는 생각이 들자 미련 없이 등을 돌렸다. 창고 안으로 들어가 별채 쪽으로 도망이라도 쳐야만 했다.

그러나 이미 달아오를 대로 달아오른 청년이 관치를 그대로 보내줄 리 없었다. 청년은 관치가 등을 돌리는 순간 망설임 없이 몸을 날렸다. 앞을 막아서지 못한다면 그가 등을 돌리지 못하도록 만들면 되는 것이다.

이번엔 청년의 생각이 통했는지 막 달려가려던 관치가 급히 몸을 숙이며 우측으로 몸을 피했다. 우측은 주방 쪽이니 창고로 들어가려면 청년을 물리치거나 그의 손이 닿지 않을 정도로 높이 뛰어오르는 수밖엔 없었다.

"주방문은 열려 있다. 지금도 도망을 치고 싶다면 주방 쪽으로 도망을 치면 될 것이다!"

청년은 맘대로 해보라는 듯 더욱 목소리를 높였다. 관치가 도망을 치려 한 순간부터 은연중 내공을 실어 말하고 있었기에 객점 안에 있는 무림인들의 움직임이 부산해지고 있던 차였다.

관치는 더 이상 청년을 방관하다간 정말 큰일이 날 수도 있다는 생각이 들었다. 여전히 내키진 않았지만 이미 이해할 수 있는 선을 넘어버린 청년에게 계속해서 양보만 바랄 수는 없는 일이었다.

"그대가 선택한 일이니 책임도 그대가 져야 할 것이오."

관치는 더 이상 지체할 수 없다는 듯 주먹을 불끈 쥐더니 성큼성큼 청년 쪽으로 걸음을 옮겼다. 청년은 이렇다 할 방어나 공격도 없이 자신에게 다가오는 관치를 보며 저도 모르게 한두 걸음 물러서고 말았다.

'젠장, 뭐 하는 것이냐? 화산의 얼굴에 먹칠을 할 생각이냐!'

청년은, 아니 화산의 새로운 신예이자 후기지수 중 수위를 달리고 있는 연준하는 얼마 전부터 화산검협이라는 이름까지 얻어 유명세를 타기 시작한 자신이 상대의 돌출 행동에 겁을 집어먹었단 생각이 들자 마음을 다잡았다. 기세를 파악하기 어려운 특이한 상대이긴 했지만 그가 자신의 공격을 잘 피했다는 점을 제외하곤 사실 무서워할 상황은 아니었던 것이다.

'냉철하게. 그가 피했다면 나도 피하면 그만이고 그가 막는다면 나 역시 막으면 그만이다. 검이 올 때까지만, 그때까지만 잡아두면 된다.'

화산검협 연준하는 스스로를 진정시키며 관치의 눈을 마주 바라봤다. 상대의 눈빛 속에서 다음을 예측하고자 한 것이다. 그러나 관치의 움직임은 여전히 똑같았다. 그저 산보라도 나온 듯 연준하를 향해 계속해서 걸음을 옮긴 것이다.

둘 사이의 거리가 채 3자가 되지 않을 정도로 가까워지자 더 이상 버티기가 어려워진 연준하가 결국 먼저 손을 쓰고야 말았다.

제3장. 재자가인(才子佳人)

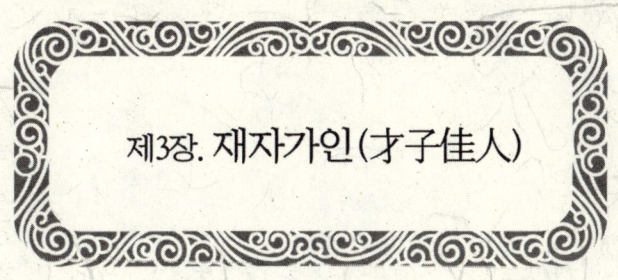

재자가인(才子佳人)

―재주가 있는 남자와 아름다운 여자는 그물에 엮이기 마련이다.

 화산의 제자가 검을 사용하지 않고 적을 상대하는 경우는 둘 사이의 격차가 너무 심해 애초부터 검을 뽑아들 필요도 없을 때뿐이다.
 화산은 검으로 시작해 검으로 끝나는 곳이었고 상대가 누구든 간에 대결을 할 때는 검으로 모든 걸 이야기했다. 종종 적수공권으로 찾아온 상대를 검으로 상대했다 하여 수군거리는 이들도 있었지만 화산의 입장에선 적수공권을 수련하지 않으니 검을 들 수밖에 없는 게 현실이었다.
 오히려 검을 수련하는 곳에 찾아와 검을 놓고 대결을 벌이자는 것 자체가 이상한 일이었고, 만약 그런 사람이 있다면 화산파 입장에선 상대의 손에 검을 쥐어주고 검으로 상대하자고 할 정도였다. 귀에 걸면 귀걸이 코에 걸면 코걸이가 되듯, 사실 검을 쓰든 도를 쓰든 아니면 창이나 기병(奇兵)을 쓰든 유리하고 불리함은 딱히 정해진 바가 없었다. 어떤 무공이든 어떤 무기이든 그것에 얼마나 숙달되고 또 잘 사용하는가에 따라 입장이 달라질 뿐이었다.

그러나 오늘 그 모든 이점을 포기하고 싸워야 하는 사람이 있었으니 바로 관치를 막아선 화산검협 연준하였다. 상대가 주먹으로 겨루자고 한 것은 아니었지만 자신의 부주의함 때문에 원치 않은 대결을 하게 된 것이다.

물론 따지고 보면 원치 않은 대결이 아니라 검이 없기에 아쉬운 대결이 되었다는 게 더 정확한 표현일 것이다. 사실 원치 않은 대결이라는 말은 연준하보다 관치 쪽이 더 잘 어울리는 상태니 말이다.

하지만 검이 있었다면 조금 더 쉽게, 조금 더 확실하게 처리할 수 있는 일들이 번거롭고 복잡하게 변해버렸으니, 연준하 그가 느끼는 검의 필요성은 세상 그 어떤 것보다도 더욱 절실했다.

성큼성큼 걸어온 상대를 향해 정성껏 내지른 정권이 너무나 어이없고 황당한 결과로 돌아온 것이다.

턱.

'턱?'

관치의 명치를 노리고 내지른 주먹이었다. 아무리 비켜 맞았다 해도 결코 '턱' 소리가 날 리는 없었다.

 연준하는 무심한 눈길로 자신을 바라보는 관치의 시선에 흠칫한 표정을 짓더니 단번에 세 차례나 다시 주먹을 날려보냈다.

 턱, 툭, 탁.

 연준하는 또다시 들려오는 약소한 마찰음에 식은땀이 흘러내렸다. 분명히 힘껏 내지르고 있음에도 자신의 팔과 근육이 원하는 대로 움직여 주질 않았다. 머릿속은 풀어 헤친 실타래처럼 마구잡이로 엉켜 버렸고, 내지른 주먹은 관치의 몸에 닿지도 못한 채 계속해서 허공을 배회했다.

 "이, 이놈이!"

 연준하가 움직임을 일으킬 때마다 관치의 양손이 조금씩 앞선 속도로 연준하의 팔꿈치와 하박을 밀어내고 쳐낸 것이다. 만약 관치의 손길에 내공이 실려 있었다면 자신의 관절은 요란한 비명을 토해내며 뒤틀리면서 그대로 부러지고 말았을 것이다.

 연준하는 후다닥 뒷걸음질 쳤다. 긴장감에 목이 말라버렸는지 뭔가 말을 하려고 해도 바람 빠지는 소리만 흘러나왔다. 한 번도 경험해보지 못한, 마치 수렁에 빠져 어찌할 바를 모르는 망아지처럼 그렇게 물러서기 바빴다.

 연준하는 열망에 대한 갈증이 아니라 완전히 말라버린 허무의 세상에서나 느낄 수 있는 타버릴 듯한 갈증에 시달리기 시작했다. 몸엔 소름이 돋고 털은 꼿꼿이 솟구쳐 올라 섬뜩함이 어떤 느낌인지 확실히 경험하고 있었다.

"아직도 모르겠소?"

관치는 무의미한 짓은 그만두라는 듯 고개를 저었다.

"사술(邪術)을 쓰는……."

연준하는 도저히 감을 잡을 수 없는 관치의 움직임에 이해할 수 없는 기묘한 대결 자체를 사이한 술수로 치부하려고 했다.

"사술이라……. 그들 스스로 이해할 수 없는 것들은 모두 그렇게 표현하더군. 하지만 곰곰이 생각해보시오. 무공이 무엇인지 모르는 일반 양민들 입장에선 당신의 그 몸짓도 사술로 보일 것인데, 그렇다면 세상에 사술이 아닌 게 어디 있겠소. 사술이라 말하기 전에 자신의 역량이 부족함을 인정하고 이대로 물러설 줄도 아는 것이 사내라 생각하오. 억지는 그만 하면 되었으니 이만 돌아가시오. 사람들이 몰려오면 일을 덮기가 어렵지 않겠소?"

관치는 최대한 연준하의 입장을 챙겨 주기 위해 다시 말을 건넸다.

그러나 이미 물러설 수 없는 지경이 된 연준하로선 관치의 말이 스쳐 가는 바람과 같다 여겼다. 자신을 위해 객점을 통째로 전세 냈던 당문의 인사들이 어느새 뒤뜰로 달려 나왔기 때문이다.

"검을……."

연준하는 뒤늦게 모습을 드러낸 자신의 사제에게 힘겹게 입을 열었다.

"네?"

연준하의 상태를 알 리가 없는 사제는 무슨 소린지 모르겠다며 고개를 갸웃거렸다.

연준하는 눈치 없는 사제의 모습에 더욱 속이 타올랐다. 만에 하나 이 싸움에서 살아남는다면 화산으로 돌아감과 동시에 사제를 마구 괴롭혀 주겠다는 엉뚱한 생각마저 튀어올랐다.

"검을 다오!"

"네? 아, 네!"

연준하의 사제 민덕수는 어리둥절한 표정을 짓다 말고 뭔가 복잡한 상황이 발생했음을 깨닫고 연준하에게 검을 전해 주고자 앞으로 나섰다. 하지만 이내 관치의 손짓에 우뚝 멈춰서야만 했다.

"저기……."

"검을 주면 피를 부를 것이오."

관치의 시선은 연준하에게 고정되어 있었지만 마음은 그의 사제가 들고 있는 검에 머물러 있었다. 연준하가 검을 든다면 더 이상 이런 식의 대결은 불가능했다. 둘 중 하나가 죽어야지만 끝이 날 게 분명했다.

관치는 자신의 능력이 하늘을 날고 땅을 놀라게 할 수 있다면 얼마나 좋을까 생각했다. 만약 그 정도 격차를 보일 수 있다면 연준하가 검을 든다 해도 관여치 않았을 것이다. 그저 막고 밀면 그만일 테니 말이다. 그러나 현재 자신의 능력으론, 아니 자신이 익히고 있는 제(擠:밀어내다.)의 특성상 더 이상 손을 쓸 수가 없었다. 사람의 몸과 달리 쇠붙이로 만들어진 병장기들은 꺾고 밀어내기에 너무 날카로웠기 때문이다. 물론 제의 완성인 결(決:터트리다.)을 이해할 수 있다면 상대의 병기를 파쇄(破碎)시킬 수 있을 것이다. 그러나 그러한 경지는 수련만으로 이뤄낼 수 없는 상승의 공부였다.

"검을 다오!"

연준하는 관치의 손짓에 머뭇거리는 민덕수를 향해 일갈을 내질렀다. 연준하는 무슨 일이 있어도 관치를 꺾어야 했고 바닥에 팽개쳐진 자존심을 다시 챙겨들어야 했다. 이대로 물러서거나 돌아가야 한다면 평생 한(恨)이 되어 자신을 괴롭힐 것이 분명했다.

정의를 논하기 전에 정의를 논할 수 있는 강함을 지녀야 했다. 그것이 사조의 가르침이었고 또 그렇게 하는 것이 자신도 옳다고 여겼다.

관치는 안타까운 표정을 감추지 못했다. 결국 아무 일도 아닌 것이 모두에게 큰일이 되기 시작한 것이다. 어떻게 해야 이 난관을 벗어날 수 있는지 고민을 거듭하던 관치는 민덕수에게 고개를 끄덕였다.

 사람들은 민덕수가 사형 연준하가 아닌 처음 보는 사내의 말에 반응을 하자 '허허' 소리를 내며 어이없다는 표정이 되었다. 당문의 인사들이나 자리에 참석한 무림인들은 원인까진 알 수 없었지만 사태가 어떻게 돌아가는지 정도는 이미 파악을 한 상태였다.

 '화산검협 연준하가 무명의 사내에게 밀리고 있다!'

 은근히 화산의 성세에 질투를 하고 있던 무림인들은 내심 연준하에게 망신살이 뻗치길 바랐다.

 그것은 당문의 사람들도 마찬가지였다. 구대문파의 수장이나 다름없는 화산과 손을 잡기 위해 얼마나 고개를 숙였던가. 어렵게 얻어낸 맹약으로 사돈지간이 된 상황에 놓이긴 했지만 동등한 눈높이로 관계를 맺지 못하는 것에 아쉬움이 많은 당문이었다.

 '여기서 연준하가 패하기라도 한다면?'

 무명소졸. 전혀 이름이 알려지지 않은 누군가에게 연준하가 패하기라도 한다면 화산의 독주는 주춤거리게 될 것이고, 그 틈을 노려 기어오르는 자들을 누르기 위해서라도 당문의 힘이 지금보다는 더 필요해질 것이다.

 거래는 본래 공평해야 한다고 생각하고 있던 당문의 입장에서는 당연히 원인보다는 결과에 관심을 가질 수밖에 없었다. 그리고 그들과 모두가 원하는 결과는 연준하의 패배였다.

물론 그 와중에도 그와 상반된 생각을 하는 이가 있었으니 바로 당문세가의 현(現) 가주 당악충이었다. 과거 무림맹이 건재하던 시절 후기지수들의 수련관이었던 무림학관 출신으로 올해 66세가 된 백전노장의 노(老)고수였다.

'이해할 수가 없구나. 연준하의 실력이라면 검을 들지 않고도 저 정도 인물은 처리가 가능할 것인데……'

당악충은 긴장된 눈빛으로 검을 달라고 하는 연준하의 태도에 적지 않게 실망한 눈빛이었다. 화산과의 동맹을 위한 정략적 혼인이긴 했지만, 얼마 뒤면 자신의 손녀사위가 될 사람이었다. 다른 이들은 연준하의 패배가 당문과 화산의 입장 차를 좁혀 줄 거라 생각했지만 당악충의 생각은 전혀 반대였다.

정략이라곤 하지만 서로가 한 가족이 될 사이였다. 그리고 차기 장문인의 뒤를 이어 화산을 이끌어갈 존재로 당연시되고 있는 사람이 바로 연준하였다. 그런 연준하를 사위로 두고자 한다면 그의 힘이 강력하고 확실할수록 유리한 점이 많았다. 만에 하나 연준하가 무명소졸에게 패하기라도 하는 날엔 차후 사위로 맞아들이는 부분도 고민을 해야 할 정도였다.

무림에 명성이란 그렇게 무섭고 중요한 것이었다. 사실 지금 벌어지고 있는 사태만 해도 당악충은 못마땅한 눈빛이 가득했다. 이왕 손을 쓰려면 남들이 보기 전에 마무리를 지었든지, 아니면 어느 정도 이름 있는 자와 손을 섞어야 했다 생각한 것이다.

'너무도 평범한 자로다. 행색을 보아하니 객점에서 장작이나 패는 일꾼 같은데…….'

무림인들이 보기엔 내공을 익힌 흔적을 발견하지 못하는 순간부터 모두가 평범하거나 부족한 것으로 치부됐다. 만약 일반인들이 관치를 보았다면 6척에 이르는 키는 물론이고, 과하다 싶을 정도로 붙어 있는 근육을 보면 행여 시비에 휘말릴까 봐 피해 다닐 정도라고 해도 이상하지 않을 정도였다.

'내공을 익힌 흔적이 없는 자에게 검을 빼들었다. 하지만 연준하가 상대를 잘못 볼 리는 없을 것이니 결국 내가 파악할 수 없는 또 다른 뭔가가 저 사내에게 있다는 뜻이 되겠군.'

당악충은 오랜 세월 쌓아온 연륜을 총동원해 관치의 모습을 살피기 시작했다. 무림의 몇 안 되는 수준급 무인을 긴장케 할 정도라면 아무리 감추려 해도 드러나는 부분이 있기 때문이다.

당악충과 여타의 무림인들이 각자의 생각에 잠겨 있는 동안 연준하는 서서히 검을 빼들고 있었다. 그리고 검끝이 검집을 빠져나오는 순간 연준하는 검집을 그대로 바닥에 내려놓았다.
 검을 쥔 자가 검집을 놨다는 것은 목숨을 내놓고 생사를 겨루겠다는 의미.
 여흥이나 즐기겠다는 생각으로 연준하와 관치의 대결을 지켜보던 사람들의 표정이 일순 심각하게 변했다. 연준하가 저 정도로 상대를 높이 평가한다는 것은 단순히 무명소졸과 티격태격하는 정도가 아닌 것이다. 말 그대로 이 자리에서 패배를 한다면 자신의 명예와 이름을 버리겠다는 것과 같았기 때문이다.
 '기어코 피를 보겠다는 뜻인가?'
 무림인들은 연준하의 선택에 당혹스런 표정을 지었다. 아무리 봐도 검집을 버릴 정도로 급박한 상황은 아니었다.
 다른 이들이 어떤 생각을 하건 상관없다는 듯 연준하는 검을 들어 관치의 미간을 겨누었다. 이미 관치의 기괴한 체술을 경험한 상태라 복잡한 기술을 사용하기보다는 명확하고 강력한 한 수로 쾌의 묘미를 펼칠 생각이었다.
 손의 연장선이 검이라 말하곤 하지만 그것이 검을 든 의미의 모든 것이라면 세상의 검객들은 푸줏간 칼잡이와 다를 바 없을 것이다. 물론 여타의 말로 검의 가치를 판단하는 자들이 없는 건 아니지만, 어느 정도 경지에 이른 검객들이라면 검은 단순히 연장선에 있는 것이 아니라 자신을 넘어선 또 다른 자신과 같았다.

 '용서치 않을 것이다. 감히 사람들 앞에서 나에게 모욕을 주다니!'

 자신과 검을 동일시하는 행위는 검과 합일된 경지를 느껴 본 자만이 말할 수 있는 경지. 연준하 역시 신검합일이 무엇인지 이미 깨달은 검객이었고, 또 그 이상의 벽을 뛰어넘기 위해 불철주야 노력하는 검객이었다. 그런 연준하가 관치를 상대하기 위해 초식의 유리함이 아닌 신검합일의 단 일검을 선택한 것이다.

 연준하의 기세가 점차 고조되고 주변의 대기가 흔들릴 정도로 기운이 강맹해지자 사람들은 분분히 거리를 벌리며 몸을 피하기 시작했다. 그렇지 않아도 좁은 곳이라 발 디딜 틈이 없었는데 황당하게도 연준하가 신검합일의 경지를 펼치려 한 것이다. 자칫 기파에 휩말리기라도 하면 큰 낭패를 볼 수도 있었기에 실력이 부족한 자들은 한 사람도 빠짐없이 벽에 붙어 섰다.

 물론 당가의 가주 당악충이나 장로급들은 정당히 공간만 확보한 채 두 사람의 대결을 지켜보고 있었고, 다른 몇몇 무림인들 역시 그 정도 기파는 감당할 수 있다 자신했기에 자신의 자리를 꿋꿋이 지키고 있었다.

 "후회는 아무리 빨라도 늦는 법. 너는 넘지 말아야 할 선을 넘고 말았다."

"그대가 말하는 선이 어떤 규정에 부합된 선인지 알 수 없소. 오히려 나는 가만히 있는데 그대가 선을 움직여 나를 그 안에 가둔 건 아닌가 싶은데 어떻게 생각하시오."

관치는 연준하의 하대에도 아랑곳하지 않고 여전히 존칭을 쓰며 담담한 표정을 유지했다.

"네놈의 그 뻔뻔한 얼굴이 이번에도 그대로일지……."

"난 응수하지 않을 것이오. 그대가 스스로 방어하지 못하고 어려움에 처한 사람을 어찌 대하는지 그냥 지켜볼 것이오."

관치는 더 이상 말이 무슨 소용이냐며 연준하의 말을 끊더니 그대로 눈을 감아버렸다. 연준하가 검을 날린다면 그대로 맞고 죽겠다는 표정이었다.

"이… 이……."

예상치 못한 관치의 행동에 연준하의 표정이 처참할 정도로 구겨졌다. 대항하지 않는 적을 향해 신검합일까지 써가며 목숨을 취한다면 그 역시 자신의 명예를 내팽개치는 행위가 될 것이다. 마음 같아선 당장이라도 달려가 관치의 야비한 혀를 잘라버리고 싶었지만 모두가 보는 앞에서 그런 망종을 부렸다간 명예는 고사하고 사문에서 파문지경을 당할 수도 있었다.

결국 관치가 손을 쓸 수밖에 없는 그런 상황을 만들어내야 한다는 것인데, 이 좁은 객점의 뒤뜰에서 무슨 수로 관치의 행동을 제어한단 말인가. 그것도 당문은 물론이고 다른 무림인들까지 모두가 모인 자리에서.

 연준하는 원통하고 미칠 것 같은 마음에 핏덩이가 터져 나올 것 같았다. 자신의 마음이야 어찌 됐든 더 이상 대결을 지속시킨다는 것은 관치에게 또다시 무시를 당하는 것과 같다는 생각이 든 것이다.

 '이쯤에서 접어야 한다.'

 연준하는 자신을 망치지 않고 훗날을 기약하는 것만이 최후의 수단이라는 것을 인정해야만 했다.

 그나마 다행이라면 다른 이들이 보기에 관치의 존재는 그저 그런 객점의 일꾼에 불과하다는 것이다. 물론 그런 착각 때문에 지금의 이 사태가 벌어지긴 했지만 차후 관치를 찾아내 조용히 목을 따버린다 해도 어느 누구도 자신을 의심하지 않을 것이며, 관치를 찾는 이조차 없을 거란 생각이 들었다. 검을 들어 모두가 보는 앞에서 통쾌하게 승부를 내는 것도 좋은 방법이지만, 짧은 순간 가슴속에 응어리를 만들어놓은 관치를 고통 없이 죽여준다는 것엔 문제를 제기하고픈 연준하였다.

 '최대한 고통스럽게 죽어서 저승에 가더라도 절대 잊을 수 없는 비극을 만들어주마.'

 연준하는 터질 듯한 심장을 억지로 눌러대며 마음을 가라앉혔다. 시간은 길고 기회는 충분하단 생각을 하며 복수를 다짐한 것이다. 무림에 수위를 다투는 신진고수가 겨우 객점의 일꾼에게 복수를 다짐한다는 것 자체가 어리둥절할 수도 있었지만, 연준하의 본래 심성이 그러했고 또 그렇게 하고 싶은 마음이 본래 그의 이면이었다.

평소엔 절대 드러날 리도 없고 드러나서도 안 되는 원초적 본능. 연준하는 그 본능을 즐기며 사는 법을 이미 오래전에 깨달은 상태였다.

연준하가 검을 내리며 기운을 갈무리하자 상황을 지켜보고 있던 당악충의 얼굴에 다행이라는 표정이 나타났다. 이 싸움은 이겨도 져도 모두 손해만 남는 싸움이었기에 당악충의 표정은 당연히 그럴 수밖에 없었다.

하지만 분을 삭이며 검을 내려놓는 연준하보다 재주를 높이 사는 이가 있었으니 바로 우성각의 일꾼 관치라는 사내였다. 당악충은 다른 이들은 눈치 채지 못하게 자신의 막내딸 당미란에게 전음을 날렸다.

-미란아.

-네, 아버님.

-저 사내를 데리고 오너라.

-네?

지루한 표정으로 연준하와 관치의 대결을 바라봤던 당미란. 당악충이 말년에 얻은 딸로 귀여움을 독차지하고 자란 탓에 물불을 가리지 않고 내키는 대로 움직이는 여인이었다. 다른 형제들은 모두가 혼인을 하고 아이들까지 낳았지만 미란은 여전히 미혼인 상태였다. 무림의 여인이 혼인을 늦게 치르는 경향도 미란의 독신주의에 한몫을 하긴 했지만, 어지간한 남자들에겐 시선조차 주지 않는 그녀의 거만함이 오늘의 당미란을 만들어냈다.

-왜요?

미란은 근처에만 가도 땀 냄새가 철철 풍길 것 같은 자를 직접 데려오라고 하니 불만 섞인 표정이 되었다.

-연준하와 화해도 시켜야겠고, 몇 가지 따로 알아볼 것도 있다. 뜻에 따르거라.

-다른 사람을 시키세요.

-후후, 다른 사람이라. 만약 일다경 안으로 저 사내를 데려온다면 네 재능을 인정해주마.

-재능은 무슨.

-가주의 명령이다. 명을 거역하겠다면 가법에 따라 너를 다스릴 것이다.

-일다경 안에 데려가면 뭐 있나요?

-만약 성공을 한다면 네가 그토록 바라던 기술원에 넣어주마.

-정말이죠?

-가주의 명이 지엄하다면 약속 또한 천금과 같은 것!

-넵!

당미란은 코끝을 찡그리며 하기 싫은 표정을 보였지만 가문의 일원으로서 가주의 명령은 그 어떤 것보다도 절대적인 힘을 지니고 있었다. 어차피 냉기 풀풀 풍기며 명령을 내리면 따라야 할 판인데, 성공을 한다면 기술원에 넣어준다는 말에 냉큼 명을 듣겠다 대답을 한 것이다.

미란은 사람들이 객점 안으로 모두 돌아갈 때까지 가만히 있다가 관치와 자신만 남게 되자 드디어 입을 열었다.

"거기 당신, 나와 함께 갑시다."

관치는 연준하가 사라짐과 동시에 그와 비슷한 행동을 하는 또 다른 이가 등장하자 미간을 찌푸렸다. 더 이상 무림인들과 엮이고 싶은 마음이 없는데 자신의 마음은 아랑곳하지 않고 자꾸만 귀찮게 하는 것이다.

관치는 연준하에게 그랬던 것처럼 고개를 돌려 버렸다. 더 이상 말조차 섞고 싶은 생각이 없었다.

"이봐! 지금 내 말을 무시하는 거야?"

관치는 한 치의 오차도 없이 반복되는 무림인들의 언변에 긴 한숨을 내뱉었다.

"무시하는 거라면 어쩔 것이오?"

"뭐야?"

당미란은 대뜸 무시를 하고 있다며 인상을 쓰는 관치의 모습에 어이없는 표정을 지었다.

"이게 죽으려고!"

"방금 전까지 도대체 뭘 본 것이오? 그대도 이곳에서 나에게 검을 겨누고 또다시 사람들을 끌어 모을 것이오?"

"뭐, 뭐야?"

당미란은 만사가 귀찮다는 듯 짜증을 보이는 관치의 모습에 황당한 기분이 되었다. 세상에 다른 사람도 아니고 사천 땅에 사는 사람이 자신이 누군지 모른단 말인가. 무지렁이 거지들도 자신이 지나가면 알아서 모습을 감췄고, 무림의 사내들 역시 온갖 편의를 제공하며 자신을 위해 봉사했다. 그런데 대충 둘러봐도 거지와 별 차이가 없는 사내 하나가 자신의 말을 무시하겠다 당당히 말하니 어떻게 반응을 보여야 할지 판단이 서지 않은 것이다.

"그리고 내 나이가 몇인데 그대에게 반말지거리를 들어야 한단 말이오? 상대에게 볼일이 있다면 말버릇부터 고치는 게 좋겠소."

"뭐야? 이 자식이 어디서 감히!"

당미란은 안 그래도 짜증이 나 미치겠는데 관치까지 툴툴거리자 살짝 꼭지가 돌아버렸다. 화급한 성격이 그대로 드러나며 손을 들어올렸지만 뜻을 이룰 수는 없었다. 연준하가 당황스런 표정을 지으며 관치를 상대할 때는 몰랐지만 막상 관치의 괴이한 움직임에 자신의 손이 막혀 버리자 미란 역시 당황스런 표정을 감추지 못했다.

잘해봐야 덩치만 키우는 외공 정도나 익혔을 것으로 생각했다. 딱히 내공의 흔적이 느껴지거나 고수들이 보이는 감히 범접하기 어려운 기세를 지닌 것도 아니었다. 그런데 당당히 고수 반열에 올랐다 말할 수 있는 자신의 공격을 기척도 없이 막아버린 것이다.

"……"

"죽고 죽이는 일만 아니라면, 그것이 상대에게 가르침을 내릴 수 있는 일이라면 어지간하면 참소. 하지만 이유 없이 맞고 사는 건 그다지 달갑지 않소. 특히나 그것이 처음 본 여인에게 따귀나 맞는 것이라면."

관치는 잡고 있던 미란의 팔을 밀어버리며 더 이상 할 말이 없다는 듯 그대로 창고 안으로 들어가 버렸다.

얼떨결에 홀로 남겨진 당미란은 한동안 우두커니 서 있다가 더듬더듬 아주 천천히 입을 열었다.

"뭐야, 이 인간은……"

창고로 다가간 그녀는 평소와 달리 조심스러운 모습을 보이기 시작했다. 본래 그녀의 성격이라면 당장 문짝은 물론이고 당사자까지 반쯤은 죽여 놓고 일을 시작했겠지만, 이상하게도 오늘만큼은 그래서는 안 된다는 생각이 머리를 지배했다. 다른 사내들에게서는 느낄 수 없는 기묘한 분위기.

미란은 이런 분위기를 지닌 사람을 과거에 만난 적이 있었다. 겉모습은 그저 그런, 지금 자신을 당황게 한 관치라는 사내처럼 평범 그 자체라 해도 이상하지 않은 사람이었다. 그런데 그 사람을 향해 당문 최고수의 자리를 지키고 있던 아버지 당악충이 고개를 숙였고 예의를 잃지 않기 위해 고심하는 모습을 봐야만 했다.

 어린 나이였지만 당문의 후예라는 것에 큰 자부심을 느끼고 있던 그녀는 그 일이 상처가 되었고 잊히지 않은 기억이 되었다. 그런데 관치라는 사내를 통해 불현듯 과거의 기억이 떠오른 것이다.

 "아버지, 변변치 못한 사람 같던데 왜 고개를 숙이셨나요?"
 미란은 당문의 자존심에 상처를 입혔다는 듯 아버지를 추궁했다.
 "하하하, 미란이 네 눈엔 저 사람이 그렇게 보이더냐?"
 "네. 옷이 고급스러운 것도 아니고 그렇다고 세가의 고수들처럼 위압적인 기운을 보이지도 못하던데요."
 "그래. 네가 보기엔 그럴 수도 있겠다. 하지만 말이다, 세상엔 보이는 것만으로 평가할 수 없는 사람이 모래알처럼 많단다."
 "아버지 말씀은 저 사람이 기인이사라도 된다는 건가요?"
 "기인이사라. 그렇구나. 저 사람이야말로 기인이사라는 말에 정말 잘 어울리는 사람일지도 모르지."

미란은 당시 자신이 말하고 아버지가 인정했던 바로 그 '기인이사'를 만난 것일 수도 있다는 생각이 들었다. 처음엔 별 볼일 없는 사람이라고 생각했지만 '정말 그럴지도 몰라.' 하는 생각이 들자, 관치의 행동거지가 왠지 특별해 보이고 그의 말속엔 자신이 이해하지 못할 현학적 이치가 담겨 있을지도 모른단 생각이 들었다.

 어쩌면 아버지도 관치라는 사내에게서 그런 부분을 찾아냈기에 자신을 보냈을 거라는 부분에 생각이 미치자, 그녀는 처음 나타났을 때와는 다른 사람이라고 할 정도로 분위기와 말투가 바뀌어버렸다.

 "저기요, 아버지가 잠시만 올라오시래요. 연준하와 화해도 시켜 주고 그런다던데 긁어 부스럼 만들지 말고 그렇게 하는 게 좋지 않겠어요?"

 땀에 젖은 옷을 벗어버리고 새 옷을 챙기고 있던 관치는 갑자기 당미란이 코맹맹이 목소리를 내자 묘하게도 오한이 드는 기분을 느꼈다.

 "이봐요, 내가 말을 놓은 게 불편했다면 사과할게요. 그러지 말고 제 입장도 좀 생각해주시면 안 되나요?

 당미란은 자신도 여자임을 증명이라도 하겠다는 듯이 연방 목소리를 늘어트리면서 관치의 반응을 살피기 시작했다.

 일다경이란 시간이 짧다면 짧고 길다면 긴 시간인데 방금 그 일다경이 지나기도 전에 한 남자와 한 여자의 운명이 그물에 걸린 물고기처럼 파닥거리기 시작했다.

제4장. 상전벽해(桑田碧海)

상전벽해(桑田碧海)

―뽕나무밭이 변하여 바다가 되었으니 세상의 일은 변화가 심하고 갈피를 잡을 수가 없다.

 관치는 연방 종알거리며 창고 밖을 서성이는 미란의 모습을 지켜봤다. 몸을 깨끗이 씻지는 못했지만 젖은 천으로 닦아내고 새 옷으로 갈아입었기에 방금 전 찝찝한 기분은 많이 사라진 상태였다.
 '저 아가씨는 마음의 변화가 자유자재로구나.'
 방금 전까진 자신을 노려보며 따귀를 때릴 정도로 펄쩍 뛰던 그녀가 무슨 영문인지 애절한 음성을 동원해 자신을 설득하고자 노력을 아끼지 않고 있었다.
 "저기요, 제가 잘못했다니까요. 그러니까 얼굴 좀 보고 이야기해요."
 미란은 마음 같아선 당장에라도 문을 열고 들어가고 싶었지만, 혹 그런 행동이 관치에게 좋지 않게 보일까 발만 동동 구를 뿐 어쩌지 못하고 있는 상태였다.

"제가 말을 함부로 한 것은 잘못했어요. 다짜고짜 따귀를 치려 한 것도 사과할게요. 하지만 결국 무시를 당하고 있는 것은 저잖아요. 사내라면 이래선 안 되는 것 아닌가요?"

미란은 가차 없이 돌아서버린 상대 때문에 속이 많이 상했는지 점점 목소리마저 힘이 없어지고 있었다.

"당신이 그러면 안 된다고 해서 바꾸고 있잖아요. 저는 이렇게 노력을 하는데 바꾸라 한 사람이 고개를 돌리면 어쩌자는 건데요. 남자가 말을 했으면……."

덜컥.

미란은 억울한 심정에 연방 입을 종알거리다 갑자기 창고 문이 열리는 바람에 헛바람을 들이켰다.

딸꾹.

갑작스레 문이 열리며 관치가 모습을 드러내자 호흡을 놓친 미란이 말을 잇지 못하고 딸꾹질을 해댔다.

"그대의 말이 맞소. 일방적인 약속은 없는 법이니 그대의 뜻에 따르리다."

미란은 당당한 모습으로 자신의 앞에 선 관치를 물끄러미 바라보다가 배시시 웃음을 보였다. 혹시나 했는데 정말 괜찮은 남자일지도 모른다는 생각이 든 것이다.

"고마워요. 사실 빈손으로 돌아갔다간 아버지에게 혼이 날 상황이었거든요. 이 은혜는 두고두고 갚도록 할게요."

관치는 미란의 말에 고개를 저었다.

"목적하는 바가 있어 응했을 뿐이니, 그대는 이 일로 빚을 졌다 생각할 이유가 없소. 갑시다."

관치는 은혜 운운하는 미란의 말을 끊어놓더니 앞장을 섰다.

'이 남자……'

가차 없이 곁가지를 쳐내고 할 일만 하겠다는 관치의 말에 미란은 자꾸만 웃음이 터져 나올 것 같았다. 얼마나 이런 상황을 꿈꾸었던가. 자신의 무례한 행동을 꾸짖을 줄 알고 자잘한 것에 연연하지 않는 사내 중의 사내.

철이 든 뒤로 자신 곁을 맴도는 수많은 남자들은 모두가 생각이 많고 고민도 많은, 뭔가 이득을 보고자 노력하는 사람들뿐이었다. 소녀 시절엔 영웅건을 두르고 백포를 휘날리며 말을 달리는 소년 영웅을 꿈꾸기도 했지만 그 모든 게 말 그대로 꿈에 불과하다는 것을 안 뒤론 한동안 잔뜩 비틀린 생활을 하기도 했었다. 그런데 예상치 못한 곳에서 자신이 꿈꾸었던 현실적인 남자를 만나게 된 것이다.

"저기요, 함께 가요."

◎ ◎ ◎

객점 안은 방금 전에 있었던 연준하와 장작 패는 일꾼과의 일 때문에 분위기가 많이 가라앉아 있었다. 당문의 장로들과 혈족들은 잊어버리면 그만이라며 연준하를 위로했지만 오히려 그 위로 때문에 연준하는 절대로 잊을 수가 없는 일이 되고 있었다.

'이 인간들이……. 그래. 나무꾼 하나 어쩌지 못하는 내 모습이 웃기기도 하겠지.'

말로는 사태 파악도 할 줄 모르는 어리석은 일꾼 때문에 연준하의 심기가 불편해졌다며 떠들어댔지만, 위로하는 그들의 얼굴엔 평범한 일꾼 하나 때문에 연준하가 어리석은 짓을 벌였다는 표정이 하나 가득 담겨 있었다.

정사의 구분이 모호해지고 각기 자신의 문파에 집중을 하기 시작한 지 벌써 30년이 넘었다. 종종 사마(邪魔)의 인물들이 무림에 나타나 시선을 끌기도 했지만, 독보가 가능했던 과거의 강호와 달리 지금은 국법이 지엄하고 황제의 입김이 변두리까지 미치는 완전히 구속된 무림이 된 지 오래였다.

주원장이 명을 건국하는 데 가장 많은 도움을 준 이들이 무림의 인사들이었음에도 불구하고 결국엔 그 힘이 제국의 안위에 문제를 일으킬 수 있다는 역설이 터져 나왔다. 주원장을 지지하며 교세를 과시하던 명교는 군마에 짓밟혔고 무림에 영향력 좀 있다는 문파들은 기둥뿌리가 흔들릴 정도로 재물을 빼앗겼다.

 도가와 불가의 성지이자 무림의 양대 산맥이었던 무당과 소림이 대표적인 예였는데 무당은 도(道)를 추구해야 할 도사들이 검을 들었다 하여 배척을 받았고, 소림 역시 불심을 통해 해탈이나 이룰 것이지 봉을 휘두른다 하여 억압을 받았다. 성세를 누리던 다른 문파들 역시 정도의 차이만 있을 뿐이지 비슷한 꼴을 당하면서 제집 살림 챙기기에 급급해진 것이다. 그러다 보니 흑백을 양분하고 사마를 적으로 삼던 백도의 문파들은 흑백보다는 생존을 우선시했고, 사마의 처단은 협객행이 아닌 관부의 포장들에게 일을 넘겨주었다.

 그나마 황제가 바뀌고 세월이 흐르다 보니 이 정도나마 강호가 회복된 것이지, 주원장이 10년만 더 살았더라면 세상에 도검을 수련하고 협행을 추구하는 의인들의 강호는 완전히 자취를 감출 뻔했다.

 그나마 그 와중에도 성세를 키운 이들이 있었으니 기존의 문파가 아닌 무림에 적을 둔 가문들이었다. 통칭 무림 세가라 불리는 이들 가문은 정통 문파가 부실한 틈에 구대문파 이상의 성세를 누리기 시작했다.

 화무십일홍이라 했던가! 승승장구하며 세를 구가하던 이들 무림 세가 역시 40년 전 무림 세가의 수장 격이었던 남궁세가가 역모를 꾸미는 순간 모든 게 수포로 돌아가고 말았다. 겨우 명맥만 유지하게 된 무림 세가들은 같은 지역에 자리를 잡고 있던 중소 문파들에 하나 둘 사업장을 내주기 시작하더니 결국엔 어디에서나 볼 수 있는 평범한 장원 수준으로까지 몰락하고 말았다.

그러나 썩어도 준치라 했듯 각 무림 문파들에 신진들이 대거 등장을 하면서 몰락을 거듭하던 문파들의 괴멸이 하나 둘 멈추기 시작하더니, 40년이 흐른 지금 안정적인 강호 무림의 틀을 완성시켰다.

그것은 무림의 세가들도 다르지 않았는데, 그중에 가장 놀라움을 안겨 준 가문이 바로 안휘성의 남궁세가였다. 거의 멸족에 가까운 피해를 입고 몰락의 길을 걷던 남궁가가 20년 만에 다시 고개를 쳐들더니 무시무시한 속도로 주변 지역을 잠식한 것이다.

40년 전 사건으로 견원지간처럼 사이가 벌어져 버린 당문 입장에선 결코 좌시할 수 없는 일이었다. 호시탐탐 당문을 노리던 남궁세가는 호북의 제갈세가와 손을 잡더니 드디어 사천에 입성을 하고 만 것이다.

남궁세가만으로도 벅찬 상대였던 당문은 결국 구대문파 중에서도 가장 큰 성세를 누리고 있는 화산과 혈맹을 맺게 된 것이다.

화산파는 사천과 호북, 그리고 안휘성과도 인접한 섬서에 자리를 잡고 있었기에 지리적으로 상당히 유리한 위치를 선점하고 있었다. 만에 하나 남궁세가가 당문을 공격한다면

한 가족이나 다름없는 화산이 당장에 안휘성으로 내려가 빈 집 털이 하듯 남궁세가를 박살낼 수가 있는 것이다.

남궁세가가 과거의 세를 어느 정도 되찾았다고는 하지만 혈족만으로 이루어진 세가의 특성상 일반인을 제자로 받아들여 대륙 곳곳에 검객을 뿌려 놓은 구파의 역량과는 비교를 할 수가 없었다. 당문 입장에선 화산의 문지기가 찾아왔다고 해도 귀하게 모셔야 할 정도로 위험한 상황이었던 것이다. 특히 연준하는 화산과 당문을 하나로 이어줄 유일무이한 존재였으니 그의 비위를 맞추고자 노력하는 게 당연한 일이었다.

"연 공자, 아침부터 술자리를 갖기엔 부담스러운 점도 있겠지만 오늘은 특별한 날이다 생각하고 함께 한잔하도록 하세."

당악충에 이어 차후 당문을 이끌어갈 소가주 당화윤이 잔을 들어올렸다. 연준하는 아직도 관치만 생각하면 분이 치솟았지만 그렇다고 차후 장인이 될 사람 앞에서 감정을 표출할 수도 없었다.

'가끔은 술로 마음을 다스리는 것도 나쁘진 않겠지.'

연준하는 당화윤을 따라 잔을 들어올리더니 단숨에 술을 마셔 버렸다. 아예 술잔을 잡지 않았으면 모를까 쌓여 있는 화를 그렇게라도 풀겠다 생각하니 연거푸 세 잔이나 술을 들이켜 버린 연준하였다. 하지만 그 와중에도 관치의 얼굴을 수백 번이고 떠올리면서 뼈마디를 발라내는 상상을 즐겼다. 지금은 상황이나 여건이 좋지 못하지만 모두가 술에 취하고 쉬어야 할 시간이 되면 자신의 움직임을 방해할 사람은 없다고 생각했다.

'그나저나 내가 당문에 온 지 벌써 보름이 넘었거늘 어찌 당민영은 한 번도 얼굴을 비추지 않는단 말인가.'

연준하는 자신의 처가 될 사람이 자리에 나타나지 않는 게 이상했다. 아무리 수줍음이 많고 모르는 사람을 만나는 걸 꺼려하는 성격이라곤 하지만 그것은 어디까지나 다른 사람들에게나 통용되는 내용이 아닌가. 앞으로 식을 올리고 나면 살을 맞대고 살아야 할 사람이 이렇게 행동한다는 것은 그녀가 자신을 맘에 들어 하지 않거나, 자신이 더 몸이 달도록 누군가 수위를 조절하고 있다는 생각이 들었다.

'세상에 내가 마음에 들지 않는다면 어떤 사내가 무림일미를 얻을 수 있단 말인가.'

연준하는 있을 수 없는 일이라 생각하며 고개를 저어버렸다. 당문의 늙은이들이 어설프게 장난을 치고 있는 게 분명했다. 보통 때 같으면 그러려니 넘어갈 수도 있는 일이었지만 오늘은 마음이 심란한 데다 은근히 짜증까지 올라와 한 마디 하고 넘어가는 게 좋겠단 생각이 들었다.

"소가주님, 제가 궁금한 게 한 가지 있습니다."

"하하하, 천하의 연 공자도 궁금한 게 있소?"

당화윤은 재미있다는 듯 미소를 지으며 연준하를 바라봤다.

"세상엔 수많은 남자와 여자가 있습니다."

"그렇소. 세상의 반은 여자고 반은 남자라 해도 틀린 말은 아니지."

"그런데 그 많고 많은 사람들 중에 부부의 연을 맺고 함께 살아간다는 것은 정말 누가 보아도 놀라운 인연이 아닐까 생각이 됩니다."

 당화윤은 부부의 연이라는 말이 나옴과 동시에 연준하가 무슨 말을 하고 싶어 하는지 바로 깨달았다.

"혹시 연 공자가 보고 싶은 사람이 있어 그러는 것 아닌가?"

"이런, 제가 그렇게 티를 냈습니까. 하하하하."

 연준하는 자신의 말을 바로 알아먹는 당화윤의 모습에 '역시 그랬군.' 하는 생각을 하면서도 외면상 부끄럽다는 듯 웃음을 보였다.

'결국 먼저 말을 꺼내길 기다렸다는 뜻이렷다.'

 연준하는 자신이 먼저 당민영을 보고 싶어 한다는 말을 듣기 위해 지금껏 모르쇠로 일관했다는 생각이 들자 남궁가에 쫓기고 있는 당문의 신세가 불쌍하기도 하고 웃기기도 했다. 그 한마디 먼저 하고 늦게 하는 게 무슨 대수라고 이런 것까지 머리를 굴린단 말인가.

'이제 무림제일미의 모습을 직접 확인할 수 있겠군. 은근히 기대가 되는걸.'

연준하는 당민영을 만날 생각에 잠시나마 관치의 모습을 머릿속에서 지울 수 있었다. 그러나 당화윤에게서 돌아온 대답은 연준하가 생각했던 것이 아니었다.

"연 공자의 마음을 모르는 바는 아니나……."

"무슨 문제라도 있는 겁니까?"

"문제라고 할 일은 아닙니다. 단지 민영이가 제 어미를 생각하는 마음이 애틋하다 보니."

"당 소저의 어머니라면……."

소가주 당화윤에겐 모두 3명의 부인이 있었고 당민영은 그중 가장 마지막에 얻은 부인에게서 얻은 딸이었다. 첫째 부인과 둘째 부인은 당화윤과 맺어지기 전에 이미 무림에서 활동을 했던 전력이 있기에 어느 정도 이름이 알려진 편이었지만 세 번째 얻은 부인은 무림의 인물이 아니라는 말도 있었고, 종종 관부의 딸과 정략에 가까운 형태로 연을 맺었다는 말도 들려왔다.

그러나 이런저런 소문이 떠도는 중에도 셋째 부인의 존재는 여전히 베일에 가려져 있었기에 연준하 역시 그녀가 누구인지 알지 못했다.

"사실 연 공자가 도착하기 전부터 나 역시 민영이의 얼굴을 보지 못하고 있다네."

"혹시 부인께서 불편한 곳이라도 있으신 겁니까?"

당화윤은 연준하의 말에 작게 고개를 끄덕였다.

"사실 최근 들어 몸이 많이 약해졌는데 얼마 전부터 거동이 불편할 정도가 되었네. 평소에도 제 어미라면 끔찍이 여기던 민영인데 그런 상황이 되다 보니 연 공자가 왔음에도 선뜻 나서라 말을 하지 못하고 있는지라……."

"그런 일이 있었군요. 당 소저의 아름다움은 그 마음까지 한결같으니 그저 감탄스러울 뿐입니다."

연준하는 민영이 모습을 드러내지 않는 부분에 그런 사연이 있는 줄은 몰랐다면서 오히려 괜한 소리를 해 당화윤의 마음을 불편하게 했다며 사과를 했다.

"아니네. 연 공자가 사과할 일은 아니지. 실력이 좋은 의원들을 불러 모았으니 조만간 기운을 차릴 것이고 민영이도 얼굴을 보일 것이니 너무 심려치 마시게."

연준하는 당화윤의 말에 고개를 끄덕이며 민영의 어머니를 위해 술잔을 들어올렸다.

"부인의 쾌차를 빌며 한 잔 올리겠습니다."

"하하하, 역시 연 공자는!"

당화윤은 사정을 이해해주는 연준하의 모습에 오히려 감탄을 했다는 듯 엄지손가락을 치켜들었다. 그러나 웃는 얼굴로 술잔을 기울이는 연준하의 속마음은 이미 꼬일 대로 꼬인 상태였다.

'당장 죽는 것도 아닌데 지아비 될 사람을 버려두고 얼굴조차 보이지 않는다, 이거지. 혼인을 올린 뒤에도 그렇게 도도할 수 있는지 어디 두고 보자.'

술잔을 기울이며 민영의 행동이 괘씸하다 생각하고 있던 연준하는 갑자기 객점 2층이 소란스러워지자 계단 쪽으로 시선을 돌렸다.

'저놈은!'

당장 꼬리를 말고 도망을 쳐도 모자랄 판에 아무렇지도 않다는 듯 관치가 모습을 나타낸 것이다.

"감히 여기가 어디라고 올라온 것이냐!"

당문의 장로 한 명이 급히 연준하의 눈치를 보며 관치를 향해 호통을 쳤다. 그러자 관치의 뒤를 따르고 있던 미란이 급히 앞으로 나섰다.

"미란이 네가 거기서 뭘 하는 것이냐? 요즘에 조용하게 지낸다 싶었더니 그새를 못 참고 또 사고를 치는 것이냐!"

미란은 연준하의 눈치를 보며 크게 소리치는 장로를 보고 있자 자신도 모르게 한숨이 나왔다. 사천의 맹주라는 당문세가가 왜 이리 한심하게 변해버렸단 말인가.

"죄송해요. 제가 대신 사과를 드릴게요."

미란은 2층에 올라오자마자 연방 호통 소리를 듣고 있는 관치를 보며 미안한 표정을 지었다.

"그대는 나에게 사과를 할 이유가 없소. 사과를 해야 한다면 그것은 나를 불러놓고도 알리지 않은 그대의 아버지가 해야 할 것이오."

"그, 그건."

미란은 관치의 대답에 당황한 표정을 감추지 못했다. 설마 다른 사람도 아니고 당문의 가주에게 사과를 하라고 할 줄은 몰랐기 때문이다.

"그대는 가서 전하시오. 사람을 불렀으면 예의를 보이라고."

"자꾸 왜 그러세요. 안 그래도 분위기 험악한데!"

미란은 꽉 막힌 사람처럼 툭툭 말을 내뱉는 관치의 행동에 행여 사단이라도 날까 봐 불안함을 감추지 못했다. 그것은 미란뿐만이 아니라 당가의 사람들이라면 누구나 공통적으로 느끼는 불안감이었다. 당가가 처한 입장 때문에 많이 참고 있긴 했지만 평소 당악충의 성격이라면 연준하는 물론이고, 화산의 장문인이 온다고 해도 분명 눈 하나 깜빡이지 않을 것이었다.

"자네의 말이 맞네. 사람을 불렀으면 예의를 갖춰야지. 괜찮다면 이쪽으로 자리를 하는 게 어떻겠나."

사람들은 한순간 자신들의 귀가 잘못되었나 싶어 몇 차례 귀를 후비는 자들도 있었고 '설마 장난이겠지.' 하는 표정으로 당악충을 바라보는 자들도 있었다. 그중에 몇몇 사람들은 저렇게 해놓고 자리에 앉으면 바로 독살을 당하고 말

거라며 몰래 내기를 하는 사람들도 있을 정도였다.

"주인이 청한다면 객은 당연히 응하는 것이 도리겠죠."

관치는 당악충이 앉아 있는 곳에 이르는 동안 7개의 탁자를 지나쳐야 했고, 그중에 하나는 일다경 전 뒤뜰에서 싸움을 벌였던 연준하의 자리도 포함돼 있었다. 아무리 배포가 큰 자라 할지라도 목숨을 부지한 지 얼마 되지 않아 다시 죽을 곳을 찾아간다는 것은 상식적으로 미쳤다 봐도 무방할 정도였다.

'노인장, 부탁이니 나를 시험에 들게 하지 마시오.'

관치는 7개의 탁자를 지나는 동안 노인, 아니 당문의 가주 당악충의 사주를 받은 누군가가 장난을 걸지 않기를 바랐다. 만에 하나 그 장난이 지나쳐 자신의 몸에 위해가 가해질 수도 있다는 판단이 들면 더 이상 우성각의 여유로운 삶은 유지할 수가 없을 것이다.

이미 부엌을 벗어나면서부터 불안한 눈으로 자신을 바라보고 있는 총관 하월성의 얼굴엔 안타까움이 가득한 상태였다. 부엌에 있던 숙수들에게 뒤뜰에서 일어난 일을 대충 챙겨들은 하월성은 관치에게 일어난 불행한 일이 자신의 부주의 때문이라고 생각하고 있었다.

'이 일로 우성각에 피해가 가지 않아야 할 텐데……'

당악충은 한 치의 흔들림도 없이 자신의 눈빛을 받아내며 앞으로 걸어오는 관치를 보며 짧은 감탄사를 보였다. 어느 누가 있어 사천 땅에서 이런 자를 키워냈단 말인가. 보면 볼수록 탐이 나는 놈이었다. 비록 내공을 수련한 흔적이 없어 상승의 공부를 익히진 못한 것 같았지만, 근래 날고 긴다는 놈들도 피해 다니는 연준하를 상대로 검을 뽑게 만들었으니 그것만으로도 당악충의 마음은 시원 통쾌할 정도였다.

관치는 당악충이 앉아 있는 탁자에 이르더니 비어 있는 의자 하나를 가져다 당악충 맞은편에 자리를 잡았다. 의도한 것은 아니었지만 마치 당문의 수장과 담판이라도 짓는 모양새가 되어 객점 안은 순식간에 살풍경이 되어버렸다. 당문의 인사들이 관치의 행동에 분기를 보이기 시작한 것이다.

"용건은 간단히, 뱉은 말은 확실하게 하는 것이 좋을 듯합니다. 더 이상 오해를 받는 것도, 원치 않은 일에 끌려드는 것도 바라지 않습니다."

먼저 입을 연 것은 역시 관치였다.

"그렇지. 용건은 간단하고 뱉은 말은 지키되 쓸데없는 일은 피한다. 갑자를 넘게 산 뒤론 거의 들어보지 못했지만 과거엔 누구나 바라 마지않던 일이지."

당악충은 관치의 말을 반복하며 자신의 수염을 가지런히 쓰다듬었다.

"연배를 보나 연륜을 보나 어르신의 말씀에 따르는 것이 옳다 생각합니다. 가르침을 주십시오."

관치는 다행히 말이 통하는 상대란 생각이 들자 가타부타 말을 늘어놓기보다는 노인의 방침에 따르는 것도 나쁘지 않다는 생각이 들었다.

"가르침을 받고 싶다?"

당악충은 묘한 눈빛으로 관치를 바라보기 시작했다. 관치의 등장으로 예상치 못한 상황이 벌어지자 객점 안에 있던 사람들의 눈길은 당악충의 탁자로 모조리 몰려 있는 상태.

당악충은 그제야 관치가 무슨 짓을 했는지 파악했고 그의 대범함과 재치에 놀랐는지 탁 소리가 나도록 자신의 장딴지를 내려쳤다.

"오늘 예기치 못한 곳에서 내가 귀인(貴人)을 보는구나!"

미란은 관치의 무모함에 가슴을 졸이고 있다가 갑자기 탁 소리가 나자 자라 보고 놀란 가슴 솥뚜껑 보고 놀란 사람처럼 또다시 헛바람을 들이켰다.

딸꾹!

당악충의 갑작스런 외침에 넋나간 표정을 짓던 당가의 사람들은 미란의 딸꾹질 소리에 겨우 정신을 차렸다.

"가주님, 그게 무슨 말씀이십니까?"

관치가 모습을 나타내자 내리 호통을 쳤던 장로 하나가 영문을 모르겠다는 듯 입을 열었다.

"사리분별이 확실하고 하나에서 열까지 상황을 이해하니 어찌 귀인이 아니겠느냐. 진정 놀라울 따름이다."

당악충은 장로의 질문에도 아랑곳하지 않고 연방 자신의

말만 늘어놓았다.

"가주님!"

"시끄럽다! 객점에서 장작이나 패는 일꾼보다 못한 놈들 같으니라고. 대체 그동안 먹어치운 밥그릇 수만 해도 셀 수 없을 정도일진데 어찌 그리 어리석단 말이냐!"

당악충은 이해를 못하겠다는 듯 눈알을 굴리고 있는 장로들에게 가차 없이 호통을 쳤다.

최근 들어 화산과의 관계를 돈독하게 하기 위해 성질을 죽이고 있던 당악충이었지만 사실 무림에 둘째가라면 서러울 정도로 화급하고 독한 인간이 바로 당악충이었다. 몇 달간 잠잠히 있다 보니 자신들이 대들 듯 바라보고 있는 사람이 본래 어떤 사람이었는지를 잠시나마 망각했다는 생각에 장로들의 얼굴빛이 시커멓게 변해버렸다.

"미란아."

"네, 아버지."

"너는 오늘부터 이 귀인을 잘 모셔야 할 것이다."

"네?"

미란은 앞뒤 설명도 없이 관치를 귀인으로 모시라는 말에 토끼 눈이 되었다.

"왜, 너도 나이만 들고 철이라곤 눈곱만큼도 없는 장로들처럼 이해를 못하는 것이냐?"

"설마요! 전 아버지가 이 사람에게 해코지를 했다면 아예 족보에서 이름을 파버릴 생각이었다고요!"

 미란은 말도 안 되는 소릴 한다며 버럭 소리를 질렀다가 어이없다는 듯 자신을 바라보는 혈족들의 눈빛에 급히 시선을 돌려 버렸다.

 "좋다. 역시 내 딸답구나. 십여 년간 우울한 날만 계속되다가 오랜만에 웃음을 되찾았으니 술을 한잔할 것이다. 하하하하!"

 당악충은 뭐가 그리 좋은지 다른 이들의 생각은 관심도 없다는 듯 껄껄거리며 웃음을 터트렸고, 다른 이들은 뭐가 어떻게 돌아가는지 모르겠다는 듯 연방 당악충과 연준하 사이에서 눈치만 볼 뿐이었다.

 탁!

 누가 들어도 거칠게 술잔을 내려놓는 소리가 당악충의 웃음 뒤에 울려 퍼졌다. 은근히 술잔에 내력까지 집어넣었는지 객점 2층은 또다시 분위기가 뒤집어졌다.

 사람들은 술잔을 내려놓으며 불만을 보인 상대를 향해 고개를 돌렸고 당연히 그럴 수밖에 없겠다는 듯 고개를 끄덕였다. 천하의 연준하에게 창피를 준 자를 귀인이라 칭찬을 늘어놨으니 심기가 불편할 수밖에 없는 것이다.

 "연유가 무엇인지 물어도 되겠습니까?"

 연준하는 눈에서 불이라도 쏘아낼 듯 빛을 토해내며 당악충을 바라보았다.

"진정 이유를 몰라서 묻는 것이냐?"

당악충은 의미심장한 미소를 보이며 오히려 연준하에게 질문을 되돌려줬다.

"훗, 웃음밖에는 나오지 않는군요. 당문 스스로가 살길을 포기하고 죽기로 작정한 게 아니라면 있을 수 없는 일이 벌어지고 있으니 말입니다."

당악충은 연준하의 말에 몸을 뒤로 젖히더니 느긋한 표정을 지었다.

"무슨 말인지 모르겠군."

"당 가주께서 저희 화산파의 전대 장문인과 친분이 두텁다는 것은 저 역시 잘 알고 있습니다. 하지만 이미 그분은 물러선 지 십 년이 넘었습니다. 지금은 그때의 화산이 아니라는 걸 알아주셨으면 좋겠군요."

"당최 무슨 말인지 알아들을 수가 없군. 아침부터 취한 것인가?"

당가의 사람들은 연준하의 협박성 언변에 잠시 충격을 먹은 듯했지만 뒤이어 흘러나오는 당악충의 발언엔 아예 정신이 날아가 버렸다. 누가 보아도 적아를 구분하지 못하는 것은 가주 당악충이었기 때문이다.

연준하는 당문을 돕겠다고 나선 의인(義人)이었고, 장작패는 사내는 그런 의인의 비위를 거슬러 문제를 만들어낸 사람이었다. 당장 발등에 떨어진 불을 끄자면 당문은 화산의 힘이 절실한 상태. 그런데 당악충은 화산의 검을 포기하고 장작 패는 사내를 귀인으로 받아들인 것이다. 누가 봐도 말도 안 되는 상황에 믿을 수 없는 일이 벌어지고 있었다.

"듣고 보니 그런 것 같기도 합니다. 제가 취해서 헛것이 보이고 헛소리가 들리는 것인지, 아니면 저는 정상인데 누군가 망(忘)증이 들어 사태를 파악하지 못하는 것인지 알 수가 없군요."

"연 공자, 말이 심하네!"

연준하와 자신의 아버지 당악충의 대화를 듣고 있던 당화윤이 눈살을 찌푸리며 연준하를 말렸다.

"소 가주님, 한 말씀 드리겠습니다."

"말해보게나."

"이대로 끝내실 생각이라면 당 가주의 말씀대로 저자를 귀인으로 맞이하시고, 그게 아니라면 지금 당장 저자를 이곳에서 쫓아내십시오."

당화윤은 당연히 연준하의 그 말이 나올 줄 알았다는 듯 한숨을 쉬더니 아버지 당악충을 바라보았다.

"아버님……"

"클클클, 너 역시 밥버러지들과 같은 생각인 것이냐? 차기 가주라는 네놈마저 정신 줄을 놓은 것이냐, 이 말이다!"

이쯤에서 상황을 진정시키는 것이 어떻겠냐고 물어보려던 당화윤은 오히려 역정을 내며 자신을 나무라는 가주의 모습에 가슴이 답답해졌다.

"저는……."

"어찌할 것이냐."

"저는 가문을 지키고 싶습니다."

당화윤은 어쩔 수 없다는 듯 당악충을 바라보았다.

"자신의 자식을 팔고 가문의 명예를 팔아 이곳을 지킨다 한들 그것이 어떻게 당문을 지켰다 할 수 있겠느냐. 내 이번 일은 차기 가주인 네 의견에 따르고자 노력을 하고 있다만 이렇게는 안 될 것이다. 절대! 이렇게는 안 될 것이다!"

당악충은 피라도 토할 듯 격렬한 음성으로 관치의 처분을 단호히 거부해버렸다.

당화윤은 이런 식으론 방법이 없다 생각했는지 결국 최후의 패를 꺼내들었다.

"아버님이 가문을 이끌고 대소를 논하는 위치에 계시긴 하지만 이번 일은 일종의 안위와 직결된 문제입니다. 개인의 판단과 의지만으론 어떤 결과도 얻을 수 없다는 말이지요."

"그래서 날 연금이라도 시키겠다는 것이냐?"

"필요하다면… 그렇게 할 것입니다."

당화윤은 겨우 장작이나 패는 사내 한 명 때문에 가문의 안위를 포기할 수는 없었다. 연준하라는 연줄을 어떻게 만들어냈는데 억울해서라도 이대론 물러설 수가 없었다.

그가 알려진 것과는 달리 과할 정도로 문제를 가지고 있다는 것은 이미 보름간의 시간을 통해 충분히 느끼고 있었지만 그렇다고 그가 사마로 배척될 만큼 사건을 일으킨 것은 아니었다. 어떤 사람이라도 하나 이상의 약점은 가지고 있기 마련이다. 그 정도 배포도 없이 화산을 끌어안으려 했다면 애초부터 일을 벌이지 말았어야 했다. 딸자식을 팔고 가문의 명예를 파는 한이 있더라고 일단은 살고 봐야 다음도 있는 것 아닌가.

"당문 소가주 당화윤이 말합니다. 현 가주는 더 이상 가문을 이끌 능력이 없다고 사료되는바 장로회의 인가를 통해 가문의 운영권을 넘겨받고 가주 당악충은 후원에 연금시키는 것으로 결정을 하고자 합니다. 오늘 이곳에 가문의 장로들과 각 기관의 수장들이 모여 있으니 누구의 말을 따를 것인지 판단을 내려 주시기 바랍니다."

장로들과 기관의 수장들은 갑작스럽게 판이 갈리고 의견이 양분되자 어떻게 처신을 해야 할지 결정을 내리지 못했다. 다음 세대를 생각한다면 당화윤의 손을 들어주는 게 당연했지만 문제는 당가 역사상 최악의 인물이자 최고의 인물이라는 당악충이 여전히 건재하다는 데 있었다. 자칫 손을 잘못 들었다간 패가망신을 할 수도 있는 상황이었다.

당화윤이 빨리 결정을 내리라며 장내를 둘러보기 시작하자 그 모습을 지켜보고 있던 연준하의 얼굴에 미소가 드리워졌다. 자칫 섬서에서 사천까지 달려와 개망신을 당할 뻔했는데 다행히 체면치레는 했다는 생각이 들었기 때문이다. 남궁세가와 제갈세가가 어느 날 갑자기 멸문이라도 당하지 않는 한 당가는 화산의 손아귀에서 놀아나게 될 것이다.

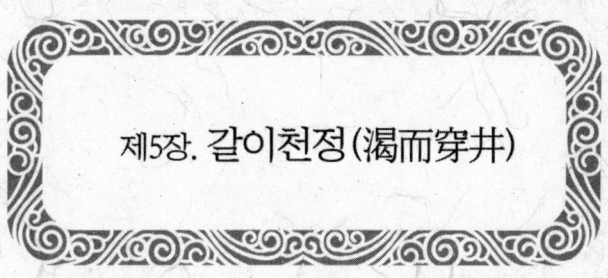

제5장. 갈이천정(渴而穿井)

갈이천정(渴而穿井)

―어리석은 자는 목이 말라야 우물을 판다.

 연준하의 요청으로 우성각 특별 요리를 먹고자 아침부터 찾아들었던 당문과 사천성의 무림인들은 긴박하게 돌아가는 상황에 어떻게 대처하는 것이 차후 자신의 처지에 좋은 결과를 미칠지 고민에 빠져들었다. 아무리 차기 가주라고는 하지만 아직 가문을 장악하지 못한 당화윤에게 줄을 섰다가 당악충이 미친 척이라도 하는 날엔 남궁세가에 맞아 죽기 전에 정체 모를 독에 중독당해 한 줌 구정물로 변해버릴 수도 있는 일이었다.
 하지만 흘러가는 대세만 따지고 보면 객점 뒤뜰에서 도끼질이나 하는 놈을 귀인처럼 대하고 돕겠다고 나서고, 연준하는 몹쓸 놈처럼 대하는 것은 뭔가 아귀가 맞지를 않았다.

연준하의 말처럼 당악충이 광증을 보이거나 망증을 보여 헛소리를 하는 것처럼 보이기도 했다. 자칫하면 가문이 풍비박산 날 수도 있는 상황에 겨우 일꾼 하나 살리겠다고 이런 짓을 벌인다는 건 상식적으로나 이치상으로 따져 봐도 도무지 납득이 되지 않았기 때문이다.

"밤이 길면 생각도 길어지는 법이오. 어차피 어느 쪽을 결정하든 본인의 선택이니 강요는 하지 않을 것이오. 그러나 선택에 책임을 져야 한다는 것 정도는 직접 설명하지 않아도 충분히 알고 있을 것이니……."

당화윤은 말로는 강요하지 않는다 하면서도 결국엔 똑바로 하지 않으면 가만두지 않겠다는 말을 늘어놓고 있었다.

가만히 자리에 앉아서 아들이 하는 짓을 지켜보고 있던 당악충이 입을 열었다.

"그만!"

침묵을 지키고 있던 당악충이 입을 열자 웅성거리던 객점 안은 언제 그랬냐는 듯 다시 조용해졌다.

"가문을 양분하는 것은 그 어떤 짓보다 어리석은 짓이다. 외부의 적을 막기도 전에 내분이 일어나는 셈이지."

"어느 누구도 그런 상황을 원치 않습니다."

당화윤은 아버지만 아니었다면 아무 일도 없었을 거라며 한차례 말을 꼬아서 대답했다.

"좋다. 어차피 성은 그 친구도 이런 식으로 물러났다고 들었다. 더 이상 떠들어봐야 가문에 누만 될 뿐이니 내 스스로 물러나도록 하마."

당화윤은 당악충 스스로 가주의 자리에서 물러나겠다고 말하자 그게 진심이냐는 눈빛을 날렸다.

"지금 벌어지고 있는 모든 일은 사실 그 속을 들여다보면 각자가 선택한 가문을 위하는 방법일 뿐이다. 누가 옳고 그름을 따지기 전에 그 안에 들어 있는 진심엔 변함이 없다는 것이지."

당악충은 거기까지 말하고 사람들의 얼굴을 잠시 바라보더니 자리에서 일어났다.

"절이 싫으면 중이 떠나는 법. 나는 오늘부로 가문의 일에서 손을 뗄 것이니 지금 이 순간부터 사천 당문세가는 화윤의 뜻에 따라 움직이도록 해라."

당악충은 더 이상 논란을 만들고 싶지 않다는 듯 미란과 관치를 데리고 걸음을 옮기기 시작했다.

"잠깐."

여전히 술잔을 비우며 상황을 지켜보고 있던 연준하가 몸을 일으키며 관치를 바라보았다.

"저자는 남겨 놓고 가셔야겠습니다. 그렇지 않습니까? 신임 가주님."

연준하는 당화윤을 바라보며 손으론 관치를 가리켰다. 당화윤은 연준하가 요구하는 사항이 불합리하다 생각진 않았지만 아버지가 가주의 자리까지 내놓은 마당에 관치란 자의 신병을 요구한다면 모양이 좋지 않다는 생각이 들었다.

"연 공자가 양보하는 게 어떤가 싶네."

당화윤은 이쯤에서 그만두는 게 좋겠다며 연준하를 바라보았다. 그러나 연준하의 최종 목표가 관치였던 만큼 이대로 물러설 이유가 없었다.

"어차피 저자는 당문의 사람이 아닙니다. 거기다 저자와 저의 일은 지극히 개인적인 일이니 당문에서 관여할 부분이 아니라고 생각됩니다."

연준하는 왜 이렇게 사태가 흘러버렸는지는 둘째였다. 어차피 당문은 자신을 포기할 수 없고, 자신이 몸 담고 있는 화산을 적으로 돌리는 일은 더더욱 할 수 없는 상황이었다. 그런데 노인네 고집 때문에 어쩔 수 없다니 있을 수 없는 일이었다. 당화윤은 자신을 잡기 위해서라면 당악충의 손에서 관치를 뺏어 와야 했고, 또 그렇게 하는 것이 지금의 대세에 어울리는 처신이었다.

"아버님……."

당화윤은 어쩔 수 없다는 듯 아버지 당악충을 바라봤다. 이왕 양보한 것 한 번 더 해주면 좋지 않느냐는 눈빛이었다.

"나와 네 동생이 죽고 나면 그리할 수 있을 것이다."

"아버님!"

당화윤은 고집불통인 당악충의 태도에 언성을 높이기 시작했다. 가문의 사람도 아니고 그렇다고 크게 친분이 있는 자도 아니었다. 거기다 몇 번 안면이라도 있었으면 모를까 잠시 잠깐 동안 연준하와 대적하던 모습과 탁자에 앉아 처분에 따르겠다는 말 외에는 딱히 친분을 쌓을 틈도 없던 인간이었다.

 아니, 그럴 여유가 있었다 해도 당문의 가주가 손을 내밀 정도로 대단한 사람이 아니었기에 당화윤은 더욱 화가 났는지도 몰랐다.

 '가문의 위기를 포기할 정도로 감쌀 대상이 지금 어디에 있단 말인가.'

 과거 무림이 융성하고 협객의 도가 강호를 지배할 땐 어느 누구라도 당악충의 선택에 토를 달지 않았을 것이다. 그러나 과거의 망상이나 다름없는 추억거리에 사로잡혀 대세를 그르치려 했다면 정말 노망이 나도 단단히 난 셈이었다.

 "내가 물러난 것만으론 만족을 못하는 것이냐?"
 "지금 그런 문제가 아니지 않습니까?"
 "그래. 네 말이 맞다. 지금 그런 문제가 아니다. 난 이미 가문의 일에서 벗어난 사람이니 가문의 일로 나를 압박하는 것 자체도 말이 되지 않을뿐더러, 저 화산파 핏덩이의 말처럼 당문과 무관한 일인데 당문이 나서라고 하는 것은 어불성설이나 마찬가지다. 연가 핏덩이 놈! 필요하다면 네놈이 직접 나설 일이지 감히 장인이 될 사람을 앞세워 가문의 어른을 핍박하려 들어?"

당악충은 당장이라도 연준하를 패 죽일 듯 이글이글 불타는 눈빛으로 쏘아보았다.

사람들은 당악충의 본래 성격이 나오는 것 같아 조심조심 거리를 떨쳤지만 연준하는 아랑곳하지 않고 계속 입을 놀렸다.

"좋습니다. 선배님이 그리 말씀하시니 저도 한 말씀 올리죠. 조만간 장인 될 분이 사위에게 선물을 하나 하겠다는데 그걸 말리시니 손자사위는 정말 섭섭할 뿐입니다. 선물은 못해줄망정 장인이 준다는 선물마저 뺏어버리는 분이 세상천지 어디에 있습니까?"

연준하는 이죽거리는 표정을 감추지 않으며 당악충의 속을 거침없이 긁어댔다.

당가의 사람들은 연준하의 행동이 도를 넘었다 생각하면서도 당문이 살아남을 마지막 패라는 생각에 입을 다물어버렸고, 당화윤은 오히려 한술 더 떠 당악충을 괴롭혔다.

"진정 가문을 버리시고 장작 패는 일꾼이나 챙기시겠다면……."

"그렇게 하겠다면?"

"부자간의 연을 끊고 가문의 법통을 바로 세우기 위해 추방을 명할 것입니다."

"허허허."

당악충은 아들의 말에 어이가 없었는지 허탈한 웃음을 보였다.

"오라버니! 지금 그게 무슨 말이에요!"

미란은 더 이상 못 들어주겠다는 듯 앞으로 나서며 소리를 질렀다. 아들이 아비를 버리고 가문에 평생을 바쳐 온 사람을 내치겠다니 패륜도 이런 패륜이 없었다.

"네가 그것을 원한다면 그렇게 하거라."

"……."

당화윤은 스스로 말을 해놓고도 이게 무슨 짓인가 싶었다. 그런데 자신의 아버지는 그렇게 하고 싶으면 하라며 아무렇지도 않게 받아들이는 게 아닌가.

당화윤의 얼굴에 순간 그늘이 드리워졌다. 자신은 위기에 처한 가문을 구하고 싶을 뿐인데 왜 이리 이해를 못하신단 말인가. 어차피 남궁세가와 당문 둘 중에 하나는 사라져야 끝날 싸움. 이대로 멸족을 당하느니 차라리 부자의 연을 끊고 가문을 구하는 것이 옳은 길이라 믿기로 했다.

"가주의 권한으로 말한다. 지금 이 시간부로 당악충과 당미란은 가문에서 축출되었으며 이들과 소통하거나 도움을 주는 자는 목숨을 보전치 못할 것이다."

"가, 가주!"

"안 될 말씀이오! 어찌 부자간의 연을 끊고 추방을 시킨단 말이오!"

 당화윤의 외침에 장로 몇이 급히 달려 나오며 절대 불가를 외쳤다. 그러나 이미 결정은 내려졌고 당악충 역시 가주의 선언에 묵묵히 고개를 끄덕였다.

 "가주, 하루라도 좋으니 주변을 정리할 시간을 줄 수 있겠는가?"

 당악충은 지친 표정으로 아들 당화윤을 바라봤다.

 "정확히 사흘 후, 두 사람은 더 이상 당문의 사람이 아니게 될 것입니다."

 당화윤은 이제 만족하냐는 듯 연준하를 바라봤다. 연준하 역시 당화윤이 이 정도로 강력한 처방전을 내놓으리라곤 상상치 못했기에 더 이상 고집을 부리지 못하고 고개를 끄덕였다. 술기운에 오기를 부리긴 했지만 설마 사태가 이렇게까지 심각하게 흘러가게 될 줄은 미처 예상치 못했던 것이다.

 "나는 단지 저자를 원했을 뿐인데, 어쩌다 일이 이렇게 되어버렸는지……."

 연준하는 자신은 그저 관치를 원했을 뿐인데, 당문 스스로 지지고 볶아 사건을 키워놓았다며 슬그머니 발을 빼버렸다.

 당화윤은 당장이라도 연준하를 죽여 버리고 싶었지만 이렇게까지 된 마당에 분을 참지 못하고 그런 일을 벌였다간 더 큰 사단이 벌어질 것임을 잘 알고 있었다. 대신 화산과의 혈맹을 위해 혈육까지 버린 자신의 행동이 정말 가문을 위한 일이 되기를 바랄 뿐이었다.

◈   ◈   ◈

 당화윤이 사람들을 이끌고 객점을 나선 뒤에야 당악충도 객점을 나섰다. 관치는 당악충이 따라오라는 말이 없었음에도 당연히 그래야 한다는 듯 함께 길을 나섰다.
 한동안 말없이 걸음을 옮기던 당악충은 관치에게 모든 일을 보고 있으면서도 왜 한마디 말도 꺼내지 않았는지 궁금해했다. 이유야 어떻든 모든 일이 관치 때문에 일어났고 진행되었으며 결과를 얻었기 때문이다.
 "자네는 왜 한마디도 하지 않은 것인가?"
 "저는 어르신의 선택이 단순하지 않다고 생각했습니다. 만에 하나 제가 잘못 끼어들어 어르신이 생각하는 바를 오인한다면 오히려 문제가 커질 수도 있다고 판단했을 뿐입니다."
 "크크크크, 자네 정말 물건일세."
 당악충은 관치의 대답에 고개를 끄덕이며 어느 정도 인정하는 모습을 보였다.
 미란은 분위기 좋게 식사를 하러 나왔다 이게 무슨 봉변인지 모르겠다며 금방이라도 울음을 터트릴 지경이었다.
"어르신, 한 가지 궁금한 게 있습니다."
"물어보게나."
"왜 스스로 가문을 벗어난 것입니까? 누군가 어르신이 가문을 떠났다 믿게 만들어야 할 사람이라도 있는 거였습니까?"

당문으로 걸음을 옮기고 있던 당악충은 관치의 질문에 표정이 굳어졌다. 생면부지인 관치가 파악을 할 정도면 이미 상대도 예상할 수 있다는 의미가 된 것이다.
"어떻게 알아냈나?"
"정말 가문의 위기를 위해서 화산이 필요하다면 저 같은 것 정도는 그냥 던져 버릴 분처럼 보였기 때문입니다."

당악충은 고개를 돌려 관치를 바라봤다. 아니, 뚫어질 정도로 노려봤다는 말이 정확할 것이다.
"자네는 누군가?"
"우성각에서 장작 패는 일로 먹고사는 소관치라고 합니다."
"……"

당악충은 관치의 대답에 잠시 고민에 빠져들었다.
"어르신."
"말하게."
"제 목숨을 뺏는다 해서 달라질 것은 없습니다. 어렵게 세상에 나와 이제야 사람처럼 살게 된 저입니다. 그냥 보내주십시오."

 당악충은 관치의 입에서 말이 흘러나올 때마다 자신도 모르게 식은땀이 흘러내렸다. 도대체 이 천둥 도깨비 같은 놈이 어디서 튀어나왔단 말인가.

 "저는 삶 자체에 맛을 느끼는 평범한 사람일 뿐입니다. 제 거처는 우성각 부엌 뒷문에 연결된 작은 뜰에 있습니다. 언제든 찾아오시면 저는 그곳에 있을 것입니다. 부디 원하시는 바를 얻으시길 바랍니다."

 관치는 당악충이 목숨을 살려 주겠다 말하지 않았음에도 그대로 발길을 돌려 본래 있어야 할 곳으로 걸어가 버렸다.

 관치를 죽여야 할지 아니면 이대로 두어야 할지 고민에 빠져 있던 당악충은 아무렇지도 않다는 듯 성큼 걸어가 버리는 관치를 보며 잠시 망설이는 눈빛을 보였다.

 '어차피 연준하 놈이 움직일 것이다. 굳이 내 손에 피를 묻힐 필요는 없겠지.'

 당악충은 씁쓸한 표정을 지으며 객점 안으로 들어가 버리는 관치의 뒷모습을 바라봤다.

 "아버지, 저 사내⋯ 멋있지 않아요?"

 죽이는 게 옳은 선택일지도 모른다는 생각이 드는 순간 그의 귓가에 흘러드는 미란의 음성. 당악충은 자신도 모르게 고개를 끄덕이며 대답했다.

"그래서 고민을 해야만 했다."

"네?"

"아니다. 화윤에게 사흘의 시간을 벌었으니 그 안에 일을 마무리해야 한다. 속도를 높여라."

미란은 무슨 소린지 모르겠다며 당악충을 바라봤지만 그는 그럴 여유조차 없다며 일단 자신을 따라오라고 할 뿐이었다.

◈　◈　◈

총관은 관치가 다시 되돌아오자 무슨 일이라도 벌어지는 줄 알았다며 법석을 떨었다. 어디 다친 곳은 없냐며 몸 이곳저곳을 살피는 하월성에게 관치가 별일 아니라는 듯 웃어주자 그는 운이 좋았다며 어서 들어가 쉬라고 했다.

아침부터 당문세가 때문에 신경이 곤두서 있던 하월성은 오늘 영업은 이걸로 끝이라며 객점의 문을 닫아버렸고, 한동안 몸져눕는 바람에 우성각의 영업이 정상화되는 데는 5일이라는 시간이 지나서였다.

다음 날 당악충과 관치가 떨어졌다는 소식을 접한 연준하가 우성각에 찾아오긴 했지만 굳게 닫혀 있는 문을 보곤 그냥 돌아가 버렸다. 물론 외관상 그냥 돌아간 것처럼 보였을 뿐이지 그날 밤 뒷담을 넘어 관치가 생활하고 있는 창고에 찾아든 것은 참새가 방앗간을 지나치지 못한 것과 같은 이치였다.

지금쯤 도망을 쳤을 수도 있다는 생각을 하면서도 그날 자신이 겪었던 관치의 성격이라면 혹시 그대로 버티고 있지 않을까 하는 생각에 미련을 버리지 못하고 찾아온 것이었다.

아니나 다를까 관치는 그런 일이 있었음에도 아랑곳하지 않고 창고 생활을 계속하고 있었고 연준하는 기쁜 표정으로 창고 문을 부숴버렸다.

"나와."

"흠, 또 온 것이오?"

관치는 야행복 차림에 검을 들고 나타난 연준하를 보며 지겹단 표정을 지었다. 그 정도 소란을 피우고 사단을 냈으면 됐다 싶었는데 결국엔 미련을 버리지 못하고 우성각에 다시 찾아온 것이다.

"나와. 멍청히 앉아 있는 걸 찌르고 싶지는 않으니까."

"잠시만 기다려 주시겠소?"

"잠시뿐이겠느냐? 네놈이 잘못을 인정하고 통곡을 할 정도의 시간은 얼마든지 기다려 주마."

막 저녁을 먹고 있던 관치는 연준하의 대답에 고개를 끄덕이더니 소채와 돼지고기 볶음을 천천히 아주 느긋하게 씹기 시작했다.

연준하는 잠시 기다려 달라는 이유가 기껏 밥을 먹기 위해였다는 걸 확인한 순간 곧바로 검을 뽑아들었다. 그러나 관치의 애잔한 목소리에 끓어오르는 분노를 잠시 억누르며 최소한 식사는 마칠 수 있도록 기다려 주기로 했다.
 "시간이 좀 걸릴 것이오."
 "흥, 그 정도야."
 그래도 무림의 명성 높은 검객인데 아무리 맘에 들지 않는 자라 할지라도 식사 중에 목을 치고 싶지는 않았던 것이다.
 보통 사람의 평균 식사 시간은 일반적으로 한 식경 정도 걸린다 볼 때 관치의 식사 시간은 무려 반 시진에 가까울 정도로 상당한 시간을 투자했다.
 물론 먹을 것이 많아 어쩔 수 없이 씹는 시간이 많이 걸린다면 이해라도 해주겠건만 관치의 식사량은 보통 사람과 다를 바 없었고, 단지 씹는 시간이 어마어마하게 차이가 날 뿐이었다. 완전히 가루를 만들어 먹겠다는 듯 씹고 또 씹는 관치의 모습에 연준하는 살짝 질린 표정을 지었다.
 "가지가지 하는구나. 아예 갈아서 죽으로 만들어 먹으면 편할 것을 왜 그렇게 미련하게 먹는 것이냐?"
 연준하는 보다 못해 결국 입을 열었다.
 "그렇게 먹으면 씹는 즐거움을 얻을 수 없소."
 "씹는 즐거움을 얻고 싶다면 양을 늘리면 될 것 아니냐?"

"양을 늘리면 원하는 만큼 씹을 수 없을뿐더러, 자칫 과식을 하게 돼 다음 식사를 방해할 수 있음은 모르시오?"

"……."

연방 입을 오물거리며 시간을 축내고 있는 관치의 모습에 연준하는 웃기도 않다는 표정이 되었다. 도대체 무슨 생각으로 저런 식사를 하는지 알다가도 모를 일이었다.

"도대체 누가 그렇게 먹는 걸 가르쳐 준 것이냐?"

"스스로 배웠을 뿐이오."

"스스로? 반 시진 이상 씹고 씹는 식사법을 스스로 배웠단 말이냐?"

"하루 종일 먹을 게 버섯과 이끼밖에 없고 그것도 지극히 제한된 분량이라면 그렇게 될 수밖에 없소."

"누가 보면 감옥에라도 갇혀 있었다 착각하겠군."

"감옥은 아니지만 그 비슷한 곳에서 오랜 시간을 보냈으니 틀린 말은 아닌 것 같소."

관치는 씹는 행위를 멈추지 않으면서도 연준하가 묻는 말에 일일이 대답을 해주었다.

"왜 이번엔 대답을 잘하는 거지?"

연준하는 목에 칼이 들어와도 말을 하지 않을 것처럼 무관심 일변도이던 관치가 하루 사이에 꼬박꼬박 말을 늘어놓자 이상하다는 표정이 되었다.

"당신은 대답을 하지 않는 걸 무척 싫어한다는 것을 알았기 때문이오."

"……."

 연준하는 도무지 관치라는 사내의 행동양식을 이해할 수가 없었다. 사람이 어떻게 하면 저런 삶을 살 수 있는지, 조그만 창고 안에서 다른 어떤 즐거움도 찾지 않으며 시간을 보낼 수 있는지 도통 알 수가 없었다.

"도대체 네놈은 무슨 재미로 세상을 살아가는 거냐?"

 연준하는 정말 궁금해져서 질문을 던졌다.

"세상에 살아가는 것 자체가 재미있는데 무슨 재미를 더 찾으라는 건지. 정말 알다가도 모르겠소."

"……."

 연준하는 또다시 말문이 막혔다. 그냥 사는 것 자체가 재미있다는데 뭐라고 말을 한단 말인가. 하지만 이대로 물러서기엔 왠지 억울한 느낌이 들었다. 묘하게 관치와 이야기를 하다 보면 은근히 말려든다는 생각이 들었다. 그러나 그것을 알고 있으면서도 말려드는 걸 멈출 수 없으니 연준하는 머리가 지끈거리면서도 말을 멈출 수가 없었다.

"세상엔 여자를 만나서 재미를 찾는 법도 있고, 유람하여 세상을 둘러보며 재미를 찾는 법도 있다. 단순히 한 끼 식사와 잠자리만으론 해결되지 않는 인간 본연의 욕구라는 게 존재한다는 말이다."

"여자를 만나서 재미를 찾을 만큼 남아 있는 마음이 없고,

이곳도 채 모르는데 다른 곳까지 둘러볼 이유가 없으며, 인간 본연의 욕구는 먹고 자고 싸는 것만으로 충분히 그 이상의 재미를 느낄 수 있으니 이미 나는 행복을 누리고 있소."

"이… 빌어먹을 작자야! 먹고 싸고 자는 건 개나 소도 다 하는 것 아니냐! 최소한 사람이라면 금수완 다른 재미를 찾아야 하는 법이다!"

"금수와 다른 재미가 여자를 만나고 세상을 구경하는 것이오?"

"당연하지 않느냐!"

관치는 소채 한 줄기를 정성스럽게 씹어대다가 고개를 저었다.

"무슨 의미냐?"

"여자를 만나 재미를 보는 것은 금수만이 아니라 하찮은 벌레들도 즐기는 것이며, 세상을 떠돌며 풍경을 바라보는 것은 사람들보다 금수들이 오히려 더 많이 하는 것이오. 왜 금수는 하지 않는다 생각하는 것이오?"

연준하는 관치의 말에 '어?' 하는 표정이 되더니 은연중 고개를 끄덕이고 말았다. 생각해보니 금수도 짝을 찾아 산속을 돌아다니고 먹고 싸고 자는 것 외엔 온통 돌아다니며 자연과 함께하고 있으니 풍경을 즐기는 것 역시 인간보다 더 많이 하고 있는 게 아닌가.

'이런 젠장!'

연준하는 관치를 만나면 뼈를 분지르고 가죽을 벗겨 낸 다음 근육을 가닥가닥 끊어놓을 생각이었다. 그런데 어쩌다 보니 본래 목적은 잊어버리고 엉뚱한 방향으로 대화가 흘러버리자 답답한 표정이 되었다.

"여자를 만나는 것과 풍경을 즐기는 것 외에 인간이 즐길 수 있는 재미는 이제 없는 것이오?"

관치는 인생을 즐기라던 연준하가 머뭇머뭇 말을 잇지 못하자 그게 끝이냐는 듯 먼저 질문을 던졌다.

"내일 다시 오겠다! 젠장! 도망갈 생각은 하지 않는 게 좋을 거야!"

막상 인간이 누릴 수 있는 재미와 행복에 대해서 이야기를 하려고 하니 자신도 아는 게 별로 없어 뭔가 말을 하기가 난감해진 것이다. 어려서부터 죽어라 무공만 익히다가 사문의 명에 따라 당문과 화산의 혈맹을 완성하러 뛰어다니는 게 전부였던 연준하였다. 그러다 보니 그 역시 딱히 먹고 싸고 자는 것 외엔 재미를 찾아 움직여 본 기억이 별로 나지 않는 게 아닌가.

솔직히 다른 사람과 대화 중에 이런 주제가 흘러나왔다면 자신도 그다지 아는 바가 없다고 흘려버릴 수 있는 일이었지만, 비웃음까지 보이며 재미를 찾으라 이야기했던 자신이 나도 모르겠다고 어찌 말을 하겠는가.

결국 관치를 괴롭히고 죽이러 찾아왔던 연준하는 분을 삼키며 그대로 다시 담을 넘어 사라져 버렸다.

 관치의 식사가 아직 전반도 끝나지 않은 시점에 벌어진 일이었다.

 "어쩐지 처음 볼 때부터 머리가 비어 보이더라니. 한동안은 저 녀석 덕분에 재미있는 시간을 보낼 수도 있겠는걸. 그런데 저 부실해 보이는 머리로 어떻게 당문과 화산파의 혈맹을 연결시킨 거지? 알다가도 모를 일이네."

 관치는 얼굴에 미소를 머금은 채 이번엔 돼지고기 한 점을 입에 넣고 씹기 시작했다. 어차피 자신과 무관한 이들의 삶인데 너무 깊이 고민하는 것도 건강에 좋지 않다는 생각을 했다.

◙   ◙   ◙

 "왔다."

 벌써 10일째 똑같은 말로 자신의 방문을 알리고 있는 연준하였다.

 "왔구려."
 "오늘도 식사 중인 거냐?"
 "언제나 식사 시간에 찾아오는 게 이상한 것 같은데."

 관치는 일부러 이 시간에 맞춰서 오는 게 아니냐며 의심스러운 눈빛을 보였다.

"웃기지 마라. 일과가 끝나는 시간이 이맘때쯤이라 그렇게 된 것뿐이다."

화산에서 생활을 하는 것도 아니고 일과를 챙기고 있다니 그 역시 믿을 수 없는 말이다.

"화산과 당문의 혈맹은 잘돼가는 것이오?"

"당연하지 않느냐."

"그래, 오늘은 인간의 어떤 재미를 알려 주고자 찾아온 것이오?"

관치는 왔으면 빨리 밑천을 꺼내보라는 듯 슬쩍 재촉을 했다.

연준하는 은근히 자신이 알아온 인간의 재미에 대해 관치가 관심을 보이는 듯하자 묘한 성취감에 휩싸였다. 마치 십 년 묵은 체증이 단번에 내려가는 듯한 느낌. 겪어본 자만이 느낄 수 있는 또 다른 쾌감이었다.

'목을 벨 날이 머지않았음이다. 네놈이 인생에 수많은 즐거움이 있다는 걸 깨닫는 순간 다시는 그것들을 즐길 수 없도록 만들어주마.'

연준하는 내심 자신이 목적하는 바가 얼마 남지 않았음에 기쁨을 느꼈다. 연준하는 어려서부터 타인의 고통 속에서 즐거움을 느끼는 묘한 쾌감을 즐겨 왔다. 물론 스스로를 제외하곤 어느 누구도 자신이 이런 즐거움을 만끽하고 다닌다는 사실을 모르고 있었다.

평소엔 정의로운 화산의 검객으로 생활하고, 옳고 그름을 떠나 화산에 도움이 되는 일이라면 그것이 정도에 어긋난 일이라도 해도 거리낌 없이 행동했다. 그리고 자신의 보편적인 삶의 시간이 끝날 때마다 본격적으로 스스로를 위해 시간을 쓰며 살아가고 있었다.

 최근 관치의 일 역시 그런 취미 생활 중에 하나였고, 관치가 먹고 싸고 자는 것 외에 관심을 가지는 순간 그가 더 이상 인생을 즐길 수 없게 만들 날만 고대하고 있었다. 처음부터 좋지 않은 관계로 시작했기에 관치에게 가지는 악감정과 그것을 해소시킬 때의 쾌감 정도는 평소 자질구레한 일들에 비해 크나큰 행복을 가져다줄 것이다.

 '병신 같은 놈. 네놈을 죽이지 않고 장단을 맞춰주니 한없이 기어오르는구나.'

 연준하는 겉과 속이 다른 이중성을 만끽하며 인간이 누려야 할 또 다른 재미와 행복에 대해 떠들어대기 시작했다. 그러나 이번에도 관치가 식사를 포기할 만큼 즐겁게 느끼는 일은 거의 없다시피 했다. 하지만 그 이상의 것에 관심을 갖기 시작했다는 것만으로도 충분히 성공을 향해 가고 있다고 믿었기에 연준하의 방문은 계속해서 이어질 것이 분명했다.

 "내일 다시 오겠다."

 "기다리겠소."

연준하는 준비해온 소재가 바닥나자 자리를 털고 일어나더니 내일을 기약하며 모습을 감췄다. 그리고 관치의 식사가 거의 끝날 때쯤 두 번째 손님이 찾아들었다.

"저예요."

"왜 자꾸 찾아오는 것이오."

관치는 사건이 있은 다음 날부터 하루도 빼지 않고 이 시간에 모습을 나타내는 미란을 보며 답답하다는 표정을 지었다.

"그냥 보고 싶어서 왔어요."

"난 여인에게 관심이 없소."

"거짓말."

미란은 여인에게 관심이 없다는 관치의 말에 세차게 고개를 흔들었다.

"진심이오."

"여인에게 관심이 없는 게 아니라 한 여인만 마음에 두고 있기 때문에 저에겐 마음을 열지 않는 거겠죠."

식기를 챙겨 부엌에 가져다놓으려던 관치의 움직임이 눈에 띄게 느려졌다.

"역시 그렇군요."

"무슨 말인지 모르겠군. 그리고 당신과 나는 나이 차이가 너무 많이 난다는 것을 깨달았으면 좋겠소."

"사람을 좋아하는데 그깟 나이가 무슨 상관이죠? 나이는 그저 흔적에 지나지 않는다고 말한 것은 바로 당신이에요."

"맞소. 그러나 그 흔적의 경계는 그 어떤 것으로도 메울 수 없는 깊은 상처와 같소. 그대는 그대의 흔적과 어울리는 사람을 찾는 게 더 빠를 것이오."

당미란은 오늘도 자신의 구애를 깨끗이 무시하는 관치의 행동에 새침한 표정을 지었다. 어차피 결과는 예측했었다는 얼굴이다.

"요즘에도 화산파의 그 변태 녀석이 계속 찾아오나요?"

"방금 전까지 있다가 갔소."

관치는 연준하만 생각하면 자꾸 웃음이 나오는지 대답을 하면서 짧은 웃음을 흘렸다. 나름대로 자신을 곤경에 빠트리기 위해 인생의 또 다른 재미를 알려 주고자 노력은 하고 있지만, 요즘 자신의 즐거움이 연준하 그 자체라는 것을 알게 된다면 그가 어떤 표정을 지을지 상상만 해도 웃음이 나오곤 했다. 아마도 자신이 인생의 또 다른 재미를 찾았다 느끼는 순간 가차 없이 검을 뽑아들 위인이 바로 연준하였다.

그가 어떤 목적으로 자신을 찾아오는지 파악한 뒤론 인생을 사는 동안 한 번쯤 해보고 싶은 재미난 소재를 가지고 와도 무관심한 척 식사에 열중해야만 했다. 표정 관리에 실패라도 하는 날엔 연준하나 자신 둘 중 하나가 죽어야 하는 달갑지 않은 상황이 벌어질 수도 있었다.

물론 자신이 웃음을 보이고 관심을 보인다 해서 연준하의 검에 쉽사리 목을 내놓을 만큼 놀고만 있지는 않았다.

 그동안 망각 속에 구겨 넣었던 수련관의 기억을 다시 끄집어냈고 하루하루 수련을 게을리 하지 않았다. 거기다 수련관에서 기관이라는 생소한 학문 때문에 20년을 강탈당한 뒤, 다시는 그런 상황에 놓이지 않고자 무인각 서고에서 기관진식에 관한 서책은 아예 통째로 외워버릴 정도로 공부를 해놓은 상태였다.

 자신이 생활하는 공간이 외견상으로 본다면 조그만 뒤뜰에 볼품없는 창고로 보일 수도 있지만 관치에게는 세상에서 가장 안전한 장소였다. 만에 하나 연준하 같은 자들이 여럿 몰려든다고 해도 이곳을 빠져나가고자 하면 불가능하지는 않았던 것이다. 우성각에 자리를 잡은 뒤 만약의 사태를 대비해 꾸준히 기관을 설치해온 것이다.

 그렇다고 무인각처럼 토목공사라 할 만큼 큰 기관은 아니었다. 그런 규모의 기관을 설치하려면 엄청난 시간과 돈이 들기 때문이다.

 우성각 뒤뜰에 설치된 기관은 상대의 허를 찔러 움직임을 방해하거나 자신이 도망갈 수 있도록 시간을 벌어줄 목적으로 만들어져 있었다.

 물론 상대를 절명시킬 수 있는 극악한 기관을 설치할 수도 있었지만 누가 되었든 자신의 거처에서 피를 뿌리며 죽는 모습은 원치 않았기 때문에 무리한 함정은 만들어놓지 않았다. 어떤 순간에라도 사람의 목숨은 소중히 다뤄야 한다 생각하는 관치였다.

제6장. 교각살우(矯角殺牛)

교각살우(矯角殺牛)

-뿔을 고치려다 소를 죽인다는 말로 잘해보고자 벌인 일이 최악의 상황을 가져온 경우

"화산파와 당문의 혈맹은 문제없이 진행이 된다고 들었소."

관치는 사적인, 특히 감정과 관련된 아주 사적인 대화는 피하고 싶었기에 대화 주제를 사천성 일대 최대 관심사로 떠오른 두 세력의 혈맹 쪽으로 방향을 바꿨다.

"그런 부분에도 관심이 있으신 줄은 미처 몰랐네요. 이곳 우성각 뒤뜰에서 유유자적 신선놀음에 빠져 사는 줄 알았는데."

당미란은 관치가 전혀 어울리지 않는 질문을 해오자 시큰둥한 표정을 지었다.

"유유자적하기에 그런 부분도 알게 되었소. 사천성 전체

가 그 일로 다사다난한데 모른다는 게 더 이상하지 않겠소?"

"쳇."

미란은 발끝으로 관치의 장작을 툭툭 건드리며 딴청을 부렸다.

"어르신은 어떻게 지내십니까. 그날 이후로는 못 뵈었는데."

"집에선 나온 상태지만 아직 사천에 계세요."

"하긴, 소저가 계속 찾아보는 것을 보면 그럴 것이라 생각했소."

"그러시겠죠. 어련하시겠어요."

미란은 관치가 모두 예상하고 있었다는 듯 말하자 입술까지 삐죽거리며 비꼬듯 이야기했다.

"사정은 알 수 없지만 뭔가 바쁜 일들이 많아 보이던데 여기서 이러고 있어도 되는 것이오?"

관치는 그만 가달라는 표정을 지었다. 그러나 본래 고집불통에 제 맘대로 돌아다니길 좋아하는 미란이 그렇게 하겠다 고개를 끄덕일 이유가 없었다.

"오고 가는 건 제 맘이에요."

"이곳은 내 집이라는 걸 잊지 않았으면 좋겠소."

"어차피 찾아오는 사람도 없는데, 내가 있어주면 덜 심심하고 좋지 않나요?"

"흠……."

미란은 자신이 찾아오면 좋지 않느냐는 말에 관치가 입을 다물어버리자 눈썹 끝이 획 휘어지며 지렁이 모양을 만들었다.

"젊은 나이에 자꾸 인상을 쓰면 얼마 지나지 않아 그것이 인생의 지표가 되는 법이라오. 이왕이면 웃는 얼굴, 밝은 표정으로 지내는 게 좋을 것이오."

미란은 관치의 말에 언제 그랬냐는 듯 활짝 웃음꽃을 피웠다.

"헤헤. 그래도 주름살 가득한 얼굴보단 팽팽한 제 얼굴이 좋죠?"

꿈보다 해몽이라고 미란은 관치가 자신에 관련된 이야기를 하면 언제나 좋은 쪽으로 받아들이는 경향을 보였다. 관치는 미란이 그런 모습을 보일 때마다 부담을 느끼고 있었기에 최대한 말을 자제하는 편이었지만 이것도 습관인지라 쉽게 고쳐지지가 않았다.

"본시 좋지 않은 일은 액땜이라 생각하고 괴로운 꿈은 길몽이라 생각하는 법이라오. 그대는 이런 이치를 이미 터득한 것 같으니 더 이상 내 뜰에 오지 않아도 될 것이오."

"무슨 말인지 이해를 못하겠는걸요. 저는 아직도 배울 게 많고 들을 이야기가 많아서 앞으로도 이 뜰에 자주 와야 할 것 같아요."

관치는 더 이상 말로는 상대하기가 어렵다 느꼈는지 자리를 털고 일어나 창고 안으로 들어가 버렸다.

미란은 관치가 그만 가보라는 말도 없이 창고 안으로 들어가 버리자 그렇지 않아도 상처 입은 가슴에 찬물을 끼얹는 것 같았다.

"치, 나이 먹고 갈 곳도 없는 주제에 나 정도 아리따운 아가씨가 손을 내밀어줬으면 감사하다 생각하고 넙죽 받아들일 것이지. 도대체 뭐가 문제예요!"

미란은 창고를 향해 빽빽거리며 한동안 소리를 지르더니 결국 제풀에 지쳐 돌아가 버렸다.

"휴, 생각보다 요란한 아가씨야. 당문 어르신도 머리깨나 아프셨겠어."

관치는 최근 자신을 찾아오는 유일한 방문객들이 모두 돌아가자 다시 뜰로 걸어 나왔다. 무인각 수련관에서 익힌 체술(體術)을 점검하기 위해서였다.

무인각을 벗어난 뒤 어디로 갈까 고민을 하다가 중원을 떠나 서장에서 살면 어떨까 하는 생각에 청해를 넘어 저 먼 곳까지 여행을 다녀왔던 관치였다.

그러나 다시 서장을 떠나 중원에 돌아온 지도 벌써 반년. 어떤 곳이든 간에 가서 살면 그만이라는 생각에 서장에 도착했지만 말이 통하지 않는 것은 물론이고, 이런저런 문제들이 일어나 자꾸만 오해가 쌓이다 보니 더 이상 버텨 내기가 어려웠다. 그나마 언어 소통이라도 자연스러웠다면 그 지경까지 가지 않았겠지만 관치의 큰 덩치와 수련관에서 익힌 체술 때문에 계속해서 오해 아닌 오해를 받아왔던 것이다.

"조용히 산다는 게 이렇게 힘들어서야……."

다시 중원에 돌아왔을 때 몰래 고향이라도 다녀올까 하는 유혹도 있었지만 스스로 잊힌 사람처럼 조용히 살기로 마음을 먹었기에 이곳 사천성까지 흘러들었던 것이다. 다행히 운이 좋아 관치의 나무 패는 실력을 높이 산 우성각의 총관이 객점 뒤뜰에 숙소까지 마련해주었으니 관치는 요즘처럼 안정적으로 편안한 마음이 든 날이 처음이었다.

그런데 며칠 전 당문과 화산파 검객의 일에 휘말리면서 과거 서장에서 겪었던 일들이 주마등처럼 스쳐 갔다. 겨우 안착을 했는데 자칫하면 다시 떠돌이 신세가 될 수도 있다는 생각이 들기 시작한 것이다.

물론 관치가 그런 생각을 하게 된 것은 당연히 화산검객 연준하와 당문의 사고뭉치 당미란 때문이었다. 한 사람은 어떻게든 자신이 원하는 형태로 죽음을 내리고자 벼르고 있었고 다른 한 사람은 십수 년이 넘는 나이 차이를 무시하고 시집을 오겠다니 관치로선 어느 것 하나도 쉬운 일이 없는 상태였다.

"어르신께서는 딸내미가 저러고 다니는 것을 알고는 있으려나."

 관치는 당미란의 엉뚱한 행보에 당악충이 이 사실을 알고 있는지 궁금해졌다. 만에 하나 당악충이 알면서도 방치하는 것이라면 골칫거리를 자신에게 떠넘기려는 수작일 것이고, 당미란의 행동을 모르고 있기에 방치하는 것이라면 차후 이 일로 또다시 곤욕을 치를 수도 있었다. 그나마 연준하의 일이라면 그가 화산으로 돌아갈 때까지 자신의 재치로 어떻게든 버텨 보겠지만 당미란은 아예 사천에 눌러앉은 사람이니 만만치가 않았던 것이다.

 무관심으로 대하다 보면 언제고 떨어져 나갈 날이 오겠지만 그게 언제쯤일지. 아니, 평생 이렇게 머리가 아플 수도 있다는 생각을 하면 당장이라도 우성각 뜰을 벗어나 다른 지역으로 도망치고 싶을 때가 한두 번이 아니었다.

 "세상에 쉬운 일은 하나도 없고, 어렵다 여긴 일도 끝을 알고 나면 허망한 것이니 마음을 비우고 나에게 정진하자."

 관치는 깊게 심호흡을 하며 무념의 상태를 만들기 시작했다. 체술을 점검하고 제(擠)의 단계에서 머물고 있는 자신의 능력을 결(決)을 찾을 수 있는 단계로 끌어올려야 만약의 사태에도 대비할 수 있을 것이다.

◆ ◆ ◆

관치의 뜰을 벗어난 미란은 한동안 정처 없이 사천성을 돌아다녔다. 관치 앞에선 아무렇지 않은 듯 행동했지만 자꾸만 눈물이 나와 더 이상 관치 곁에 있을 수 없었다. 어쩌면 관치의 말처럼 자신은 그가 새겨 놓은 세월의 흔적을 메울 능력이 없는지도 몰랐다.

"겨우 객점 일꾼 주제에……."

미란은 자신보다 나이도 많고 말투는 노인네 같은 데다 눈길 한 번 주지 않는 관치가 왜 자꾸 눈에 밟히는지 스스로도 이유를 알 수 없었다. 그냥 그 사람이 생각나고 생각이 나면 보지 않고선 잠을 이룰 수가 없었다.

"그렇게 꼬부랑 영감이 될 때까지 홀아비로 살다 죽어버려라!"

사천 성도를 돌아다니며 신경질적으로 툭툭 내뱉는 미란. 곁을 지나가던 사람들은 그녀가 입을 열 때마다 움찔움찔하며 거리를 벌리기 일쑤였다.

"뭐야? 당신들도 내가 싫어?"

미란은 은연 중 자신을 피해서 지나가는 사람들을 향해 언성을 높였다. 미간에 선명하게 잡힌 주름이 심정을 대변이라도 하듯 더욱 깊게, 그리고 길게 골을 만들어냈다.

'당신이 갖지 못했던, 경험하지 못했던 일에 대한 동경일 뿐이오. 어린아이가 새로운 장난감을 얻은 것처럼 그대도

얼마 지나지 않아 싫증을 낼 것이고 그렇게 잊힐 사람일 뿐이오.'

 관치는 자신에 대한 미란의 관심사를 단 한마디로 정리해 버렸다. 관치의 말을 완전히 부정하진 못했기에 선뜻 반문을 하진 못했다. 사춘기 심란한 세월도 무슨 일 있었냐는 듯 넘겨 버렸던 미란이었다.
 물론 관치의 말이 분명히 옳다는 것을 알고 있었지만 그러면 그럴수록 자신을 어린아이 취급하는 그의 말과 행동이 미란을 더욱 애달프게 만들었다.
 이성에 대한 호기심은 그것이 단순한 호기심이라 할지라도 결국엔 호기심을 넘어 감정적 관계에 도달할 수밖에 없는 것. 그것은 세상이 유지되는 법칙 중에 하나였다. 처음엔 신기한 인간이라도 발견한 것처럼 호기심 가득한 눈빛의 그녀였지만 며칠 사이 동경에 가까운 눈빛으로 바뀐 상태였다.
 "못된 놈. 감히 날 애 취급이나 하고."
 미란은 답답한 마음을 풀고자 한 시진이나 성도를 돌아다녔지만 뭐라 말할 수 없는, 딱히 설명하기 어려운 어지러움에서 벗어나지를 못했다. 발길이 닿는 대로 몸이 흐르는 대로 움직였고, 그렇게 관치와 멀어졌다고 느끼는 순간 며칠새 익숙해진 담장이 눈앞에 있음을 확인하며 긴 한숨을 쏟아냈다.

"내가 정말 왜 이러지……."

미란은 담장 너머 그 자리에 있을 관치를 떠올리며 절벽 끝에 아슬아슬하게 뿌리를 내린 어린 나무처럼 애처롭게 서 있어야 했다.

'누군가 있다……'

담장 너머에 우두커니 서서 관치를 떠올리고 있던 미란은 담장 안쪽 관치의 영역에 또 다른 누군가가 찾아왔음을 느낄 수 있었다. 그동안 자신이 확인하기론 관치를 찾아오는 사람은 우성각의 총관과 화산검협 연준하, 그리고 미란 자신이 전부였다.

'누굴까……'

미란은 자신이 알지 못하는 또 다른 누군가가 관치를 찾아왔다는 것에 '질투'가 일었다. 스스로도 말이 안 되는 일이라 생각했지만 자신은 들어가지 못하는 그만의 영역에 당연하다는 듯 들어가 있는 누군가의 기척.

미란은 조심스럽게 몸을 기대며 담장 안에서 들려오는 소리에 귀를 기울이기 시작했다.

정체불명의 기척이 자신에겐 달갑지 않은 느낌. 분명히 관치와 관련이 있는 일이겠지만 그 일 자체가 자신에겐 좋지 못한 결과가 될 수도 있다는 생각에 청력을 높이며 담장 안으로 더욱 가깝게 녹아들었다. 미란은 바로 이 '느낌'이 여자들에게만 존재한다는 또 다른 감각, 여섯 번째 감각이 확실하다고 생각했다.

"고객의 의뢰는 마무리되었습니다."
'고객', '의뢰'.
미란은 자신의 고막을 미세하게 흔들어대는 두 단어에 역시 그럴 줄 알았다는 듯 표정이 굳어졌다. 소일거리로 인생을 낭비하고 있는 관치라는 사내완 절대 어울리지 않는 단어들. 미란은 지금껏 어느 누구도 알지 못했던, 아니 알 필요도 없고 알려고 할 이유도 없었던 한 사내의 이면에 접근했다고 생각했다.
"수고하셨습니다. 알아보신 부분은……."
관치의 목소리가 흘러나오자 미란은 조마조마한 심정이 되었다. 자신이 알아도 되는 일인지, 알아도 모른 척해야 하는 일인지, 알고 나면 따지듯 물어야 할 상황이 될지 마음에 혼란이 일어났다.
"죽산… 무관… 사천에……."
그렇지 않아도 잘 들리지 않던 방문객이 더욱 목소리를 낮추었는지 잘게 토막 난 생선처럼 본래의 의미를 파악하기 어려운 단어들이 무작위로 나열되기 시작했다.
미란은 관치와 자신의 사이를 가로막고 있는 세월의 깊이처럼 뜰을 보호하고 있는 장담의 두께 역시 맡은바 임무에 너무 충실하다는 생각이 들었다.

'시간을 내서 담장에 구멍이라도 뚫어놔야 할까.'

미란은 소곤거리듯 가느다란 실처럼 흘러나오는 방문객의 목소리에 엉뚱한 상상까지 더해놓았다.

"그렇군요. 그녀는… 습니까?"

그녀.

관치의 입에서 그녀란 단어가 흘러나오자 미란의 고운 이마에 송골송골 땀방울이 맺히기 시작했다. 아무렇지도 않은 듯 부인을 했지만 결국 그에게 여자가 있었던 것이다.

'누구지? 누굴까.'

미란은 그녀라는 단어가 귓속을 어지럽히며 한순간 자신의 사고를 마비시키고 있다는 걸 깨달았다. 정신을 차려야 했다. 아직은 엉뚱한 상상력 때문에 집중력을 흩트릴 단계가 아니었다.

"…이 있더군요. 이름… 영입니다."

'으응? 뭐가 있어?'

미란은 방문객의 입에서 뭔가 있다는 말이 흘러나오자 자신도 모르게 마른침을 삼켜야 했다. 미란의 머릿속을 빠르게 흘러 다니는 몇 개의 단어들. 그리고 그 안에서 파생될 수 있는 수많은 문장 중에 가장 먼저 완성된 하나의 가설.

'죽산의 그녀는 사천에 있다. 그리고 그녀는 〈아이〉가 있다. 아이는 〈영〉 자가 들어간 이름을 가지고 있다.'

미란은 자신이 세운 가설을 부인하고자 급하게 머리를 흔들었다. 아무래도 요 며칠 사이에 머리가 고장 났다는 생각이 들었다. 그렇지 않고서야 어떻게 그런 조합이 가장 먼저 만들어진단 말인가.

분명히 관치는 혼자였고 결혼도 한 적이 없다고 했다. 그리고 여자에게 관심도 없으며 그저 이렇게 조용히 사는 것이 그의 삶에 전부라고 하지 않았던가.

'말도 안 돼. 내가 너무 과민하게 반응한 거야. 그럼, 그렇고말고.'

미란은 머릿속에 떠오른 문장들을 부지런히 지워버리기 시작했다. 애초부터 그런 가설을 세운 것 자체가 문제였고 그렇게 돌출된 문제는 평소 관치의 말처럼 그녀를 또 다른 고민 속으로 밀어 넣을 수도 있었다.

'생각이 많아지면 그만큼 판단을 내리기가 어려워진다는 것을 알고 있소? 나는 그런 것들에 시간을 낭비하지 않기 위해 규칙을 세우고 그것을 벗어난 모든 일들은 나와 관계가 없다고 생각하기로 했소.'

미란은 관치가 그런 것처럼 자신도 자신만의 규칙을 만들어야겠다고 생각했다. 그리고 그 규칙 안에서 벗어난 또는 용인될 수 없는 모든 것들은 자신과 관계가 없고, 관계가 없으니 고민할 필요도 없다고 생각했다.

지금 미란이 세울 수 있는 가장 첫 번째 규칙은 '관치는 결혼을 한 적이 없다.'였고 두 번째 규칙은 '관치는 여자에게 관심이 없다.'였다. 방문객과 관치의 대화를 중심으로 파악한 내용을 보자면 관치는 사천성에서 누군가를 찾고 있고, 그 대상은 여자이며, 그 여자는 아이가 있고, 아이의 이름이 영일 가능성이 있다였다.

이 내용에 자신이 세운 규칙을 대입하면 그 여자는 관치와 결혼한 여자가 아니며, 이성적 관계에 마음을 두지 않는 관치의 규칙상 그 여자와 그 여자의 딸은 관치와 특정 관계에 있지 않다라는 결론이 성립됐다.

미란은 그제야 안도의 한숨을 내쉬며 이마에 맺혀 있던 땀방울을 조심스럽게 닦아냈다.

'효과가 있는데. 확실히 저 사람이 사는 방식은 나에게 도움이 돼.'

미란은 관치가 살아가는 삶의 방정식이 어느 것 하나도 버릴 게 없다는 생각에 마음이 즐거워졌다. 자신이 좋아하는 사내가 이왕이면 동경할 수 있는 대상이고 또한 존경할 수 있는 사람이라면 그보다도 더 대단한 일이 어디에 있겠는가.

세상 어딘가에 관치보다 더 높은 동경과 존경, 그리고 관심을 받을 수 있는 사람도 분명히 존재하리라는 걸 알고 있었지만, 미란은 관치 이상의 사람을 찾기 위해 먼 곳으로 여행을 떠나는 짓 따위는 하지 않을 생각이었다.

'운명은 우연처럼 찾아오고 그것은 바람처럼 스쳐 간다. 마음을 열지 못한다면 그것은 단지 바람일 뿐, 운명이 될 수는 없다.'

미란은 지금 자신의 상황이 그와 같은 처지에 놓였다고 생각했다.

'그런데 어디서 이런 이야기를 들었더라.'

미란은 불현듯 떠오른 운명과 바람에 대한 이야기에 고개를 갸웃거렸다. 분명히 지인들 중에 누군가 그런 이야기를 했음이 분명한데 그 사람이 누구인지 기억이 나지 않은 것이다. 하지만 지금 미란에게 중요한 것은 그 말을 들려준 사람이 아니라, 그 말 자체에 국한돼 있었다.

그 후 방문객과 관치의 대화는 더욱더 가늘어지고 멀어지면서 미란의 궁금증을 충족시킬 수 있는 그 이상의 정보는 얻기가 어려워졌다.

'하지만 이 정도 정보면… 그녀가 누구인지 충분히 확인하고도 남는다.'

미란은 더 이상 관치와 방문객이 아니어도 의뢰와 수행으로 이루어진 두 사람의 공통분모는 이미 찾아낸 것이나 진배없다고 생각했다.

'나이는 관치 그 사람과 비슷할 것이고, 또 죽산에서 사천

으로 온 사람 중에 영이라는 글자가 들어간 아이를 가진 여인.'

미란이 가문의 일원에서 밀려났다곤 하지만 여전히 그녀는 사천성 곳곳에 영향력을 가지고 있었고, 또 그것을 충분히 이용할 줄 아는 영리한 여자였다.

미란은 담장 너머 관치에게 들릴까 조심하며 고양이 걸음으로 조용히 모습을 감췄다.

관치는 자신의 손에 들린 종이 쪼가리를 한참 내려다봤다. 잊힌 사람처럼 살고자 했지만, 자신도 모든 걸 잊고자 그렇게 노력했지만 결국엔 그녀 손소민의 행방을 수소문하고 말았다. 혹시 잘못되지는 않았을까 노심초사 가슴 졸이며 사는 것보다 그녀의 행복을 확인하는 것이 모든 걸 완벽하게 잊고 살 수 있는 유일한 방법임을 알게 된 것이다.

"그녀는… 지금 행복할까."

설마 그녀의 존재가 이곳 사천에 함께하고 있음은 상상도 하지 못했었다. 죽산 조그만 무관의 소녀가 사천성 먼 곳까지 이동해 자리를 잡았을 줄은 정말 한 번도 생각해보지 못했다. 지금쯤 고향 어딘가에서 가정을 꾸리고 남편, 자식과 함께 자신의 삶을 찾았을 것이라 그렇게 믿고 있었다.

"후……."

관치는 고개를 들어 하늘을 올려다봤다. 캄캄한 밤하늘에 총총히 빛나는 별들. 그리고 그중에 손소민 그녀의 이름을 붙인 밝게 빛나는 별 하나. 손에 잡히지 않을 정도로 높은 곳에서 아스라이 존재를 드러내는 그 작은 별처럼, 그녀는 바라보는 것만으로도 그렇게 존재해주는 것만으로도 관치의 삶에 크나큰 가치였고 또 다른 삶의 척도였다.

한동안 넋 나간 사람처럼 밤하늘을 올려다보던 관치는 부엌 아궁이에 남아 있던 작은 불씨 사이로 종이 쪼가리를 던져 넣었다. 화르륵, 순식간에 타들어가는 종이의 불꽃이 관치의 얼굴에 아릿한 열기를 전해주었다.

"나는 그녀를 사랑하는 걸까? 아니면 그저 그리워하는 걸까?"

관치는 영원히 풀지 못할 숙제처럼 그렇게 생각하던 마음 속의 질문을 처음으로 소리 내어 물어봤다. 스스로에게 한 질문이었지만 스스로 답을 찾을 수 없는.

관치는 자신의 행동이 바보 같다 여겼는지 피식 웃음을 보이고는 창고로 돌아가 버렸다.

◈　◈　◈

여지없이 해는 떠오르고 새로운 날이 시작됐다. 세상이 문을 닫고 절대적 진리가 파업을 선언하지 않는 한 영원히 지속될 시간의 흐름.

관치의 하루 역시 어느 날 훌쩍 사천성에 위치한 우성각을 떠나거나 그의 규칙을 깨지 않는 한 어떤 변함도 없이 삶은 영속성을 지닐 것이고, 그 시작점엔 언제나 장작을 패는 일이 기다리고 있었다.

 총관이 앓아눕는 바람에 한동안 정상적인 영업을 하지 못했던 우성각이었지먼 며칠 새 예전과 비슷한 수준으로 돌아온 상태였다. 총관 하월성은 당문 사건이 있은 뒤론 '절대 아침 예약 불가'라는 글을 써 붙일 정도로 까다롭게 굴었고, 근처 객점들도 우성각 사건을 지켜본 뒤론 그와 비슷한 운영 방식을 채택해가고 있었다. 괜한 분란의 장소로 자신들의 객점을 제공하지는 않겠다는 생각이었다. 그것은 객점마다 흘러나오는 아침 구호만 봐도 알 수 있을 정도였다.
 "자, 자, 오늘도 무사히!"
 "오늘도 무사히!"
 그러나 무림인들이 존재하는 한 객점은 언제나 사건의 근원지가 될 수밖에 없었고 객점이 존재하는 한 무림인들은 기어이 사고를 치고 마는 괴상한 관계가 지속되고 있었다.
 물론 객점과 무림인의 관계를 역학적으로 풀어본다거나 오행이나 사주 등의 방식을 대입해보는 자들은 존재치 않았다. 무림인들의 난동과 그 장소가 객점이 대부분이라는 것은 뭔가 대단히 고매한 학문적 접근이 아니어도 쉽게 답을 찾을 수 있었기 때문이다. 세상에서 죽을 듯 술을 부어대는 사람들은 대부분이 무림인들이었고, 또 그렇게 먹고도 멀쩡히 걸어 나가는 게 당연한 것이라 생각했다.

 그러나 그들 역시 사람의 한 부류였고 결국은 그렇게 마셔댄 술 때문에 시비와 갈등이 끊이질 않았다. 그나마 기물 파손 정도로 마무리가 될 때는 액땜했다 생각하는 경우가 많았지만, 사람이 죽거나 다치기라도 하면 한동안 손님이 뚝 끊기는 일이 허다했기에 객점 주인들의 표정은 붓으로 써놓지만 않았을 뿐이지 '무림인 절대 사절'이라는 문구가 깊게 팬 주름살 모양으로 표출되고 있었다.

 고생고생하며 가족을 부양하는 일에 인생을 바치고 있는 일반인 입장에선 평생 생산적인 일이라곤 관심도 없고 누군가를 죽이거나 그것을 통해 명예를 높이고, 또 그 명예를 통해 강탈이나 다름없는 행위를 반복하는 무림인들의 삶 자체가 이해 불가나 마찬가지였다.

 징기스칸의 후예들이 대륙을 통치할 때처럼 치안이 부실한 것도 아니고 곳곳에서 전쟁이 일어나 세상이 혼란스러운 것도 아니었다. 과거엔 무림의 인사들이 세상 곳곳에 영향력을 미치고 신선(神仙)으로 추앙받던 시절도 있었지만 이젠 더 이상 그들의 신선놀음에 손발을 맞추고 싶은 생각이 없다는 게 오늘날의 현실이었다.

"신선 좋아하네. 그 자식들이 거지새끼와 다를 게 뭐야?"

신선이 비구름을 부르고 천둥 번개를 동원하지 않아도 도적은 잡을 수 있었고, 누군가 하늘을 날고 검을 뽑는 일이 없더라도 사람을 죽인 자는 합당한 벌을 받는 세상이었다.

무림의 조직이나 단체보다 관의 힘이 강력한 세상. 그 안에서 벌어지는 무림인들의 불합리한 삶의 방식은 결국 배척받을 수밖에 없었고, 또 그렇게 됨이 마땅했다. 그들은 평생 쌀 한 톨도 재배하지 않았고 죽는 그 순간까지 힘의 논리로만 세상을 바라보는 무법자(無法者)들이었기 때문이다.

같은 공기를 들이마시고 있지만 전혀 다른 세상을 살아가는 또 다른 존재들. 방금 그 존재들 중에 한 무리가 우성각 반대편 객점으로 우르르 달려 들어갔다.

내 손에 박힌 가시가 팔다리 달아난 병신들 입장보다 더욱 고통스럽고 괴롭다 했던가. 무림인들의 등장을 반기지 않는 건 당연한 일이지만 내 객점이 아닌 다른 이들의 객점, 그것도 경쟁 관계에 있는 객점에 사단이 생기게 되면 은근히 그 상황이 오래 지속되기를 부채질하는 것 역시 사람의 본능이었다.

무림인이라면 치를 떠는 총관 하월성도 자신의 객점이 아닌 반대편 문천각에서 소란이 벌어지자 걱정하는 말을 늘어놓으면서도 은근히 즐기는 표정을 감추지 않았다. 불구경, 싸움구경이야 최고의 구경거리임은 따로 설명하지 않아도 모두가 아는 사실이니 당연한 반응일지도 몰랐다.

관치 역시 부엌에 장작을 옮겨 놓고 막 아침 식사를 하려던 참이었기에 밖에서 벌어지는 상황을 처음부터 모두 지켜 볼 수가 있었다.

관치의 식사 습관은 아침이든 저녁이든 변함이 없었다. 소가 여물을 씹듯 천천히, 그리고 오래도록 씹는 식사 습관은 밖의 소란을 지켜보면서도 그대로 이어지고 있었다.

"자리가 좋은데 동석을 해도 되겠소?"

관치는 목소리의 주인을 찾아 천천히 고개를 돌렸다. 자색 도포에 봉황이 새겨진 상의, 백옥이 박힌 영웅건에 숱이 많은 머릿결. 복색에 비해 외관은 평범해 보였고 분위기만 본다면 잘 사는 집 공자가 바람이나 쏘이러 나온 모습이었다. 그러나 부채를 든 손에 굳은살이 자잘하게 박인 것을 보니 붓이나 쥐는 샌님은 아님을 느끼게 했다. 어디서 갑자기 나타난 사람인지는 모르겠지만 관치에게 말을 건 이 사내 역시 결국 무림인임이 분명했다.

관치는 자신의 그릇을 챙겨들더니 조심스럽게 자리에서 일어났다.

"편히 앉으셔도 됩니다."

관치는 부채를 든 사내에게 자리를 양보하는 게 좋겠단 생각이 들었다.

"양보를 바란 것이 아니라 동석을 원한 것입니다."

막 자신의 그릇을 챙겨들었던 관치는 사내가 원한 것이 자신의 자리가 아니라 자신 그 자체였음을 깨달았다.

"저는 객점의 일꾼입니다. 어차피 일어나려던 참이니 손님께서는 편하게 자리하십시오."

관치는 정체불명의 사내와, 그것도 무림의 사람이 분명한 사람과 안면을 틀 생각이 없었다. 지금으로선 연준하와 당미란만으로도 충분히 버거운 상황이었고 더 이상 골치 아픈 일에 끼어들고픈 마음도 없었다.

"객점의 일꾼치곤 소문이 먼 곳까지 들리더군요."

사내는 자리에 앉음과 동시에 자신의 용건이 관치에게 있음을 다시 한 번 시사했다. 그러나 관치는 더 이상 할 말이 없다는 듯 그대로 걸어가 버렸다. 말을 섞으면 섞을수록 얽혀 들 것을 알고 있었기 때문이다.

"연준하와 손을 섞은 게 이런 행동 때문이었다고 들었습니다."

사내는 관치의 행동을 두고 일종의 '경고'를 날렸다. 연준하를 대하듯 행동했다간 그가 그랬던 것처럼 자신도 돌변할 수 있다는 음색이었다.

"나는 그대를 알지도 못하고 그대와 이야기를 나누고 싶은 생각도 없소. 그러니 그대가 뭐라고 하건 그것은 나와 무관할뿐더러 내가 신경을 써야 할 일도 없을 것이오."

관치는 뒤도 돌아보지 않고 말을 던져 놓더니 그대로 부엌으로 들어가 버렸다. 아침 식사는 자신의 뜰에서 마무리 지을 생각이었다. 잠시 방해를 받았다곤 하지만 낙(樂)이나 다름없는 식사 자체를 포기할 마음은 추호도 없었다.

사내는 관치의 언변에 작은 미소를 보이더니 주머니를 열어 금 한 냥을 꺼내들었다.

"주인을 불러오거라."

사내는 식사 주문을 받기 위해 대기 중이던 점소이에게 식사가 아닌 사람을 주문했고, 금 한 냥의 가치는 건너편 싸움터에 정신을 빼앗기고 있던 하월성에게 본래의 위치로 돌아와 손바닥을 비빌 수 있는 여건을 만들어주기에 충분했다.

"네, 손님. 부르셨습니까?"

하월성은 탁자 위에 올려진 금을 보며 가볍게 입맛을 다셨다.

"객점을 전세 내고 싶은데 얼마면 되겠소?"

"네?"

하월성은 객점 자체를 전세 낸다는 말에 표정이 굳어졌다. 별채도 아니고 객점을 통째로 전세 내달라는 경우는 전무했다.

"손님, 무슨 일 때문에 그러시는 진 모르겠지만 객점을 전세 내는 것은……."

투두둑.

아무래도 어렵다는 말을 하려던 하월성은 탁자 위로 떨어져 내리는 금덩어리를 보는 순간 뒷말을 삼켜 버렸다.
"이 정도면 되겠소?"
"며칠이나 쓰일 생각이신지?"
하월성은 기간을 들먹이며 슬그머니 협상에 들어갔다.
"이 정도면 며칠이나 쓸 수 있겠소?"
하월성은 탁자 위에 놓인 금자를 보며 부지런히 셈을 시작했다. 금 넉 냥이면 최소 보름 치 수입이었다. 그러나 그 기간을 쉬는 동안 단골손님과 다른 이들의 출입이 금지되니 우성각의 신용도에 조금은 흠집이 날 수도 있는 일. 금액만으로 따진다면 보름 정도 임대가 가능했지만 차후 운영을 생각한다면 7일 정도가 합당한 기간이었다.
"칠 일 정도는 대관이 가능하겠습니다."
"좋소. 기간이 늘어날 경우엔 다시 이야기를 하도록 하겠소."
사내는 하월성 쪽으로 금자를 밀어내더니 자리에서 일어났다. 하월성은 금자를 챙겨들며 조심스럽게 입을 열었다.
"그럼 언제부터……."
"지금 이 시간부터 임대하는 걸로 하겠소."
"알겠습니다. 사람이 필요하시거나 식사를 하실 때는 언제든 불러주십시오."
하월성은 사내를 별채 쪽으로 안내하면서 점소이들에게

급히 손짓을 했다. 점소이들 역시 두 사람의 대화를 듣고 있었기에 하월성의 손짓이 무엇을 의미하는지 금세 파악하고 아침 식사를 하기 위해 들어오고 있던 손님들에게 양해를 구하기 시작했다.

◈ ◈ ◈

 이른 아침, 우성각에 정체불명의 사내가 등장했을 때쯤 미란은 새벽부터 자신의 능력을 총동원해 관치의 그녀를 찾아내고 있었다. 그리고 하나 둘씩 전혀 관계가 없을 법한 사람들을 추려 내고 나니 죽산에서 사천으로 왔고, 관치 정도의 나이에 '영' 자가 들어간 아이를 가진 여인이 누구인지 어렵지 않게 밝혀낼 수가 있었다.
 "설마 아니겠지······."
 미란은 자신의 손에 들린 이름을 몇 번이고 다시 확인하다가 세차게 고개를 흔들어버렸다.
 "확인해보면··· 직접 그녀에게 물어보면··· 그러면······."
 미란은 불안한 마음으로 다시 한 번 이름과 신분을 확인하더니 그녀를 만나기 위해 걸음을 옮기기 시작했다. 만에 하나 자신이 아는 그녀와 관치가 찾고 있는 사람이 동일 인물이라면 아예 모르느니만 못한 것을 알게 된 것일 수도 있다는 생각에 마음이 무거워지는 미란이었다.

"나 괜한 짓을 해버린 건가……."
 미란은 그녀와 거리가 가까워질수록 '아닐 수도 있다.'는 말을 되풀이하며 조심스럽게 담장을 넘기 시작했다.

제7장. 교외별전(敎外別傳)

교외별전(敎外別傳)

—마음에서 마음으로 전해진다.

 우성각을 임대한 사내는 별채에 자리를 잡았다. 처음엔 사내 혼자서 객점 하나를 통째로 임대하자 의아한 생각을 했지만 그날 정오가 넘기도 전에 10여 명의 사람들이 우성각 안으로 들어섰다. 사내를 대하는 모습이 정중하고 절도 있는 게 사내의 부하들이거나 그를 호위하는 무사들 같았다.
 "봉황을 상징으로 쓰는 문파나 가문이 어디더라……."
 관치는 사내의 옷에 새겨져 있던 봉황 문양을 떠올렸다. 분명히 어디선가 들어본 것 같은데 기억이 나질 않았다.
 "아!"
 한참을 고민하던 관치의 입에서 봉황 문양을 표식으로 삼는 곳이 어딘가 떠올랐는지 가벼운 감탄사가 흘러나왔다.

"남궁세가의 사람이었군."

관치는 자신과 연준하의 일에 관심을 보이자 혹 서역에 있을 때처럼 비무를 하고자 찾아온 사람인가 싶었다. 그러나 그 사내가 입고 있던 옷과 봉황 문양, 그리고 그를 호위하듯 별채를 중심으로 자리 잡은 무인들의 모습은 그 이상의 이유가 있다는 생각이 든 것이다.

"당문과 화산파의 일 때문에 온 모양이군. 그런데 하필이면 이곳으로 자리를 잡다니."

당문과 화산검객 연준하 때문에 골머리를 썩은 지 얼마나 됐다고 이번엔 그와 적대적인 관계에 있는 남궁가와 얼굴을 마주한단 말인가. 관치는 머리가 지끈거리고 두통이 몰려왔다. 원하든 원치 않든 한번 일이 꼬이기 시작하자 계속해서 주변에 소란이 끊이질 않고 있었다.

"휴, 결국엔 사천을 떠나야 하는 것인가."

나름대로 사천 생활에 적응을 하고 안정적인 나날이 계속되고 있었기에 어느 정도 정을 붙였던 관치였다. 그러나 이런 식으로 계속해서 문제가 발생한다면 자신이 번거로워지는 것은 둘째 치고 자신을 받아준 우성각이 곤란한 입장에 처할 수도 있었다.

관치는 마음의 결심이 서자 총관 하월성을 찾아갔다. 하월성 역시 말은 못하고 있지만 자신 때문에 답답한 심정일 것이다.

"총관님, 관치입니다."

"관치, 자네가 이 시간에 무슨 일인가?"

장작을 패고 그것을 나르는 시간 외엔 뜰을 벗어나지 않던 관치가 자신을 찾아오자 하월성은 의아한 표정을 지었다. 그러나 그 역시 오랜 세월 장사로 잔뼈가 굵었기에 표정은 그리 지을망정 관치가 왜 찾아왔는지 대충은 짐작을 한 상태였다.

"드릴 말씀이 있습니다."

"떠날 생각인가?"

하월성은 돌려서 말할 필요가 없다는 듯 직설적으로 질문을 던졌다.

"아무래도 그렇게 하는 게 모두를 위해 좋을 것 같습니다."

하월성은 착잡한 눈빛으로 관치를 바라보더니 다시 입을 열었다.

"무림인들 때문이라면 그저 한때라 생각해버리게."

"보통 때라면 그렇게 생각했을 겁니다. 하지만 이번엔 방법이 없을 것 같습니다."

"밤마다 찾아오는 화산파 사람과 당가의 미란 아가씨 때문인가?"

관치는 하월성이 두 사람이 찾아오는 것을 알고 있자 '어떻게?'라는 표정을 지었다.

"내 객점이네. 내 비록 무림인들처럼 날고뛰는 재주는 없어도 내 집안에 무슨 일이 벌어지고 있는지 정도는 충분히 알 수 있다네."

관치는 하월성의 말에 고개를 끄덕였다. 능력 여하를 떠나 자신의 집에서 일어나는 일 정도는 당연히 알고 있어야 한다는 말은 관치에게 또 하나의 배움이 되었다.

"그들도 문제지만 오늘 객점을 임대한 자들 때문이라도 더 이상은 이곳에 머무를 수 없을 것 같습니다."

"왜, 그들이 자네에게 해코지라도 한 것인가?"

"그것은 아닙니다. 하지만 그들이 남궁세가의 사람들이라면 이해가 되실 겁니다. 얼마 전 당문과 화산파 검객의 일로 곤욕을 치렀는데 이번엔 남궁가의 사람들이라니. 아마도 저들이 우성각에 자리를 잡은 것은 화산파 검객과 저 사이에 있었던 일 때문일 겁니다. 저들의 저의가 좋든 나쁘든 결국엔 당문 입장에선 다시 반대의 상황이 되니 어떤 결정을 내린다 할지라도 우성각에겐 좋지 않은 결과가 될 것입니다. 제가 우성각에 남아 분란의 핑곗거리가 되느니 차라리 아예 이곳을 떠나는 게 낫다는 생각이 듭니다."

"음……."

하월성 역시 오늘 객점을 임대한 이가 평범한 사람은 아닐 것이라 생각했지만 하필이면 남궁가의 사람이라고 하니 고민을 하지 않을 수 없었다. 내심 관치가 마음에 들어 오랫동안 함께 지냈으면 했지만 내일이든 모레든 일어날 일이 뻔한데 그를 잡아둘 수도 없는 입장이었다.

"왜 이런 일이 내 객점에서 벌어지는진 모르겠네만… 자네 뜻대로 일단은 자리를 피하는 게 좋을 것 같네. 나야 태어난 곳도 사천이고 죽을 곳도 사천이라 위험이 따른다 해도 이곳을 벗어날 방법이 없네. 하지만 내가 그렇다고 자네까지 그럴 필요는 없겠지. 언제 떠날 것인가?"

"결심이 선 이상 시간을 낭비할 필요가 있겠습니까. 지금 바로 떠나겠습니다."

하월성은 곧 관물함에서 주머니를 하나 꺼내더니 관치에게 내밀었다. 은자가 꽤 들어 있는지 묵직한 소리가 났다.

"가지고 가게."

"그럴 수는 없습니다. 그동안 거처를 제공해주신 것만으로도……"

"언제고 일이 마무리되면 다시 돌아오게나. 돈은 잠시 빌려주는 것이네."

관치는 잠시 빌려주는 것이니 꼭 돌아와 갚으라는 하월성의 말에 결국 사양치 못하고 돈을 받아들었다. 노숙은 그렇다 쳐도 사천을 벗어나는 동안 밥까지 굶을 순 없는 일이었다.

"이자까지 쳐서 꼭 돌려드리겠습니다."

하월성은 볼일이 끝났으면 그만 나가보라며 손을 내저었다. 이별은 그 시간이 짧을수록 좋다는 걸 알고 있었기에 관치 역시 더 이상 말을 늘어놓지 않고 하월성의 방을 나섰다.
"떠나기 전에… 그녀를 한 번 만나보는 것도 나쁘진 않겠지."

 자신의 뜰로 돌아온 관치는 가볍게 짐을 꾸리고 부엌이 아닌 창고 뒤 담장을 넘어 밖으로 몸을 감췄다. 객점 안에는 남궁가의 무사들이 자리를 하고 있어 자신의 행적이 봉황 문양의 사내에게 보고가 될 가능성이 많았기 때문이다.

 관치가 떠나고 반각쯤 지났을까. 남궁가의 사내가 관치의 뜰을 찾았다. 부하들의 보고에 의하면 관치가 자신의 공간에서 움직이지 않는다고 들었기에 당연히 뜰로 오면 그를 만날 수 있을 거라고 생각했다. 그러나 관치의 모습은 찾을 수 없었고 사내를 기다리는 건 텅 비어버린 창고뿐이었다.

 "찾아라. 그가 어디로 갔는지 그의 정체가 무엇인지, 아무리 작은 정보라도 좋으니 모조리 찾아라!"

 관치의 행적을 놓쳐 버린 부하들에게 신경질적으로 말을 던진 사내. 화산검협 연준하, 점창신룡과 함께 무림삼협으로 불리는 창천일검 남궁무혁의 얼굴에 짜증이 묻어났다.

 관치는 남궁가의 사람들이 자신의 뒤를 쫓을 수도 있다는 생각에 사람들이 많은 대로변보다 인적이 드문 골목길을 통해 움직이고 있었다. 손소민. 자신의 첫사랑이자 여전히 잊지 못하고 있는 그녀를 만나기 위해 부지런히 걸음을 옮겼다. 막상 찾아간다고 해도 그녀를 만날 수 있다는 보장은 없었지만 일단 시도는 해봐야 했다. 이번에 사천을 떠나고 나면 언제 다시 이곳에 돌아올지 자신도 알 수 없었기 때문이다.

"많이 변했을까……."

죽산. 고향 근처에 살고 있을 것이라 생각했던 그녀는 예상 밖에도 당문의 사람이 되어 있었다. 자세한 내막까지 알아내진 못했지만 정략이라 불러도 이상하지 않을 혼인을 했다고 했다. 보통 혼인을 했다면 누구의 아내가 되었는지 정도는 기본적으로 알려지는 게 보통이었지만 이상하게도 손소민 그녀는 당문에 시집을 왔다는 것만 알려졌을 뿐, 누구의 아내인지 또 어떤 생활을 하고 있는지는 전혀 알려진 것이 없다고 했다.

관치는 그녀를 만나 과거 스스로 했던 약속을 지키지 못한 것에 사과를 하고 싶었다. 당시 어렸을 그녀에게 자신의 실종은 심적으로 큰 부담을 주었을 게 분명했다. 비록 약속을 지키진 못했지만 자신이 살아 있다는 것과 이미 다른 사람을 만나 가정을 이루었다는 말 정도는 해주는 것이 좋겠단 생각이 든 것이다.

"이미 나 같은 것은 까마득히 잊어버리고 행복한 날을 보내고 있을 수도 있지만……."

만약 그렇다면 그저 먼발치에서 그녀의 모습을 한 번 지켜보는 것만으로도 만족을 했을지 몰랐다. 그러나 정보를 가져다준 해결사의 말에 따르면 결코 바람직한 결혼 생활은 아닌 것 같다는 확실치 않은 내용만 들어 있었다. 이미 다른 사람의 여자가 되어버린 사람에게 행복하냐고 물어보는 것 자체가 큰 실례를 범하는 짓이 될 수도 있었지만, 관치는 굳이 물어보지 않더라도 그녀의 얼굴만 봐도 어떤 상황인지 충분히 확인할 수 있다고 생각했다.

잠시 후 당문 근처에 도착한 관치는 문을 두드리려다 잠시 멈칫거렸다.

"만약 그녀가 불행하다면……."

관치는 분명히 행복할 거라고, 꼭 그럴 거라고 스스로를 다독였지만 만에 하나 그렇지 못한 삶을 살고 있다면 어떻게 해야 할지 자신이 무엇을 해줄 수 있는지에 대해선 한 번도 생각을 해보지 않았던 것이다. 불행하다곤 하나 이미 가정을 이룬 사람에게 함께 도망을 치자고 할 수도 없었고 그렇다고 그녀를 불행하게 만든 모든 사람들에게 응징을 할 수도 없었다.

"도대체 무슨 생각으로 여기까지 온 것이냐……."

관치는 여전히 감정이 앞서 결과를 예측하지 않는 자신의 방만한 태도에 화가 치밀어 올랐다. 이미 과거에도 그와 같은 실수를 통해 많은 이들의 마음을 아프게 하지 않았던가. 관치는 그녀의 행복을 운운하고 자신이 확인을 해야 한다고 마음먹은 것 자체가 사실은 그녀를 다시 한 번 보고 싶어 하는 단순한 바람에서 시작되었음을 인정해야만 했다. 자신의 방문으로 인해 또다시 그녀에게 어떤 일이 벌어질지는 애써 무시했던 것이다.

 무림의 이름 높은 가문에 시집을 간 여인에게 떠돌이나 다름없는 사내 하나가 나타나 과거 사랑했던 사람을 보러왔다고 하면 어떤 일이 벌어질지 감히 상상이 되질 않았다. 어쩌면 그녀를 만나 행복하냐고 물어보기도 전에 한 줌 혈수가 되어 흔적조차 찾을 수 없게 될 수도 있다는 점은 망각해버린 것이다.

 "이대로 그냥 죽은 사람처럼 그렇게 하자. 이미 그녀는 나 같은 사람이 있었는지조차 잊어버렸을 것이다."

 관치는 그녀를 만나고 싶었던 마음을 고쳐먹고서 다시 발길을 돌렸다.

 그러나 그것 자체도 운명의 장난이었을까? 막 발길을 돌려 떠나려는 그에게 움직임을 멈추게 하는 소리가 들려왔다. 굳게 닫혀 있던 당문세가의 문이 묘한 소음을 내며 열린 것이다.

 관치는 혹시나 하는 마음에 조심스럽게 고개를 돌렸고 그의 시선이 비스듬히 열려 있는 문 쪽으로 집중되었다.

 "혹시 관치라는 분이십니까?"

 예순이 넘어 보이는 노인 한 명이 빠끔히 얼굴을 내밀더니 관치의 이름을 물었다.

"네? 네. 그렇습니다만······."

관치는 얼굴만 조그맣게 내밀고 자신의 이름을 확인하는 노인의 모습에 얼떨떨한 표정을 지었다.

"아가씨께서 데려오시랍니다."

"네? 아가씨라니요?"

관치는 갑작스런 상황에 무슨 소린지 모르겠다는 표정을 보였다.

"다른 이들의 눈에 띄면 안 되니 지체하지 말고 들어오십시오."

관치는 느닷없이 자신의 이름을 확인하고 눈에 띄지 않게 조심해서 들어오라는 노인의 말에 잠시 갈등을 보였다. 이대로 따라 들어가 자신을 데려오라고 했던 아가씨가 손소민인지 확인을 할지, 아니면 이대로 모든 미련을 버리고 사천을 떠나는 게 맞을지 쉬 판단이 서지 않는 것이다.

"계속 그렇게 서 있을 겁니까? 빨리 들어오십시오. 잠시 뒤면 무사들이 다시 돌아올 겁니다."

무사들이 다시 돌아온다는 말에 관치는 정신이 번쩍 들었다. 생각해보니 번을 서고 있어야 할 무사들이 보이지 않은 것이다. 어떻게 된 일인지는 모르겠지만 일단 자신을 데리고 오라고 했던 아가씨가 누구인지, 혹은 자신이 그리워하던 바로 그녀라면 어떻게 자신이 이곳에 있는 것을 알았는지 물어봐야겠다고 생각했다.

"좋습니다. 앞장서시죠."

관치는 결심이 서자 어정쩡하게 갈피를 못 잡던 우유부단한 모습이 사라지고 평소 담담한 표정으로 모든 일을 처리하던 본래 그의 얼굴로 돌아왔다.

관치는 노인의 뒤를 따라 세가 안으로 조심스럽게 들어섰다. 본래 문을 두들기고 방문을 하려 했지만 어쩌다 보니 도둑고양이처럼 살금살금 움직이는 그런 모양새가 되었다.

앞서 가는 노인이 워낙 불안한 표정으로 움직이고 그 뒤를 따르는 관치까지 사방을 주시하며 두리번거리는 형태로 전각과 전각 사이를 오가기 시작해, 한 식경 이상을 이동한 후에야 목적지에 도착할 수가 있었다.

'소영각(素英閣)'.

특이하게도 다른 건물과 달리 새하얀 기와를 올려 눈이 내린 것처럼 보이는 전각. 노인은 전각 안쪽에 기별을 넣는가 싶더니 곧 문을 열고 안으로 들어갔다.

"이쪽입니다. 들어오시지요."

관치는 작게 손짓하며 전각 안으로 들어오라는 노인의 말에 가슴이 두근거렸다. 몇 발만 내디디면 그가 청춘을 바쳐 얻고자 했던 여인인 맑은 눈망울에 작은 보조개를 가지고 있던 손소민 그녀를 만날 수가 있는 것이다.

깊게 심호흡을 하던 관치가 노인의 뒤를 따라 소영각 안으로 자취를 감추었다.

❖ ❖ ❖

"미란 아가씨께서 찾아오셨습니다."
소가주에서 이젠 정식으로 가주가 된 당화윤의 딸 당민영, 화산검객 연준하가 그토록 보고 싶어 하던 당민영이 미란을 맞이했다.
"고모."
"민영이도 있었구나."
민영은 '세가에 들어왔다 들키면 어떻게 하려고?' 라는 표정을 지어 보였지만 미란은 신경 쓰지 않는다는 듯 작게 웃었다.
"언니는 좀 어때?"
"아직 별 차도가 없으세요."
민영은 어깨를 늘어트리며 힘 빠진 모습으로 대답했다.
"네가 고생이 많구나."
"아니에요. 그런데 여긴 무슨 일로?"
고모라는 호칭으로 불리곤 있지만 사실 미란과 민영은 나이 차가 4살밖에 나지 않았다. 사정을 모르는 이들이 두 사람을 봤다면 자매로 여길 수도 있겠지만 미란은 전대 가주 당악충의 딸이었고, 민영은 미란의 오라버니 당화윤의 딸이었으니 나이 차는 그리 나지 않았지만 촌수로는 고모와 조카의 관계였다. 그나마 4살이라도 났기에 망정이지, 미란은 민영보다 더 늦게 태어났다면 민영이 정말 불편한 조카였을지도 모른다 생각했었다. 왕래가 많은 편이 아니어서 서로 정을 쌓기에 어려운 점도 있었지만, 민영이 어린 나이에도 불구하고 어른스러움과 영특함을 함께 지니고 있어 대하기가 껄끄러운 점도 있었기 때문이다.

"거동도 못할 정도인 거야?"

"아직 그 정도는 아니세요. 하지만 오래 걷지는 못하시죠."

걷는 것조차도 힘들어할 정도로 몸이 쇠약해졌다는 민영의 말에 미란은 잠시 고민하는 표정이 되었다. 행여나 자신이 가지고 온 질문에 더 힘들어하진 않을까 걱정이 되었기 때문이다. 그러나 기회가 있을 때 확인을 하지 않으면 두고두고 후회를 할 수도 있었다.

'어쩌면 알고 나서 더 후회를 할 수도 있지만……'

미란은 촌각에도 몇 번씩 마음이 바뀌며 갈등을 겪었지만 결국 그녀를 만나보는 것으로 마음을 굳혔다.

"언니와 둘이서 나눌 이야기가 있는데 잠시만 자리를 만들어줄 수 있겠니?"

"어머니와요?"

민영은 무슨 일이라도 생겼냐는 듯 미란을 바라봤다.

"네가 신경 쓸 정도의 일은 아니야. 단지 궁금한 게 생겨서 의견을 구하고 싶은데 물어볼 사람이 언니밖에 떠오르질 않아서."

"네……."

민영은 무슨 궁금증이기에 거동조차 불편한 환자에게 조언을 구하겠다는 건지 알 수 없었지만 그렇다고 무작정 안 된다고만 할 수도 없었다. 평소 자신을 어려워하는 모습을 자주 보이던 고모였기에 자신 역시 어려움이 많았고 조카 입장에서 느끼는 어려움은 어색함을 넘어 범접하기 어려운 격차를 만들어놓았기 때문이다.

"오래 걸리진 않을 거야."

"네. 몇 마디 말씀을 나누는 정도라면 괜찮을 거예요."

민영은 미란을 데리고 안채 쪽으로 이동했다. 그러나 민영이 안내해준 곳이 빈방임을 깨닫고 의아한 표정을 지었다.

"네 어머니에게 가는 게 아니었니?"

"조금만 기다리시면 돼요. 소영각에서 잠시 기별이 와서 그곳에 가셨거든요. 가신 지 반 각 정도 돼가는데 오래 걸릴 일은 아니라고 했으니 금방 돌아오실 거예요."

"소영각이면 어머니 처소인데……."

미란은 자신의 어머니가 기거하는 곳에서 민영의 어머니를 찾았다는 말에 의아한 표정이 되었다. 걷는 것조차도 힘들어하는 사람을 왜 그곳까지 불렀는지 이해할 수 없었다.
"차를 내올게요. 오랜만에 찾아오셨는데 함께 이야기라도 나누어요."
"그래, 고맙구나. 아, 네 이름 말이다."
"네."
"영(英)을 쓰지?"
"아, 네."
민영은 갑작스럽게 자신의 이름을 확인하는 미란의 모습에 어리둥절한 표정을 지었다.
"그냥… 궁금해서."
"네……."
민영은 평소 활달하고 언제나 힘이 넘쳐 보이던 고모의 목소리가 미미하게 흔들리고 있다는 것을 감지했지만 이유를 물어보진 않았다. 자신이 알아도 되는 일이라면 먼저 말을 했을 것이다.

◈　◈　◈

노인은 관치를 조용한 방으로 안내하더니 자신의 할 일은 여기까지라는 듯 고개를 숙여 보이곤 모습을 감춰버렸다. 얼떨결에 주인도 없는 방에 홀로 남겨진 관치는 한동안 어색한 기분을 느껴야 했지만 오히려 그녀를 만나기 전에 마음을 안정시킬 수 있게 되어 다행이라는 생각도 들었다.

"들어가도 되겠습니까."

조용히 눈을 감고 있던 관치는 귓가에 들려오는 여인의 음성에 눈을 번쩍 떴다. 자신이 기억하는 그녀의 음성과 차이가 있긴 했지만 그녀 특유의 색깔이 느껴진 것이다.

"그렇게 하시오."

관치는 들어가도 되겠냐는 그녀의 말에 뭐라고 대답을 해야 하나 고민하다가 그저 그런 평범하고 딱딱한 말투로 입을 열고 말았다. 마음을 안정시켰다 생각했지만 그녀의 목소리가 들려오는 순간 자신도 모르게 다시 긴장을 하고 만 것이다.

사르륵.

옷 끝이 끌리는 소리와 함께 꿈에도 그리던 그녀가 관치 앞에 모습을 나타냈다.

"오랜만이오."

관치는 그녀의 얼굴을 확인한 순간 무슨 말을 해야 할지 고민하다가 또다시 그저 그런 말을 꺼내버렸다.

"언제고 한 번쯤은 다시 뵐 수 있을 것이라 생각했어요."

관치는 손소민의 말에 마른침을 삼켰다. 언제고 자신을 다시 볼 것이라고 믿고 있었다는 그녀의 말은 돌처럼 굳어버렸던 관치의 심장을 단번에 쿵쾅거리게 만들었다.

"미안하오."

떨리는 마음과 안타까운 심정을 지니고 있음에도 관치의 말투는 여전히 딱딱하고 담담해 보였다.

"여전하시네요. 그 말투, 그 모습."

손소민은 아련한 눈빛으로 관치의 얼굴을 바라봤다.

"그대는 세월의 흐름마저 비껴간 것 같소."

손소민은 20년이 넘는 세월을 보냈음에도 과거의 모습이 고스란히 남아 있었다. 거기에 비하면 자신은 늘어난 주름과 상처투성인 몸뿐이었으니 그녀 앞에 서 있는 것 자체가 부끄럽게 느껴졌고 마음이 돌덩이처럼 무겁게 내려앉았다.

"언제고 다시 뵙게 되면… 사죄를 드리고 싶었어요."

손소민의 음성이 작게 떨렸다.

"아니요. 그것은 내가 할 말이오. 행여 나 때문에 고생은 하지 않았는지 걱정스러운 마음에 잠을 이루지 못한 날이 많았다오."

관치는 처음으로 길고도 긴 문장을 늘어놓으며 깊은 곳에 감춰두었던 말들을 조심스럽게 꺼내 보였다.

"죄송해요. 약속을 지키지 못하게 되었어요."

손소민은 관치가 강한 사람이 되어 돌아오면 그의 여자가 되겠다는 약속을 지키지 못했다며 고개를 숙여 버렸다.

"무슨 말씀이오. 약속을 깬 것은 그대가 아니라 바로 나였소. 아무리 어린 나이에 한 약속이라곤 하지만 그것이 기약 없이 기다려야 하는 그런 약속은 아니었지 않소. 그런 마음은 거둬들이시오."

"강해지셨군요······."

고개를 숙이고 있던 손소민이 다시 입을 열었다.

"사실은 아직 그 약속마저 지키지 못했다오······."

관치는 강해지는 것은 물론 그녀가 버텨 낼 만큼 빠른 시일에 돌아오겠다는 것까지 그 무엇도 제대로 지켜 내지 못했다는 마음에 머리가 어지러웠다. 웅웅거리는 이명(耳鳴)이 고막을 흔들기 시작했고 손발은 피가 통하지 않는 듯 연방 찌릿거렸다. 그녀 앞에 서 있는 자체가 스스로 약속을 깨버린 결과가 되었단 생각이 들었다. 관치는 미련을 버리지 못하고 그녀를 찾아온 것이 너무나도 후회스럽고 고통스러워졌다.

아예 그녀 앞에 나타나지 않았다면 그나마 강해져서 돌아오겠다는 말이라도 지킬 수 있었을 것을··· 설사 강한 사람이 되지 못했다 해도 돌아오지 않았다면 강해지지 못해 나타나지 못하는 것이니 그것이라도 지킬 수 있었을 것을······. 관치는 후회막심한 심정에 당장이라도 바닥에 주저앉고 싶을 정도로 몸을 가누기가 어려워졌다.

손소민은 관치라는 사내가 얼마나 자존심이 세고 자신의 말에 목숨을 거는지 누구보다 잘 알고 있었다. 그런 사내가 스스로 약속을 지키지 못해 미안하다고 혹 자신 때문에 고생은 하지 않았냐고 말하고 있었다. 소민은 그런 관치의 모습에 울컥 눈물이 쏟아질 것 같았다. 자신 하나 때문에 무려 20여 년을 날려 버린 사내가, 자신을 저주하고 미워해도 한없이 부족할 사내가 또다시 자신 때문에 참고 있었다.

 손소민은 끊임없이 떨고 있는 관치의 손끝과 금방이라도 주저앉을 듯 힘들어 보이는 그의 발끝에서 시선을 뗄 수가 없었다. 그가 버티고 있는데 자신이 참지 못한다면 수십 년 동안 스스로를 납득시키며 참고 견뎌 왔던 한 사내의 인생이 송두리째 부서져 버릴 것 같았다.

 세상을 달관한 듯 무덤덤한 표정으로 일관하던 관치 역시 바람 한 점 없는 방 안에서 하늘거리며 흔들리는 손소민의 옷소매에서 시선을 떼지 못했다. 관치는 그녀가 울고 있음을 깨달았지만 내색을 하지는 않았다. 울지 말라고, 이젠 울 필요가 없다고 말하고 싶었지만 그런 쓸모없는 말 따위로 그녀의 눈물을, 그녀의 마음을 더럽히고 싶지 않았다. 그녀는 웃고 싶으면 웃고 울고 싶으면 울 수 있는 평범한 여인이며, 또 그렇게 살아갈 운명의 여인이었다. 관치는 그녀의 일상을 무너트리는 것도, 자신으로 인해 더 이상 죄책감에 시달리는 것도 원치 않았다.

 "가리다……."

 "차조차 내오지 못했는데……."

 "이미 마신 것이나 진배없다오. 그대를 보았으니, 그대가 나를 강하다 인정했으니 그 마음을 안고 세상을 살아가리다."

"……"

손소민은 이대로 관치를 떠나보내고 나면 영원히 다시는 볼 수 없음을 잘 알고 있었다. 그가 자신을 만나기 위해 이곳으로 발길을 돌리는 와중에도 얼마나 많은 갈등에 시달렸을지, 불안한 마음과 설레는 마음 혼란과 슬픔을 수없이 밟고 왔을지 그녀는 관치의 억양과 손짓 몸짓에서 그 모든 걸 느낄 수가 있었고 피하고 싶지도 않았다. 죽산 소가장 장래가 촉망되던 한 소년의 인생이 보통 사람은 상상할 수 없을 정도로 비틀리고 엇나간 것이다.

"마음에 두지 마시오. 그 말을 하고자 잠시 찾았을 뿐이라오."

"말씀… 새기겠어요. 영원히 새기겠어요."

관치는 자신의 말을 영원히 기억하겠다는 소민의 말에 머리가 뜨겁게 달아올랐다. 자신을 잊지 않고 자신을 망각하지 않고 그렇게 지내주겠다는 소민의 말에 표정이 없던 관치의 얼굴이 작게 요동치며 웃음을 만들어냈다.

'그래, 됐다, 관치야. 그녀는 늦어서라도 너에게 약속을 지켜 주었구나. 부끄럽지만 고맙고, 안타깝지만 후련하다. 후련하다, 관치야!'

하늘은 높고 청명했으며 바람은 잘게 불었다. 햇살은 부드럽고 세상은 활기찼으며 사방 곳곳에 생기가 느껴졌다. 관치는 과거 그녀를 만났던 그날에도 오늘 같은 느낌이었음을 기억해냈다.

"좋구나······."

과거의 그날, 툭 내뱉었던 말 한마디가 20년의 세월을 뛰어넘어 다시 한 번 흘러나왔다.

제8장. 여리박빙(如履薄氷)

여리박빙(如履薄氷)
-엷은 얼음을 밟는 듯 매우 위험한 상황에 처해 위태로운 모습

 관치는 당문세가를 벗어나 한참을 앞만 보고 걸었다. 절대 뒤돌아보지 않겠다는 마음이 흔들리지 않도록 관치는 그렇게 앞만 보고 걸었다.
 운명은 우연처럼 찾아오고 그것은 바람처럼 스쳐 간다 했다. 마음을 열지 못한다면 그것은 단지 바람일 뿐 운명이 될 수는 없다 했지만, 마음을 열었음에도 운명이 될 수 없다면 그것은 처음부터 이어질 수 없는 인연을 좇는 것과 같다고 생각했다.
 아득한 하늘에 총총히 떠 있는 별을 따고자 하는 소녀의 마음과 무지개 끝을 찾아 꿈을 이루고자 하는 소년의 마음이 그와 같다고 여겨졌다. 소녀는 어느새 어머니가 되었고

소년은 무지개 끝은 다다를 수 없는 미지의 세계임을 깨달은 나이가 되었다. 현실을 망각하고 마음속만 거닐기엔 너무 많은 날들이 지나버린 것이다.

"이십 년 정도 더 흐르고 나면 나아지려나……."

관치는 찢어질 것 같은 고통과 쇠말뚝을 박아 넣는 처참한 심정이 닳고 닳아 없어질 때까지 얼마나 걸릴지 생각해보았다.

"기억은 순간에 이루어지지만 망각은 평생에 걸쳐 완성된다 했거늘……."

너무 급해서도 안 되며 너무 느려서도 안 되는 그래서 잊힌다고 표현해야 그 뜻이 어울리는 단어, 망각(忘却). 관치는 그날을 기다리며 나머지 생을 살아가면 될 것이라, 그렇게 생각하기로 했다. 마음의 위안을 찾아 뭔가를 하는 것도 나쁘지 않겠지만 지금 당장은 쉬 떠오르는 것들이 없었다.

관치는 갑작스레 화산검객 연준하가 보고 싶어졌다. 인생에 먹고 싸고 자는 것 외에 즐거움을 느끼지 못하는 것은 생을 낭비하는 것이라 일장연설을 펼쳐 대던 연준하의 얼굴이 이렇게 보고 싶어질 줄 몰랐다.

"사람과 사람의 관계는 운명만 존재하는 것이 아니다. 작은 인연 하나도 이렇듯 떠올리기 마련인데 어찌 마음을 닫고 답답하게 살아갈 것인가."

자신을 강한 남자로 기억하겠다는 소민의 말이 떠올랐다.

강한 남자로 기억하겠다면 강한 남자가 되어 그것이 진실임을 증명하는 것도 나쁘지 않다는 생각이 들었다. 강한 남자로 세상에 우뚝 서고자 한다면 무엇이 필요할지, 어떤 일들을 해야 하는 것인지 관치는 하나 둘 머릿속에 상념들을 채우기 시작했다. 그 때문일까. 덕분에 연준하의 얼굴이 더더욱 그리워졌고 그러면 자신에게 도움을 줄 수 있지 않을까 하는 막연한 기대감마저 들기 시작했다.

"이번엔 내가 찾아가볼까?"

관치는 화산검객 연준하를 만나야겠다 생각되자 그가 거하고 있는 곳이 당문세가임을 떠올렸다.

"오지 말라 소원할 때는 끊임없이 찾아오던 사람도 막상 내가 찾고자 하니 갈 수 없는 곳에 머물고 있었구나."

절대 뒤돌아보지 않겠다는 마음과 연준하를 만나고 싶다는 마음이 충돌을 일으켰지만 결국 관치의 발걸음은 되돌려지지 않았다. 연준하를 보기 위해 소민이 있는 곳으로 향하는 짓은 도저히 엄두가 나지 않았다.

"떠나려 했는데… 오늘 하루는 다시 뜰에서 보내야겠군."

관치는 이도 저도 뜻대로 되는 게 없자 마음이 어수선해졌다.

"하긴, 세상사 뜻대로만 흘러간다면 무슨 재미로 살아갈까."

◈ ◈ ◈

 미란은 민영과 함께 세가의 이야기를 나누는 동안 민영이 얼마나 난감한 입장에 몰려 있는지 다시 한 번 알게 됐다. 원치 않는 결혼을 해야만 하는 여인의 심정. 가문을 위해 모든 걸 희생해야 하는 소모적 입장이 되어버린 민영의 처지가 자신이 생각했던 것보다 더욱 안타까운 상황임을 깨달은 것이다.
"미안하구나……."
 미란은 자신의 잘못이 아님에도 사과를 해야만 했다. 정략을 위한 결혼이라면 꼭 민영이 아닐지라도 비슷한 나이의 자신이 선택될 수도 있는 상황이었다. 그러나 다소곳하고 차분한 민영에 비해 자신은 거칠고 투박한 면만 부각되었으니 당연히 정략결혼에 대한 부담은 민영에게 치우칠 수밖에 없었다. 사실 세가 입장에서도 무림제일화로 알려진 민영을 이렇게 보내야 한다는 점에서 불편하기는 마찬가지였다.
"아니에요. 저 하나로 모두가 평안할 수 있다면 저는 모든 걸 감수할 수 있어요. 단지 어머님의 병세가 악화되어 마음이 아플 뿐입니다."
 미란은 효성이 지극한 민영의 마음 씀씀이에 부끄러움을 느꼈다. 누군가는 가문을 위해 원치 않는 결혼을 해야 함에도 밝은 모습을 잃지 않으려 노력하고 있었고, 다른 누군가는 사내 한 명 때문에 사적인 욕망을 채우고자 불편한 질문을 들고 찾아왔으니 당연한 결과였다.

'돌아가야 할까.'

 미란은 이런 상황에서 관치의 여자가 누구인지, 또 어떤 관계인지 알아내는 게 무슨 의미가 있겠냔 생각이 들었다. 한 사람은 조만간 팔려갈 처지에 있고 다른 한 사람은 얼마 남지 않은 수명을 붙들고 병마와 싸우고 있는 상황이었다. 자신의 괜한 질문 때문에 그렇지 않아도 힘든 두 사람을 더욱 고통스럽게 할 수도 있다는 생각이 들자 이건 아니라는 결론을 얻었다.

 어차피 묻지 않아도 확신할 만큼 관치의 그녀가 누구인지 단정을 하고 있는 상태였다. 단지 자신의 확신을 증명해보고 싶은 마음만 있었던 터라 이쯤에서 물러나는 게 좋겠단 생각이 든 것이다.

"나는 아무래도 가봐야 할 것 같다."

"네? 어머니가 오실 때가 되어가는데……."

"아니야. 생각해보니 언니가 아니어도 혼자서 충분한 일인 것 같아. 그렇지 않아도 힘들어하는데 내 고민까지 신경을 쓴다면 더 좋지 못할 거야. 내 생각이 짧았던 것 같다."

"무슨 일인데 그러시는 거예요? 제가 도움을 드리면 안 되는 일인가요?"

"후훗! 조카가?"

미란은 남녀 간의 이성 문제에 도움을 주겠다고 나서는 민영을 보며 가볍게 미소를 지었다.

"저는 도움이 안 되는 일인가요?"

민영은 아쉬운 눈빛으로 다시 물었다.

"언젠가 기회가 되면… 그때 물어볼게."

"네……."

민영은 결국 이야기를 해주지 않는 미란의 태도에 조금은 서운한 마음이 들었다. 하지만 곰곰이 생각해보니 자신의 어머니를 찾아올 일이라면 세가와 무관한 사적인 고민일 수도 있다는 생각이 들자 순순히 물러서는 모습을 보였다.

"다음에 또 보자."

"네, 그렇게 해요."

"식 준비는 잘되고 있지? 아, 신랑 될 사람은 봤어?"

"아니요, 아직 보지 못했어요. 그리고 식 준비는 제가 하는 게 아니라서……."

민영은 자신의 결혼 이야기가 흘러나오자 피곤한 표정을 지었다. 하긴, 미란을 제외하고도 하루 종일 만나는 사람마다 그 이야기를 해댈 테니 민영 입장에선 피곤하기도 할 것이다.

"갈게."

"그런데 어떻게 나가시려고?"

가문의 일원에서 제명된 사람은 가주의 허락 없이 세가에 들어올 수가 없었다. 정확한 사연은 알지 못했지만 당악충 할아버지와 미란 고모가 그런 일을 당했다는 소식을 들었었기에 민영은 염려가 되었다.

"걱정하지 마. 어렸을 때부터 사람들 몰래 세가를 빠져나가는 덴 재주가 많았으니까."

미란은 자신을 걱정해주는 민영의 모습에 따듯한 마음을 느낄 수 있었다.

'이런 아이를 그 변태 녀석에게 보내야 한다니······.'

미란은 연준하의 덜떨어진 모습이 떠오르자 가슴 한구석이 답답해졌다. 인생사 새옹지마라 하지만 마치 살얼음판을 걷는 것처럼 모든 게 위태롭고 아슬아슬하게 느껴졌다.

❖ ❖ ❖

"표두님."

앞서 움직이고 있던 표사 한 명이 표두 진하석에게 달려왔다.

"무슨 일이냐?"

"아무래도 오늘은 더 이상 움직이기 어려울 것 같습니다."

"그게 무슨 소리냐? 밤이 깊어지기 전에 방현(房縣)에 도착할 수 있다고 하지 않았느냐!"

진하석은 어림도 없는 소리 말라는 듯 언성을 높였다.

"이미 어두워진 데다 비 때문에 길이 좋지 않아 속도가 나질 않습니다. 이대로 움직이다가 자칫 사고라도 생기면 문제가 더 커질 수도 있습니다. 거기다 이곳을 넘고 나면 휴식을 취하고 싶어도 그만한 공간을 만나기가 어렵습니다."

표사는 다시 한 번 생각해달라며 진하석을 바라봤다.

"음……."

아직 배송 날짜까지 3일이 남긴 했지만 딱히 그 날짜에 맞춰 일을 마무리 지을 생각은 없었다. 이왕이면 하루라도 빨리 표물을 넘겨주고 표국으로 돌아가고 싶었기에 부지런을 떨었었다. 그런데 목적지가 하루도 남지 않은 상태에서 이런 일이 생기고 나니 불편한 마음이 들 수밖에 없었다.

"당신의 생각은 어떻습니까?"

진하석은 난데없이 관치에게 의견을 물었다. 사람들의 시선이 모두 관치 쪽으로 집중됐다. 관치의 대답 여하에 따라 이곳에서 쉬어갈 것인지 아니면 위험한 밤길을 계속해서 더 듬거려야 할지 결정이 날 것 같았다.

"나는 외인인 데다……."

관치는 표국의 일에 관여하고 싶지 않다는 표정이 역력했지만 '제발!' 이라는 표정으로 자신을 바라보는 표사들과 쟁자수들 때문에 결국 다시 말을 이어야 했다.

"하지만 오늘 같은 날씨엔 조심을 하는 게 어떨까 싶습니다. 자칫 다 된 밥에 재를 뿌릴 수도 있는 일 아닙니까."

관치는 안전제일이 완벽 배송이라는 듯 목소리에 힘을 주었다.

"음… 역시 그렇습니까."

진하성 역시 이대로 표행을 지속한다는 게 위험을 초래할 수 있음을 잘 알고 있었다. 욕심이 앞서 조금 더라고 외치고 싶은 마음도 여전했지만 모두가 반대하는 일에 계속 언성을 높일 수도 없었다. 거기다 관치의 이야기를 듣는 재미가 쏠쏠해지는 참에 사소한 일이라도 생기고 나면 그마저도 힘들어질 거란 생각이 들었다.

'아직 이틀 정도 여유가 남았으니 잠시 쉬어가는 것도 나쁘진 않겠지.'

진하석은 생각이 정리됐는지 표사들을 향해 고개를 끄덕여 줬다. 아무리 자신의 의지대로 운영할 수 있다곤 하지만 표사들에게까지 인심을 잃을 이유는 없었다.

진하석이 고개를 끄덕이자 사람들의 움직임이 분주해졌다. 수레를 고정시키고 나무와 나무 사이에 기름 먹인 천을 연결시키니 금세 여러 개의 천막이 완성되었다.

다행히 바람이 섞인 비는 아니었기에 임시로 천막을 만들어도 큰 문제가 없는 상태였다. 천막 안쪽으로 수레에 준비해두었던 건초를 뿌리기 시작했고 표사들은 바깥쪽으로 한 자 깊이의 수로를 만들었다. 이미 오랜 세월 해왔던 일인지라 사람들의 움직임은 신속하고 정확했다.

곧 쉴 곳이 마련되자 여기저기 물을 끓이고 식사 준비까지 동시에 진행이 됐다. 젖은 몸을 녹이고 속을 따뜻하게 해놓아야 힘을 비축하고 몸을 건사할 수 있었다.

관치 역시 쟁자수들을 도와 쉴 곳을 마련했지만 진하석의 부름에 표사들이 있는 쪽으로 자리를 잡았다.

관치가 다른 천막으로 이동해버리자 쟁자수들의 얼굴에 갈등이 드리워졌다. 길을 걸을 때야 적당히 관치의 목소리가 들리는 곳에 서 있으면 그만이었지만 표사들이 있는 천막에 자리를 잡아버리자 계속해서 그의 이야기를 들을 방법이 없었던 것이다. 물론 근처에 다가가면 계속해서 이야기를 들을 수도 있었지만 그렇게 하면 몸을 말리는 걸 포기해야 할 판이었다.

몇몇 쟁자수는 그딴 이야기 더 들어봐야 뭐 하겠냐며 관심을 끊어버렸지만 호기심이 왕성한 몇몇 쟁자수는 결국 유혹을 이기지 못하고 관치가 있는 곳으로 다가갔다.

관치는 주춤거리며 천막 쪽으로 다가오는 쟁자수 둘을 발견하더니 진하석에게 말을 건넸다.

"아무래도 저 사람들은 제 이야기가 계속 듣고 싶은 모양입니다."

진하석은 관치의 말에 천막 밖으로 시선을 돌렸다.

"저들까지 신경 쓸 필요가 있겠습니까."

진하석은 내키지 않는 표정으로 말을 받았다.

"오늘 한 번쯤은 허락을 해주시죠. 저도 이왕이면 사람이 많은 게 더 신이 나고 말입니다."

"당신의 생각이 그렇다면야……."

 진하석은 여전히 '이건 아닌데.' 하는 표정을 짓고 있다가, 관치의 입에서 아예 이야기 나눌 장소를 쟁자수들 쪽으로 옮기자는 말에 한발 물러서야만 했다. 그나마 자신의 공간은 깔끔하기라도 했지만 쟁자수들이 사용하는 천막은 낡고 해진 것은 물론이고 퀴퀴한 냄새까지 스며 있었다.

"감사합니다, 표두님."

 쟁자수 둘은 못마땅한 얼굴을 하고도 결국 자신들의 합류를 인정해주자 금세 얼굴이 밝아졌다. 사실 밖에서라도 이야기를 들을 생각에 다가왔을 뿐인데 비를 피해 안쪽에 앉게 해주었으니 기쁘지 않을 수가 없었다.

 잠시 후 따듯한 차가 돌려지고 가벼운 식사가 준비되자 더 이상 기다리지 못하겠다는 듯 질문이 터지기 시작했다.

"그런데 말입니다."

"네."

"정말 당신이 사모했던 그 여인은 어쩌다 당문세가의 사람이 되어버린 겁니까? 처음에 이야기를 시작할 때를 생각해보면 죽산의 평범한 무관 딸이라고 하지 않았습니까. 보통 무림 세가들의 혈연은 격이 맞는 자들로 이루어져 있다고 하던데."

진하석은 관치의 말이 일부 지어낸 것이고 현실적이지 않다고 생각하면서도 궁금한 점은 꼭 물어야만 직성이 풀렸다.

"저도 그 뒤에 안 일이지만 한 권의 책 때문이었다고 하더군요."

"책이라면… 무공 서적이겠군요."

진하석은 평범한 무관의 딸을 맞아들일 정도면 그녀가 가지고 있던 책이 널리고 널린 평범한 책은 아닐 것이라 생각했다. 거기다 무림 세가에서 관심을 보일 정도면 당연히 무공에 관련된, 또는 당문이 추구하는 것처럼 독이나 암기에 관련된 책이라고 생각했다.

"역시 진 표두는 모르는 게 없는 것 같습니다. 그렇습니다. 그녀가 지니고 있던 책은 바로 무공 서적이었죠."

관치의 입에서 무공 서적이 맞다는 말이 흘러나오자 잠시 쉬어가야 한다고 의견을 피력했던 표사가 질문을 던졌다.

"어떤 무공 서적이기에 당문세가에서 그녀를 데려간 겁니까?"

관치의 이야기를 듣는 동안 언제 소민을 만났냐며 계속 물어보던 표사였다. 그는 당문세가에 들어가 그녀를 만나고 또 그렇게 돌아 나왔다는 부분에서 선두와 자리를 바꾸는 바람에 은근히 불만을 토하던 상태였다. 어쩌면 기어코 쉬어가야 한다고 했던 것도 사실은 길이 문제가 아니라 관치의 이야기를 듣지 못한다는 불만에서 나온 것일지도 몰랐다. 자신이 듣지 못한 부분은 천막을 치는 동안 동료 표사에게 대충 설명을 들었기에 계속해서 이야기를 이어 듣는 데 문제는 없는 상태였다.

"소민 그녀가 우연히 당문의 사람들을 구해줬다고 합니다."

"네? 동네 무관의 딸이 무슨 수로 당문 사람들을 구해줍니까?"

당문세가라고 하면 사천 일대는 물론이고 중원 전역에서 가장 상대하기 껄끄러운 집안으로 알려져 있었고, 또 그것이 사실이었다. 그런데 무림에 명성 높은 고수도 아니고 죽산 평범한 무관의 딸이 어떻게 당문의 사람들을 구해준단 말인지 이해가 되질 않았다.

표사의 질문에 관치가 대답을 하려고 하자 이번엔 진하석이 손을 들어올렸다.

"그런데 지금은 당문 자체가 없어지지 않았습니까? 듣기론 남궁세가나 화산파의 이중 모략으로 전멸을 당했다 들은 것 같은데."

사람들은 당문이 멸망했다는 소식에 '맞아, 맞아'를 연발하며 관치를 바라봤다. 관치의 말이 사실이라면, 관치의 이야기가 정말 있었던 일이라면 왜 그의 이야기 속에선 아직 멀쩡하냐는 표정들이다.

"그렇지 않아도 그 부분을 이야기하려고 했는데 진 표두가 먼저 선수를 치셨습니다."

관치는 한발 늦었다는 듯 머리를 긁적이며 사람들을 바라봤다.

"아니, 그럼 당신은 당문이 왜 멸망했는지 알고 있다는 말이오?"

"물론 나 역시 모든 걸 알지는 못합니다만, 그러니까 당가에 문제가 생긴 것은 내가 소민을 만나고 우성각 뜰로 돌아온 뒤였던 것으로 기억합니다."

사람들은 관치의 입에서 다시 이야기가 흘러나오자 귀를 쫑긋거리며 집중하기 시작했다. 관치의 말이 어디서부터 어디까지 진짜인지는 모르겠지만, 사실 대부분 지어낸 이야기라고 생각하고 있었다. 그럼에도 무림의 알려지지 않았던 비사를 전해 듣는 건 흥미진진한 일이었다.

"듣자하니 세상에 알려지지 않은 이야기들이 있는 것 같은데, 그 부분부터 다시 말해주시오."

"하하하! 세상엔 어떻게 알려졌는지 모르겠지만 나 역시 당문에 정확히 무슨 일이 있었는지는 세세히 알지는 못합니다. 하지만 궁금하다니 대충이나마 아는 데까지 이야기를 해보도록 하죠. 그런데 혹시 감춰놓은 술 좀 없습니까? 목이 컬컬한데 뭔가 마실 거라도 좀 있어야······."

사람들은 관치의 말에 서로 얼굴을 바라보더니 별수 없다는 듯 감춰놓았던 술을 조금씩 꺼냈다.

 진하석은 표사들 품에서 예상치 못한 물건이 흘러나오자 도끼눈을 떴다. 하지만 표사는 물론 쟁자수들까지 '표두님도 내놓으시죠.' 라는 표정을 짓자 헛기침 몇 번 하더니 결국 숨겨 놓았던 말린 육포와 죽엽청을 말안장과 가죽 주머니에서 내놔야 했다.

 "평소 때라면 모를까, 오늘 상황에선 이야기 값으론 상당히 귀한 것들이오."

 진하석의 말에 표사들은 물론 쟁자수들까지 고개를 끄덕였다. 먼 거리를 가다 보면 노숙을 하는 경우가 많아 몸을 씻거나 정상적인 음식을 먹기 어려울 때가 많았다. 마지막으로 객점에 들른 것이 벌써 사흘 전이니 그들이 내놓은 술과 음식은 결코 만만히 볼 것이 아니었다.

 "그냥 이야기일 뿐인데, 이렇게 귀한 대접을 해주니 몸둘 바를 모르겠습니다. 하하하."

 관치는 미안해서 어쩌나 하는 표정을 지으면서도 내놓은 술과 음식을 자신 앞으로 끌어다 놨다.

 "자, 이제 뜸은 그만 들이고 한번 들어나 봅시다. 도대체 당문에 무슨 일이 있었던 겁니까?"

 "그러니까, 내가 뜰로 돌아와 화산검객 연준하를 기다리고 있었는데……."

◈ ◈ ◈

"왔다."

11일째 똑같은 말로 자신의 방문을 알리고 있는 연준하. 오늘도 그의 등장은 변함이 없었다.

"왔구려."

관치 역시 그를 맞이하는 방식이나 음성이 어제와 다르지 않았지만 한 가지 차이가 있다면 오늘은 식사를 하지 않고 있다는 것이다.

"오늘도 식사 중인 거냐?"

"보다시피 오늘은 식사를 하지 않고 있소."

연준하는 창고 안을 힐끗 쳐다보더니 의아한 표정을 지었다. 하루 12시진을 기계처럼 움직이던 관치가 그 흐름을 깬 것이다.

"무슨 일이라도 있는 것이냐?"

"무슨 일이 있냐고 물어보는 것보다 무슨 일이 생길지 고민을 하고 있다는 것이 정확하겠소."

"그게 무슨 뜻이냐?"

연준하는 엉뚱한 대답을 하는 관치를 보며 다시 한 번 고개를 갸웃거렸다.

"그대는 언제나 담을 애용한 탓에 우성각의 사정을 잘 모르는 것 같구려."

연준하는 난데없이 우성각의 상황을 운운하는 관치의 말에 답답한 표정이 되었다.

"무슨 소리를 하고 싶은 것이냐?"

"지금 우성각은 남궁세가의 인물들로 가득하오. 정말 몰라서 묻는 것이오?"

 연준하는 우성각이 남궁세가의 거처가 되어 있다는 말에 눈 끝이 살짝 흔들렸다. 현재 상황에서 남궁세가가 노릴 수 있는 것은 자신, 또는 당민영 등이었다. 간단하게 협력 관계를 흔들어놓을 수 있는 저렴한 방법. 연준하 자신도 모르는 사이 위험에 노출되었다는 것을 깨닫자 긴장을 한 것이다.

"그대가 시끄럽게만 하지 않는다면 남궁세가의 사람들은 이곳에 모습을 보이지 않을 것이오."

"그건 또 무슨 소리냐?"

 남궁세가의 사천 근거지가 되었다고 말해놓고 뜰은 안전하다 말하는 것은 뭔가 앞뒤가 맞지 않았다.

"그들은 뜰이 비어 있다고 생각하기 때문이오. 그대에게 옮았는지 나 역시 오늘은 정문이 아니라 이곳 담장을 애용해 외출을 다녀오는 중이오."

"네가 담장을 이용해 외출을 한 것과 그들이 이곳에 오지 않는 것에 상관관계가 있는 것이냐?"

"그들은 내가 화산검객 연준하와 좋지 않은 연을 맺었다 생각했는지 포섭 혹은 포용을 하고자 하는 것 같았소. 그런데 그런 대상이 흔적도 없이 사라졌다면 당신은 어떻게 하겠소?"

관치는 의견을 들어보고 싶다는 듯 연준하를 바라봤다.

"내가 남궁세가였다면 너를 찾기 위해 사람을 풀었을 것이다. 당연한 것을 왜 물어보는 것이냐?"

"그렇다면 그들 입장에서는 내가 도망을 쳤다는 것인데, 도망을 친 사람이 다시 그곳에 돌아와 편안히 쉬고 있을 가능성은 얼마나 되오?"

연준하는 확률을 묻는 관치의 질문에 선뜻 대답을 하지 못했다. 도망을 친 자가 본래 있던 자리로 돌아와 휴식을 취할 가능성. 상식적으로 생각한다면 있을 수 없는 일이었다.

"그럼 너는 도망을 쳤다 생각게 하고 다시 돌아와 그들을 기만하는 중이라는 뜻이냐?"

"처음부터 그럴 의도는 아니었소. 하지만 지금은 그렇게 의도한 것처럼 되어버렸소. 그래서 그대가 시끄럽게만 하지 않는다면 남궁세가 사람들이 이곳에 올 일이 없다는 뜻이오."

"네 말이 사실이라면 오늘은 그냥 돌아가는 게 좋을 것 같다."

연준하는 자꾸만 엉덩이가 들썩이는지 당장이라도 담장을 넘어 모습을 감출 기세였다.

"지금 담장을 넘어 사라질 계획이라면 포기하는 게 좋을 것이오."

"그건 또 무슨 소리냐?"

"만에 하나 지금 당장을 넘고자 한다면 난 당신을 남궁세가의 사람들에게 파는 꼴이 될 것이오."

"나를 팔다니!"

"이런, 언성을 높이지 말라고 했는데 그새 잊은 것이오?"

"……"

관치의 말에 연준하는 급히 입을 틀어막았다. 자신도 모르게 평소처럼 목소리가 높아진 것이다. 관치 네놈 때문에 자꾸 목소리가 커지지 않냐고 다시 소리를 지르고 싶었지만 지금 상황에선 아무런 도움이 되지 않을 일이었다.

"내가 어떻게 하면 되는 것이냐?"

연준하의 입에서 방법을 묻는 말이 튀어나오자 관치의 입 끝이 보일 듯 말 듯 미소를 띠었다.

"내가 그대를 도와주면 그대는 나에게 무엇을 해줄 수 있소."

"지금 무슨 소리를 하려고!"

"남궁세가는 귀가 밝다고 들었소. 기어이 사람들을 불러올 생각이오?"

"흥, 네놈이 무슨 수작을 부리려는지 모르겠지만 난 당장이라도 담장을 넘어……."

"그렇게 할 수 있으면 하시오. 나라면 그런 방법은 택하지 않을 것이오."

관치는 맘대로 해보라는 듯 고개를 돌려 버렸다.

연준하는 당장이라도 담을 넘어 사라지는 게 옳다고 생각하면서도 관치가 너무 당당하게 나오자 담을 넘는 순간 남궁가와 마주치는 건 아닌지 점점 걱정이 들기 시작했다. 그가 아는 소관치라면 허언은 하지 않을 것으로 보였기 때문이다.

"원하는 게 무엇이냐?"

결국 양손을 들고 패배를 선언하는 연준하. 아무리 생각해도 현 상황은 자신이 아닌 관치가 해결 방안을 쥐고 있는 데다 담장을 넘은 뒤 벌어질 일은 자신과 무관하다고 강조하는 관치의 태도에 마음을 졸이고 만 것이다.

물론 담장을 넘어 도망간다고 해서 남궁가의 사람들이 연준하를 발견한다거나 당장 도검이 날아들 상황은 아니었다. 연준하가 관치의 말을 무시하고 그대로 담을 넘어 사라졌다면 오늘의 일은 그냥 이렇게 끝날 수도 있는 상황이었다.

관치 역시 남궁가의 사람들과 얽히지 않으려고 조용히 자리를 지키고 있는데 연준하가 담을 넘는다 해서 그것을 고해바칠 리는 없었기 때문이다. 문제는 연준하 스스로 관치의 말을 확대 해석한 데서 약점이 잡히기 시작했고 담을 넘으면 상관치 않겠다는 관치의 말은 상관할 방법이 없으니 그리하겠다 말한 것뿐이었다. 사람 사이의 일이라는 게 말로 시작해서 말로 끝난다고는 하지만 이런 경우는 연준하 스스로 제 발 저리고, 솥뚜껑 보고 놀란 가슴이 되어 손해에 손해를 보는 바보 같은 짓을 하고 말았다.

관치는 당연히 그렇게 나와야 맞는 일이라며 다시 미소를 보이더니 자신의 창고 안으로 그를 불러들였다.

"자, 네 말대로 했다. 이제 뭘 하면 되는 것이냐?"

연준하는 관치의 창고 안으로 들어오더니 조급증을 버리지 못하고 먼저 입을 열었다.

"내 창고는 남궁가의 사람들이 머물고 있는 별채 끝과 연결이 되어 있소. 아, 물론 이 길을 아는 사람은 나와 우성각의 총관님뿐이오."

"아니, 밖으로 연결이 되어 있어도 위험할 판에 그놈들이 묵고 있는 별채와 연결이 되어 있다니. 지금 날 놀리겠다는 심산이냐?"

"그럴 리가 있겠소. 내 말인즉, 그들은 이 뜰에 들어올 방법이 부엌을 통하는 게 전부이지만 우린 그들이 이 뜰에 들어오는 순간 그들이 떠난 별채로 들어가 숨을 수 있으니 만사형통이라는 것이오. 그대는 이 지경이 돼서도 날 믿지 못하는 것이오?"

"누가 널 못 믿는다고 했느냐? 말이 그렇다는 거지."

언제든 별채와 뜰을 오가며 모습을 감출 수 있다는 말에 연준하는 내심 안도하는 표정을 보였다.
"자, 남궁가의 일은 그렇게 하면 될 것이니 우리 일을 해결해봅시다."
"우리 일이라니?"
연준하는 무슨 소린지 모르겠다며 딴청을 피웠다.
"어려울 것은 없으니 그리 긴장할 필요 없소. 사실 그대가 매일 찾아오는 것은 나를 죽일 핑곗거리를 찾고자 한 것이 아니오."
연준하는 관치의 말에 고개를 끄덕였다.
"물론이다."
"그러나 나는 나를 죽이고자 찾아오는 당신을 귀찮아하지도 또 도망을 가지도 않았소."
"그랬지."
"거기다 위험에 처한 당신을 오늘은 구해주기까지 했소."
"음......"
연준하는 관치의 말이 맞다는 걸 인정하면서도 마음 깊은 곳에선 '이게 아닌데.' 하는 생각이 고개를 쳐들었다. 이대로 관치가 은원 관계를 청산하고자 한다면 체면을 차리기 위해서라도 고개를 끄덕이고 말을 들어줄 수밖에 없다는 생각이 들자 은근히 짜증이 올라온 것이다.
물론 그와 동시에 창고 안에 있는 사람은 둘뿐이니 꼭 체면을 차릴 필요가 없다는 생각도 슬그머니 고개를 쳐들었다. 만에 하나 목숨을 살려 달라고 부탁한다면 더 이상 망설일 필요 없이 목을 날려 버려도 되겠다는 생각이 든 것이다. 어차피 남궁가를 피해 별채와 뜰을 오가는 방법은 알아냈으니 굳이 관치의 말에 휘둘릴 이유가 없다는 판단에서였다.
"혹 내 목숨을 구하고자 부탁을 할 거라 생각한다면 당신은 틀렸소."
"그게 무슨 말이냐?"
연준하는 관치 스스로 살려 달라는 소리를 하지 않겠단 말에 어리둥절한 표정이 되었다. 지금으로선 관치가 자신에게 요구할 수 있는 일이라곤 그것밖엔 없지 않은가.
"내가 원하는 것은 그대가 그토록 해주고 싶어 했던 것이오."
"내가 해주고 싶어 한 일이라니?"
"그대가 말하지 않았소. 인생의 재미가 자고 먹고 싸는 게 다라면 무슨 낙으로 살아갈 것이냐고."
연준하는 관치의 말에 솔깃한 표정이 되었다. 그동안 관치의 마음을 흔들어보고자 노력한 대가가 드디어 나타난 것이다.
"혹 내가 가져온 재미 중에 관심이 가는 게 있는 것이냐?"
연준하는 만에 하나 관치가 관심을 보이는 것이 있다면 그것을 해보기 직전 목숨을 빼앗는 것이 더 재미있겠단 생각이 들었다. 그러나 관치는 아쉽다는 듯 고개를 흔들어버렸다.

"무슨 뜻이냐? 내가 가져온 재미들 중에 네가 해보고 싶은 게 하나도 없었단 말이냐?"

"재미가 있을 수도 있겠단 생각은 들었소. 하지만 굳이 그 재미를 위해 현재의 즐거움을 포기할 생각까지는 들지 않았으니 그대가 가져온 재미난 인생거리는 나에게 영향을 주지 못한 것 같소. 하지만."

"하지만."

"관심을 갖고 싶은 걸 하나 찾기는 했소."

"그게 무엇이냐? 내가 당장이라도 경험하게 해주마."

연준하는 뭐가 되었든 못해줄 게 없다는 표정으로 관치를 바라봤다.

"내가 원하는 것은."

"그래. 원하는 것은?"

"재미를 느껴 보고 싶은 것은."

"그래. 재미를 느껴 보고 싶은 것은?"

"강한 사람이 되는 것이오."

"그래. 강한 사람이 되는 것이 재미가 있기는… 뭐? 지금 무슨 소리를 하는 것이냐?"

관치의 말을 신나게 따라 하던 연준하는 그가 원하는 경험하고픈 색다른 인생거리가 어이없는 쪽으로 결정이 되자 한동안 말을 잇지 못했다.

"강한 사람이 되는 것. 문득 그것이야말로 재미있는 일이 아닐까 생각하게 되었소. 그대의 생각은 어떠시오? 내 부탁을 들어줄 수 있겠소?"

"그게… 당장 어떻게 해볼 수 있는 일이 아니라서……."

뭐가 되었든 금방이라도 경험을 시켜 줄 생각이었던 연준하였지만, 관치가 원하는 즐거움은 당장 어떻게 할 수 있는 일도 아닌 데다 그 재미를 느끼도록 도와주기 위해선 자신의 밑천을 털어내도 실패할 가능성이 많다는 것에 한 표 던지고 싶었다.

강한 사람. 매력적이고 멋진 말이지만 무슨 수로 강해지고, 또 누구에게 그 강함을 인정받는단 말인가.

"당신이라면 나를 도와 인생의 재미를 느낄 수 있게 잘 이끌어줄 거라 믿고 있소. 사실 화산검객으로 이름 높은 그대라면 이 정도 일은 어렵지 않을 것이오."

연준하는 마음속 깊은 곳에서 꺼림칙하게 느껴지던 불안감의 요소가 바로 이것이었음을 깨달았다.

'젠장, 그냥 죽여 버리자. 내가 무슨 수로 그게 재미난지 아닌지 경험을 시켜 준단 말인가. 솔직히 강한 사람이 되는 길은 재미가 있다기보단 고난의 연속이 아닌가 말이다. 자칫 대답을 잘못했다간 평생 이놈의 뒤를 따라다녀야 할 수도 있으니 어긋난 연은 이쯤에서 정리를 하는 것이…….'

연준하는 이대론 안 되겠다는 생각이 들자 슬그머니 기운을 끌어올리며 단숨에 관치의 목을 날려 버릴 준비를 시작했다.

"일구이언은 이부지자라 했소. 사내가 한 입으로 두 말을 하면 후레자식이라는 뜻이오. 알고 계시오?"

관치는 연준하의 몸에서 찝찝한 기운이 흘러나오자 그렇겐 안 된다는 듯 한마디 툭 내뱉었다.

"뭐?"

"사내가 약속을 지키지 못하면, 처음부터 지키지도 못할 약속을 하는 놈들은 개자식이라고 했소."

"……."

연준하는 설마 자신 앞에서 개자식 운운하는 사람이 있을 거라곤 한 번도 생각해보지 못했기에, 아니 생각할 이유도 없었기에 뭐라고 대구를 해야 할지 머리가 텅 빈 느낌을 받았다.

"세상엔 나쁜 놈도 많고 악한 놈도 많소. 또한 선한 사람만 있는 것도 아니오."

연준하는 관치의 말에 고개를 끄덕였다. 아직 뭐라 말할 정도로 정신을 가다듬지 못했기에 관치의 말에 일단 고개만 끄덕인 것이다.

"그런데 그들보다 더 추악하고 병신 같은 자들이 있으니."

"있으니……."

"부모를 욕되게 하는 자들이오."

꿀꺽.

연준하는 기어코 들어서는 안 되는 말을 들은 사람처럼, 알 필요 없는 타인의 비밀을 알아버린 사람처럼 표정이 창백해졌다.

"오죽 사내가 못났으면 부모를 욕되게 할 것이며, 그것이 얼마나 부끄럽고 창피한지 알면서도 결국은 부모를 욕되게 하였으니 세상에 그런 후레자식이 어디 있겠냔 말이오. 그대는 어떻소? 나는 그대가 착한 사람인지 나쁜 사람인지, 아니면 이중인격에 흉악한 취미 생활로 인생을 이어가고 있는지는 관심이 없소. 단지 그대가 부모를 욕되게 할 정도로 약속에 대한 개념이 없는 사람인지 그것이 알고 싶소. 그대는 후레자식이오?"

 울컥!

 연준하는 은근히 '너 후레자식?' 이라고 물어오는 관치의 눈빛에 이를 악물었다.

"감히 대화산파의 검객 연준하를 뭐로 보는 것이냐!"

"이런, 언성을 높여선 안 된다고 하지 않았소."

 관치는 급히 별채 쪽으로 시선을 돌리면서 안타까운 표정을 지었다. 혹 남궁가의 사람들이 듣지 않았는지 불안해하는 모습이었다.

 연준하는 금방이라도 불을 토하며 괴성을 지를 것 같은 표정이었지만 겨우겨우 마음을 누그러트리며 조심스럽게 다시 입을 열었다.

"일구이언 이부지자. 사내라면 지킬 줄 알아야 하고 당연히 지켜야 하는 것이지."

관치는 연준하의 대답에 고개를 끄덕거리며 다시 말을 이었다.

"역시 그대는 사내요. 그대라면 내 말을 이해하고 또 도와줄 거라 의심하지 않았소."

"무, 물론이다."

연준하는 할 수만 있다면 관치를 질근질근 씹어 갈아 마시고 싶다는 생각을 하면서도 입에선 그가 원하는 대답만 연방 뱉어내야만 했다.

"좋소. 나는 그대의 도움을 받아 강한 사내가 되고 그것에 인생의 묘미가 있음을 깨달을 것이오. 앞으로 잘 부탁드리오."

"크흐흐… 그, 그래야겠지."

"아, 그래서 하는 말인데… 그대는 올해 나이가 어떻게 되시오?"

연준하는 갑작스럽게 나이를 묻는 관치의 태도에 움찔한 표정이 되었다.

"그건 왜 묻는 것이냐?"

"앞으로 세상을 주유하다 보면 사람들이 물어볼 것이 아니오. 주종 관계도 아니고 그렇다고 친구도 아닌데 어려 보이는 자는 말을 함부로 하고 나이 먹은 자는 말을 조심해야 하니……."

"그래서 나이 먹은 대우라도 해달라는 것이냐?"

연준하는 금방이라도 폭발할 듯한 표정을 하고 자리에서 벌떡 일어났다.

"그게 무슨 소리요?"

"지금 네가 말하는 것이 그것을 바라는 것 아니냐 말이다."

성은 잔뜩 났지만 언성은 높이지 못하고 소곤거리듯 악을 쓰는 연준하.

"내가 언제 그런 걸 요구했다는 것이오?"

"네가 방금……."

연준하는 관치의 말을 되돌려 생각했지만 그런 부분을 요구한 적은 없다는 것을 깨닫자 급히 입을 다물었다.

"호, 그러니까 스스로도 그 부분에 문제가 있다는 것을 시인한 것이오?"

"누, 누가 시인을 했다고."

"지금 그렇지 않소. 난 아직 결론을 말하지도 않았는데 스스로 그것이 문제임을 파악한 것 아니냐 말이오. 만에 하나 그것이 아니라면 왜 그렇게 흥분을 하고 어쩔 바를 모르는 것이오?"

"누가 어쩔 바를 모르고 흥분했다는 것인지 정말 모르겠군."

"그럼 세상을 주유하는 동안 화산검객이 예의도 모르는 자라 손가락질을 받아도 좋다는 말이오?"

"누가 감히 화산에 손가락질을 한다는 것이냐!"

연준하의 음성이 살짝 커졌다. 관치는 그의 질문에 두말없이 손가락을 들어 연준하를 가리켰다.

"……."

"장유유서. 삼강에 오륜은 글을 배우는 자라면 누구나 아는 것이오. 그런데 다른 사람도 아니고 대(大)화산의 촉망받는 제자가, 그리고 검협이라 이름 높은 그대가 그것을 무시한다면 결국 손가락질을 받는 건 그대가 아니겠냐 이 말이오. 나야 본래부터 이름도 없는 데다 더 이상 떨어질 명성도 없는 사람이니 그런 것에 마음을 쓸 일이 있겠소마는, 그대는 싫어도 좋아도 화산의 사람이고 또 화산의 사람이라면 화산의 사람답게 지켜야 할 규율과 예의가 있으니, 자칫 잘못하면 아무것도 아닌 일로 그대의 위신은 물론 사문의 명예도 치명상을 입을 수 있다는 말을 알려 주려고 했던 것뿐이오."

"……."

"뭐, 솔직히 그대가 욕을 먹든 화산이 불명예를 짊어지든 나와는 무관하오. 하지만 차후 함께 다닐 걸 생각하면 그대의 위신과 명예를 생각지 않을 수 없으니 그것이 나의 고민이자 어려움이라오. 행여 나 같은 자와 함께 다니다 보니 사람이 변했다거나 예의를 잃었다는 말이라도 나오게 되면 내가 어찌 얼굴을 들고 다니겠냔 말이오. 결국 그대는 나와의 약속을 지킬 수 없게 될 것이고 나는 인생의 묘미를 찾지 못하게 될 것이오. 사내는 일구이언하지 않는다 했지만 결국엔……"

"그, 그만! 그만 해!"

 연준하는 쉴 새 없이 터져 나오는 관치의 횡설수설에 머리가 터질 듯이 복잡해졌다. 분명히 맞는 말이고 이치에 따른 말이다. 또한 자신을 위하는 말이고 자신의 사문을 위한 말이었다. 그런데 그 말이 왜 종국에 가선 후레자식이 될 수도 있다는 쪽으로 결론이 나는지 연준하는 알다가도 모르겠고, 모르는데도 불구하고 당연히 그렇게 될 것 같은 기분에 사로잡히고 말았다.

"단! 사람들이 있을 때뿐이다. 둘이서 있을 땐 지금처럼 대할 것이다."

"그거야 그대의 뜻에 달린 것 아니겠소. 사실 난 지금처럼 막 대하는 것도 상관없다오. 열흘 사이 익숙해졌는지 그다지 기분이 나쁜 것 같지도 않고."

"나쁘면 나쁘고 아니면 아닌 거지 아닌 것 같다는 무슨 뜻이냐?"

"당연한 질문은 하지 않는 게 어떻소. 솔직히 나이도 어려 보이는 놈이 혼자 흥분하는 통에 목숨이 왔다 갔다 했고, 그놈이 날이면 날다마 목을 날릴 기회만 보고 있는데 기분이 좋을 리 없을 것이오. 거기다 어디서 배워먹있는지 하는 말마다 저잣거리 생선처럼 반 토막은 기본이니 썩은 냄새가 진동해 그동안 골치가 아팠다오. 자칫하면 내년 이맘때쯤 젯밥을 받아먹을 수도 있었지만 미운 정도 정이라고 목숨을 구해줬더니 고맙다는 말 한마디 못하는 인간이니 그대 같으면 그런 인간을 만나면서 기분이 좋을 것 같소, 아니면 나쁠 것 같소?"

"……."

"사실 누구라도 기분이 나쁠 상황임에도 불구하고 괘념치 않겠다 했는데 왜 괘념치 않냐고 따져 물으니 솔직히 대답을 해줄 수밖에. 앞으로 두고두고 볼 사이인데 그 정도 진실은 이야기해주는 게 서로를 더 잘 알 수 있는 기회가 되지 않을까 싶어 말을 했을 뿐이니, 행여 내 목을 날리겠다거나 두고 보라는 등의 협박은 하지 않았으면 좋겠소. 나는 그대가 스스로 한 말조차 지키지 못해 부모를 욕되게……."

"그, 그만. 제발, 그만!"

연준하는 기가 질린다는 듯 귀를 틀어막으며 온몸을 흔들어댔다.

"그대가 원한다면 그만 해야지. 험험."

"그래. 제발 그만 해!"

"아, 마지막으로 한마디만 더 해야겠소."

"무슨 할 말이 더 있다고······."

"혹시나 해서 말인데, 그대 실력으로 나를 죽일 수 있다고 생각했다면 착각이라고 말해주고 싶소. 뭐, 내가 굳이 설명하지 않아도 이미 알고 있는지도 모르겠지만."

관치는 자신의 실력을 살짝 왜곡해 말하면서 그나마 연준하가 믿고 있던 '무력' 마저도 가볍게 밟아버렸다.

창백한 얼굴로 식은땀을 흘리며 숨까지 거칠어진 연준하의 모습에 고개를 끄덕이던 관치는 그대로 침상에 올라 벌러덩 누워버렸다. 일단 남궁가의 무사들을 만난다 해도 대신 싸워줄 사람을 구해놓았으니 한시름 놓은 것이다. 거기다 연준하와 함께하게 되면 화산검객의 비호와 그에 준하는 대우를 받게 될 것이니 과거처럼 구걸을 해야 하는 극악한 사태는 오지 않을 것이다.

연준하는 할 말 못할 말 모조리 쏟아내고 무슨 일 있었냐는 듯 누워버린 관치의 모습에 얼굴이 핼쑥해졌다. 자신이 관치를 가지고 논 게 아니라 지금껏 관치가 자신을 가지고 놀았음을 깨달은 것이다. 그리고 그 순간 한기가 몰려오며 창천항로에 놓여 있던 자신의 인생이 무간지옥 끝없는 나락으로 떨어져 내리는 기분을 맛보아야만 했다.

'완전히 잘못 걸렸다.'

연준하는 오래전 사조님이 했던 말을 떠올리며 자신의 머리를 연방 내리찍었다.

'인생은 살얼음판을 걷는 것과 같아서 조금만 방심해도 중심을 잃고 잠시 몸이 흔들리는 순간 여지없이 얼음이 깨져 찬물에 빠질 수 있다.'

 귀에 못이 박이도록 들었던 말들은 왜 결정적인 순간에 기억이 나지 않는지, 기억이 나지 않으려면 끝까지 나지 않을 것이지, 얼음이 깨지고 물속에 빠져 허우적거리는 순간에 기발한 생각이 번득이듯 뒤통수를 치는지 도무지 이해할 수가 없었다. 가끔은 살얼음판을 만들어놓은 당사자보다 아쉬운 기분이 들게 만드는 사조님의 말들이 자신을 더욱 힘들게 만든단 생각이 들었다.

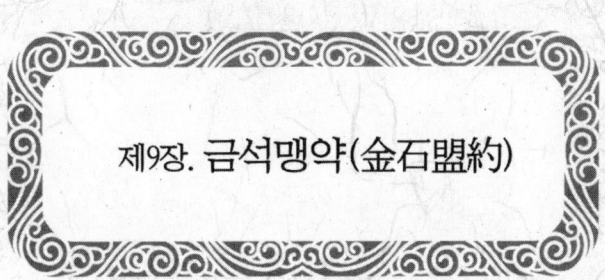

제9장. 금석맹약(金石盟約)

금석맹약(金石盟約)

−쇠와 돌같이 굳게 맹세해 맺은 약속

 허름한 탁자에 앉아 연방 한숨만 내쉬고 있던 연준하는 미세하지만 분명히 누군가 담장을 넘는 소리에 검자루를 잡았다.
 "참으시오."
 "무슨 말이냐?"
 "사실 그대가 내 뜰을 찾아온 날부터 그대가 돌아가고 나면 꼭 들르는 사람이 한 명 더 생겼다오."
 연준하는 자신 말고도 관치를 찾아오는 사람이 있다는 말에 의아한 표정을 지었다.
 관치는 연준하의 표정을 보더니 길게 한숨을 쉬며 몸을 일으켰다.

"그대 못지않게 골치가 아픈 사람이오."

 연준하는 자신 못지않게 골치가 아프다는 말에 방금 담을 넘은 사람도 평범하지는 않음을 알아차렸다.

"누구지?"

 연준하는 이 시간에 관치를 찾아온 자의 신분을 물었다. 무슨 사연인지는 모르겠지만 관치를 골치 아프게 한다는 점에서 은근히 마음에 든 것이다.

"보면 알 것이오."

 관치는 손가락으로 관자놀이를 꾹꾹 눌러대며 다시 한숨을 내쉬었다.

"도대체 누구기에……."

"들어갈게요."

 연준하는 관치가 정말 골치 아픈 표정을 짓자 더욱 궁금증이 일어나 정체를 물어보려 했다. 그리고 그와 동시에 들려오는 여인의 목소리.

"여인이었소?"

 연준하는 설마 월담의 주인공이 여자였을 줄은 예상도 못했다는 표정이다.

 곧 들어온다는 말이 끝남과 동시에 창고 문이 딸가닥 소리를 내며 비스듬히 열렸고 그 사이로 익숙한 얼굴 하나가 모습을 나타냈다.

"어?"

연준하는 예상치 못한 인물의 등장에 놀라는 얼굴이 되었고, 문을 열고 들어왔던 당미란 역시 설마 아직까지 연준하가 있을 줄은 몰랐다는 듯 당황한 기색을 보였다.

"오늘은 꽤나 늦게까지 있었군."

 당미란은 언제 그랬냐는 듯 표정을 수습하더니 쌀쌀맞은 얼굴로 연준하를 바라봤다. 자신이 맘에 둔 남자에게 하루도 빠지지 않고 위험을 가져오는 남자. 당미란 입장에선 꼴도 보기 싫은 인간이 연준하였다.

 껄끄럽기는 연준하도 마찬가지였다. 가는 곳마다 모든 여인들의 관심을 한 몸에 받고 또 그것을 마음껏 즐기던 연준하였지만 이상하게도 당미란은 자신에게 눈길 한 번 주지 않았던 것이다. 미모만 본다면 당민영에 밀리는 경향이 있었지만 전체적으로 평가를 한다면 당미란 역시 무림화로 충분히 인정을 받을 만한 여인이었다. 물론 곳곳에서 들려오는 까칠한 소문들 탓에 조심스러운 점도 없진 않았지만 솔직히 자신 앞에서 저토록 대놓고 무시를 하는 여인은 당미란이 최초이자 마지막이었다.

"당 소저가 이곳엔 무슨 일입니까?"

"이곳이 당신의 거처도 아닌데 왜 그것을 당신에게 이야기해야 하지?"

 혹시나 했지만 역시나 연준하의 질문에 돌아온 답변은 까칠 그 자체였다. 아무리 멋을 부리고 분위기를 바꿔 봐도 일관되게 자신을 무시하는 관치라는 인간 같지 않은 인간은 오늘로써 모든 걸 포기했다 쳐도 당미란은 자신에게 그리 대해서는 안 되는 사람이었다. 조만간 한 식구가 되어 수시로 얼굴을 마주할 것인데 이런 식으론 도저히 좋은 인연을 맺기가 어렵단 생각이 든 것이다.

"조만간 가족이 되어 자주 뵙게 될 것인데……."

"그럴 일은 없겠지."

"네? 그게 무슨……."

"당신 덕분에 족보에서 지워지고 떠돌이 신세가 된 것을 벌써 잊었단 말인가?"

연준하는 당미란의 말에 '아차' 하는 표정을 지었다. 그러고 보니 관치와 싸움이 있던 날 전대 가주인 당악충과 딸 당미란이 가문에서 축출된 것이 떠오른 것이다. 한동안 관치의 기괴한 언변에 혹사를 당하다 보니 중요한 사실을 깜빡하고 말았다.

"그 일은 죄송하게……."

"당신과는 더 이상 볼일이 없으니 그만 하도록 하죠."

"……."

입에 비수라도 꽂은 듯 미란의 음성은 너무도 날카로워 예기가 느껴질 정도였다. 연준하는 더 이상 입을 열지 못하고 한쪽으로 비켜서야만 했다.

"그만 올 때도 되지 않았소?"

관치는 연준하 못지않게 지겹다는 듯 짜증난 표정이 되었다.

"오고 가는 것은 제 뜻에 달려 있다고 말씀드리지 않았던가요?"

연준하는 당미란이 존칭을 쓰고 관치가 반하대를 하자 역시 이해 못하겠다는 표정이 되었다. 세상에 어떤 사내가 당미란에게 저런 표정을 짓는단 말인가. 만에 하나 그런 인간이 있다면 일곱 걸음을 걷기도 전에 피를 토하며 바닥을 뒹굴고 말 것이다.

형제자매들 중에 하독에 관해선 천하제일이라 불러도 아쉽지 않을 정도로 강력한 독공을 지닌 사람이 바로 당미란이었다. 사실 그 부분만 아니었다면 연준하도 이리 쉽게 물러나지는 않았을 것이다. 우연히 전해들은 말이지만 당미란은 어느 곳에 가든 일단 독부터 뿌리고 이야기를 시작한다는 말이 있을 정도로 긴장을 늦추지 못하게 만드는 대단한 경력의 소유자였다.

"분명히 그랬던 것 같소."

관치는 그제야 기억이 났다는 듯 고개를 끄덕였다. 그러나 그저 고개를 끄덕였을 뿐 그 외엔 어떤 반응도 보이지 않았다.

당미란은 뉘 집 개가 짖냐는 듯 시큰둥한 반응을 보이는 관치의 모습에 미간이 좁아졌다. 한 번도, 우연이라도 자신을 바라봐주지 않는 남자. 당미란은 관치를 찾아올 때마다 최악의 대우를 받고 있었다.

"소저… 관치 저자는 본래 성격이 더럽고……."

연준하는 혹시라도 미란이 분을 참지 못해 소란을 피울까 두려워 급히 입을 열었다. 그렇지 않아도 남궁세가 놈들 때문에 소곤거리던 연준하였기에 당연한 반응이었다.

"누가 누구보고 성격이 더럽다고 하는 건가요?"

"네?"

연준하는 내심 당미란 편을 들어준다고 생각했다가 오히려 반문을 당하자 어리둥절한 표정이 되었다.

"경고하겠어요. 다시는 내 앞에서 저분에 대해 험담을 하지 않는 게 좋을 거예요."

'빌어먹을, 도대체 둘이 무슨 관계인 거야?'

연준하는 관치가 맞아야 할 불똥이 자신에게 튀어 오르자 뭘 어떻게 대처를 해야 할지 판단이 서지 않았다.

"당신은 아직도 이분의 목숨을 노리는 건가요?"

"아, 그것은……."

"그것도 경고해두죠. 만약 당신의 검이 저분의 몸에 상처라도 내는 날엔 당신과 나는 생사결을 치러야 할 겁니다."

"아니, 그것은……."

"차후라도 내 손속이 독하다 하지 말고 처신을 잘하는 게 좋을 겁니다."

"그게 아니라……."

연준하는 변명할 기회는 주지도 않고 자신의 말만 쏟아내는 당미란의 모습에 억울한 표정이 되었다.

"지금 무슨 오해가 있는 것 같은데 나는 저자를 죽일 생각이 없다는 것만 알아주셨으면 좋겠습니다."

당미란은 연준하의 입에서 관치를 죽일 생각이 없다는 말이 흘러나오자 그것이 사실이냐는 듯 관치를 바라봤다.

"그의 말이 맞소. 그는 앞으로 내가 인생의 묘미를 느낄 수 있도록 도움을 주기로 했소."

"아, 인생의 묘미를 찾는단 말은……."

당미란은 관치가 좁은 뜰에서 세상 밖으로 나가겠다는 말을 하자 금세 호기심 가득한 얼굴이 되었다.

'이런 젠장. 아무리 여인들의 마음은 갈피를 잡을 수 없다지만 너무 빨리 바뀌는 거 아냐?'

연준하는 당장이라도 독을 쏟아내며 깔깔거릴 듯 보이던 당미란이 화사한 미소를 보이며 관치에게 질문을 던지자 울컥한 심정이 되었다.

이것은 관치에게 뒤통수를 맞아 울컥한 심정과는 또 다른 차원의 울컥이었다. 자신에겐 얼음 마녀라 불러도 부족하지 않을 정도로 쌀쌀 맞던 당미란이 관치에겐 세상에 다시없을 미소를 보이며 친한 척 구는 모습에 억울한 심정이 된 것이다. 덩치만 컸다 뿐이지 객점 뒤뜰에 갇혀 사는 홀아비 같은 자는 존경의 눈빛을 담아 이야기하고 차후 무림의 신성이 될 자신은 찬밥 취급도 하질 않으니 그만 질투가 솟구치고 말았다.

 물론 자신이 맞이할 여인은 당미란이 아니라 당민영이었기에, 그리고 당문과 한 식구가 되면 고모가 되어 사문의 존장이 될 여인이었지만 서운한 마음이 드는 건 당연지사였다.

 사실 그녀의 쌀쌀 맞은 태도만 아니라면 강호를 주유하는데 그녀만 한 사람이 어디 있겠는가. 얼굴은 3일을 가고 몸은 세 달을 가며 마음은 평생을 간다고 했다. 이왕이면 다홍치마라고 당문 깊은 곳에서 화초처럼 자라온 당민영보단 거칠고 투박하긴 하지만 활달한 매력이 넘치는 당미란이 더 끌리던 연준하였다.

 "강한 사람이 되기로 약속했소."

 당미란은 관치의 대답이 어떤 의미를 담고 있는지 바로 알아차렸다. 자신이 관치에게 다가가지 못하도록 만들고 있는 바로 그녀의 존재를 떠올린 것이다.

 "그녀가 그것을 원하던가요?"

 "그저 약속일 뿐이오."

 미란은 떨리는 목소리로 다시 한 번 질문을 던졌다가 그저 약속일 뿐이라는 관치의 말에 안도의 한숨을 내쉬었다. 만에 하나 강해지는 일이 조건을 단 또 다른 암약이었다면 미란은 결단코 목숨을 거는 한이 있더라고 관치를 막아섰을 것이다. 그러나 단순히 약속에 지나지 않다면, 그저 소중한 사람과 한 것이기에 그것을 지키고자 하는 것뿐이라면 나쁘지 않다는 생각이 든 것이다.

물론 관치가 자신을 위해 약속을 하고 그것을 지키기 위해 노력해준다면 얼마나 행복할까도 생각해봤지만 아직 자신의 존재가 미약하고 그의 마음에 끼어들 공간이 없다는 것을 잘 알고 있었다. 서운한 마음이 들면서도 자신이 마음을 준 사람과의 약속을 천금같이 여기는 관치의 모습은 미란의 마음을 더욱 들뜨게 하고 아련하게 만들어놓았다.

"저기, 당 소저."

관치와 당미란의 대화를 지켜보고 있던 연준하는 도대체 두 사람이 어떤 관계인지, 왜 이런 유의 대화를 나누고 있는지 궁금해졌다.

"네."

"저 관치라는 자와는 무슨 관계이신지……."

"제가 목숨을 바칠 분입니다."

"네에?"

연준하는 당미란의 입에서 청천벽력 같은 소리가 흘러나오자 눈이 주먹만 해지고 입은 늙은 호박에 구멍이라도 난 것처럼 휑하게 벌어졌다.

"당 소저!"

관치는 당미란의 입에서 예상치 못할 말이 튀어나오자 언성이 높아졌다.

 보통은 상대가 인상을 쓰거나 언성을 높이면 불편해하거나 어려워하는 게 맞았다. 그러나 종종 그런 현상과 무관한 경우가 있었으니 지금 당미란과 같은 경우일 것이다. 무슨 말을 해도 꼼짝도 하지 않던 관치가 자신을 향해 반응을 보였다는 것 자체에 오히려 기쁨을 보이고 있으니 관치와 연준하는 당미란을 어떻게 상대해야 할지 판단이 서지 않았다.

 '휴, 도대체가……. 관치 저 인간이 골치 아프다 할 만하구나.'

 연준하는 그동안 자신이 벌였던 일들은 당미란이 벌이고 있는 일에 비하면 아무것도 아니라는 생각이 들 정도였다.

 '그런데 당미란 정도의 여자가 저렇게 적극적일 땐 못 이기는 척 받아들여야 정상 아닌가?'

 연준하는 이쯤에서 당미란보다 더 황당한 인간이 존재하고 있음을 깨달아야 했다.

 "혹시 관치 당신 고자야?"

 "닥치세요!"

 연준하의 질문에 오히려 발끈한 사람은 당미란이었다. 자신이 좋아하는 사내에게 고자냐고 물어보다니 도저히 용서할 수 없는 말을 꺼낸 것이다.

"아니, 나는 소저를 도와주려고……."

"한 번만 더 입을 열었다간 당신의 가벼운 그 입에 제가 가진 독분을 모조리 부어드리죠."

관치는 연준하의 일이 일단락됐다 싶은 순간 더 큰 시련이 밀려들자 끙끙거리는 소리를 내며 다시 침상에 누워버렸다.

인생사 새옹지마고 나무는 가만 있으려 하나 바람이 가지를 흔든다 했던가. 관치는 사람이라는 존재가 사람 속에 섞여 산다는 것 자체가 세상 어떤 일보다 어렵고 버거운 것임을 하나 둘씩 배워가고 있었다.

관치가 그렇게 돌아눕자 이 모든 게 연준하 때문이라며 더욱 심술을 높이는 당미란이었다.

"불이야! 불이 났다!"

순식간에 사천 곳곳으로 퍼져 나가는 외침 소리는 창고에 앉아 있던 세 사람 귀에도 여지없이 흘러들었다.

"불?"

연준하는 어떤 덜떨어진 놈이 불씨 관리를 못해 사단을 냈다며 혀를 찼고 미란은 그런 정도의 불이라면 저렇게 요란을 떨 이유가 없다며 고개를 갸웃거렸다.

그때 별채 쪽에서 부산한 움직임이 일어나더니 당문으로 이동하라는 외침이 터져 나오자 그와 동시에 벌떡 몸을 일으키는 연준하와 당미란.

"설마……."

"그럴 리가……."

그럴 리 없다는 듯 서로를 바라보는 연준하와 당미란 사이로 관치의 말이 흘러들었다.

"남궁세가의 인물들이 부산을 떠는 이유는 당문밖에 없지 않겠소?"

"이런! 남궁가에서 선수를 쳤구나!"

연준하는 화들짝 놀란 표정을 짓더니 창고를 박차며 밖으로 달려 나갔다.

당미란 역시 가문에서 축출을 당했다곤 하지만 자신의 가문에 문제가 생겼다 하니 관치와 함께 창고에 머물 수 없는 입장이 되었다.

"어서 가보시오. 정말 남궁가에서 일을 벌인 거라면 쉽지 않은 싸움이 될 것 같으니."

"기다려 주세요. 다시 돌아올게요."

당미란은 더 이상 지체할 수 없다는 듯 연준하가 그랬던 것처럼 밖으로 몸을 날렸다.

연준하와 당미란 두 사람이 빠져나가자 이제야 쉴 수 있게 되었다는 듯 다리를 피던 관치. 그러나 순간 벼락이라도 맞은 듯 그 역시 자리에서 몸을 일으켰다.

"소민!"

당문이 공격을 당했다면 적들의 일차 공격 목표는 당문의 직계가 될 것이다. 그리고 그 와중에 거치적거리는 존재들이 있다면 가차 없이 베어 넘길 것이니 손소민 그녀 역시 위험에 처한 것이다. 본래 무공이 강성하고 이름을 날리던 무인이 아니었기에 그녀의 능력으론 결코 적을 상대할 수도 없을 것이고 결국엔 그녀가 목숨을 잃을 수도 있다는 결론에 도달했다.

"안 돼!"

관치는 당장 눈앞에서 소민이 죽기라도 한 것처럼 괴성을 지르더니 연준하와 당미란의 뒤를 쫓아 담장을 뛰어넘었다.

관치가 당문에 도착했을 땐 이미 화마(火魔)가 걷잡을 수 없을 정도로 거대해진 상태였고 곳곳에선 비명 소리와 고함 소리가 뒤범벅되어 지옥도를 연출하고 있었다.

관치는 곧장 소민을 만나기 위해 갔던 길을 되짚어 뛰어갔고 잠시 후 그녀가 머물고 있던 전각 앞에 도착을 했다.

"이, 이런!"

그나마 안쪽에 있는 전각이라 아직은 괜찮을 거라 믿었건만 불의 진원지가 당문 내원에서 시작됐는지 바깥쪽보다 더욱 심각한 상태였다.

"소민! 소민!"

관치는 화르륵 떨어지는 불길 때문에 소민만 애타게 부르다가 안 되겠다 싶었는지 불길이 위로 올라가는 틈을 노려 전각 안으로 뛰어들었다.

"소민! 어디에 있소!"

관치는 미친 듯이 소민을 부르짖으며 연기로 가득한 전각 안을 헤집고 다니기 시작했다. 우당탕 소리를 내며 천장이 쏟아져 내리고 그럴 때마다 몸 곳곳에 화상을 입었지만 관치의 머릿속엔 오직 소민의 안전 말고는 아무것도 떠오르지 않았다.

"끄으으윽."

막 구석을 돌아 더 깊숙이 들어가려는 순간 가래 끓는 소리가 관치의 귀를 어지럽혔다.

"노인장! 괜찮은 것이오?"

관치는 쏟아져 내린 나무둥치에 깔려 움직이지 못하고 있던 노인을 발견했다. 자신을 이곳까지 안내했던 바로 그 노인이었다.

"고… 공자?"

"그래. 바로 나요. 나 소관치요!"

관치는 노인이 자신을 알아보는 듯하자 소민은 어떻게 되었는지 급히 되물었다.

"소민은, 소민은 괜찮은 것이오?"

"아… 아씨는… 놈들이……."

관치는 소민이 죽었다는 말인지 아니면 놈들에게 잡혀갔다는 말인지 알아들을 수가 없었다.

"혹시 놈들이 소민을 잡아간 것이오?"

관치는 이왕이면 그녀가 납치를 당했길 기도했다. 그러나 관치의 염원은 그다지 신통력을 발휘하지 못하는 것 같았다. 노인이 손을 들어 방 하나를 가리키며 숨이 끊어진 것이다.

지끈!

관치는 노인이 가리킨 방을 바라보는 순간 머리가 터질 것 같은 두통이 몰려왔다.

"안 돼! 소민, 안 되오!"

관치는 불길이 난동을 부리고 있음에도 아랑곳하지 않았다. 옷이 불에 타오르고 살가죽이 벗겨짐에도 나무둥치를 걷어내며 소민을 향해 미친 듯이 달려갔다.

곧 반쯤 열려 있는 방문을 부숴버리듯 뚫고 들어간 관치는 가슴에서 피를 흘리며 쓰러져 있는 여인 한 명을 발견했다.

"으으으… 아, 안 돼!"

관치는 창백한 얼굴로 쓰러져 있는 소민을 끌어안으며 목이 터져라 비명을 토해냈다. 이렇게 허무하게 이토록 무정하게 헤어질 줄 알았다면 그녀를 결코 찾지 않았을 것이다. 소민이 세상 어느 곳에선가 행복하게 살고 있을 거라고 그렇게 믿고 살 수 있었을 것이다.

"와… 주셨군요."

"소, 소민!"

관치는 소민이 정신을 차리자 이곳에서 울고 있을 틈이 없다는 생각이 들었다. 당장이라도 이곳을 벗어나 그녀의 상처를 살피고 목숨을 구해야만 했다.
"조금만 참으시오. 내가 그대를 구해내리다. 조그만!"
관치는 소민을 일으키려고 했지만 그녀는 관치의 팔을 잡아 누르며 고개를 흔들었다.
"무슨 소리요! 당신은 절대! 절대!"
관치는 이미 늦었다는 듯 고개를 흔들어 보이는 소민을 향해 말도 안 되는 소리 하지 말라며 그녀를 안아들었다.
"쿨럭."
"소민!"
"검이 관통을 했어요……. 움직이면 얼마 못 버틸 겁니다."
소민은 사랑이 가득 담긴 눈빛으로 관치를 바라보며 그냥 미소만 지어 보였다.
"으으으앙!"
수십 년의 세월을, 자신의 인생이 더 이상 존재치 않는다 해도 한 치의 불만도 느끼지 않을 그 긴 세월을 그녀만 바라보고 살아왔던 관치였다. 그의 모든 것이나 다름없던 그녀. 소민이 없으면 더 이상 아무것도 아닌 존재가 바로 관치 자신이었다.
"부탁해요……."
"말해. 무슨 말이든 좋으니 말을 해, 소민아. 엉엉엉."

"울지 말아요······. 그리고 지켜 주세요."

"어어엉, 엉엉엉."

관치는 그녀가 무슨 말을 하든 그저 끌어안고 목 놓아 울기만 했다. 뭔가를 해야만 하는데 어떤 것도 할 수 없는 막막하고 무기력한 자신이 미치도록 밉고 원망스러웠다.

"딸이··· 딸아이가 있어요······. 부탁······."

"해줄게. 지켜 줄게! 그러니까 제발 죽지 마!"

"바보 같은 사람······. 정말 오래도록 기다렸었는데······."

관치는 자신의 팔을 잡고 있던 소민의 손에 힘이 사라지자 세상이 캄캄해지는 느낌을 받았다. 사고가 정지되고 몸은 굳어버렸다. 화르륵거리며 혀를 날름거리는 불길이 방 안으로 쏟아져 들어옴에도 그것이 뜨거운지 차가운지도 느낄 수가 없었다.

소민의 숨이 끊어지는 순간 관치를 지배한 것은 오로지 적막감. 관치의 서른아홉 인생이 그렇게 불길 속으로 사라져 갔다. 모든 일은 갑작스럽게 일어났고, 또 그렇게 모든 걸 뒤바꿔버렸다. 대응할 여유도 그것을 막아낼 힘도 없던 어느 날, 관치의 인생은 완전히 백지가 되어버리고 말았다.

◈ ◈ ◈

"에이, 젠장!"

"뭔 놈의 이야기가 이따위요?"

소민이 목숨을 잃었단 말에 표사 둘이 마치 못 들을 이야기를 들었다는 듯 버럭 성질을 냈다.

"빌어먹을, 당신 도대체 뭐 하는 인간이야? 자기 여자 하나도 지키지 못해? 이십 년간 무공을 익혔다면서 그건 어디서 엿이라도 바꿔 먹은 거야!"

쟁자수 하나도 잔뜩 흥분한 얼굴로 관치를 노려봤고 표두 진하석 역시 기분이 상해버렸는지 관치에게 내밀었던 술을 빼앗아 자기 입에 털어버렸다.

"그래서 말하지 않았소. 그냥 사람 사는 이야기라서 별로 일 수도 있다고."

관치 역시 소민의 죽음을 이야기할 땐 표정이 굳은 상태였다.

"젠장할! 누가 그따위 이야기가 듣고 싶다고 했나? 당문이 왜 불타버렸는지 그거나 알려 달라니까는 괜히 손 낭자 이야기를 집어 넣어가지고는."

관치의 이야기에 빠져 한동안 싱글벙글 웃음을 잃지 않던 사람들이 소민이 죽었다는 대목에선 단번에 화를 내며 인상을 붉혔다.

"하지만 있었던 일을 없다고 할 수 없는 일이고, 없는 일을 있다고 지어내서도 안 되는……"

"헛소리는 집어치우쇼. 술맛 버리는 이야기는 어지간하면

뺍시다."

"그래. 그게 좋겠어. 안 그래도 관치 그 인간의 인생이 우울해 죽겠는데 이게 뭐야?"

관치는 자신을 앞에 두고도 이야기 속의 관치와 자신을 동일시하지 않는 표사들을 바라보며 피식 웃었다. 본래 사람들은 듣고 싶은 이야기만 들으려 할 뿐 불편한 진실은 피해가기 마련이었다. 분명히 이야기 속의 주인공이 관치 자신임을 알고 있으면서도 그 관치와 지금의 관치는 전혀 다른 사람이라고 치부하고 있었다.

"그만들 하지. 관치 그 친구는 정말 죽고 싶을 지경이었을 텐데 말이야."

"하긴, 나라도 그런 상황이었다면… 어이구, 생각만 해도 아찔하네."

"그런데 손 낭자가 했던 마지막 말 말이오."

표사 하나가 분위기를 바꿔보려는 듯 질문을 던졌다.

"무슨 말 말입니까?"

"오래도록 기다렸다는……."

"아, 처음엔 그게 무슨 소린지 나도 잘 몰랐소. 나중에서야 안 사실이지만 내가 실종되고 얼마 되지 않아 그녀도 집을 나갔던 모양이오."

"집을 나가? 손 낭자가 관치를 찾아 나서기라도 했단 말이오?"

관치는 표사의 질문에 고개를 끄덕였다.
"허, 대단한 낭자일세."
관치가 돌아오기만 기다린 게 아니라 아예 찾아 나섰다는 말에 표사들은 대단하다는 표정을 지었다.
"물론 그때 나를 찾았다면 좋았겠지만 그건 불가능했으니……. 그렇게 무림을 헤매다 당문의 사람들과 인연이 되었답니다."
"그랬었군. 뭐야? 그럼 결국엔 손 낭자가 당문에 얽히게 된 것도 다 관치 그 자식 때문이잖아?"
별로 관심이 없다는 듯 천막에 누워 있던 나머지 쟁자수들도 진하석의 천막 근처에 모여든 상태였는데, 시큰둥한 표정으로 관치의 이야기를 듣던 쟁자수까지 소민의 죽음 부분에선 흥분을 감추지 못하고 있었다. 여전히 소민의 죽음을 믿지 못하겠다는 듯 씩씩거리며 관치를 몹쓸 놈 취급했고 그럴 때마다 다른 이들도 그에 맞장구를 쳐 댔다.
"결과론적으로 본다면 그렇다고 봐야겠죠."
관치는 그 부분에 대해선 할 말이 없다는 듯 고개를 숙여 버렸다.
"그런데 손 낭자를 거둬준 사람 말이오. 누구였소?"
"아직 그 부분을 이야기하기엔 너무 이릅니다. 이야기를 듣다 보면 알게 될 테니……."
관치는 순서가 맞지 않다며 그에 관한 이야기는 아직 할 때가 아니라고 했다.

"그럼 손 낭자가 부탁한다는 딸아이는? 그 딸아이는 어찌 되었소?"

이번엔 진하석이 질문을 던졌다.

"문제는 그녀가 부탁한 딸아이가 누군지 알아낼 방법이 사라졌다는 것이었소."

"그게 무슨 말이오? 알아낼 방법이 사라졌다니."

진하석은 물론 이야기를 듣던 모든 사람들이 어리둥절한 표정을 지었다.

"그날 참사에서 생존자는 딱 두 사람뿐이었소. 뒤뜰에 키우던 개새기까지 모조리 남김없이 죽여 버렸고 당문세가는 주춧돌까지 불타버렸으니 그녀가 부탁한다는 딸이 누구인지, 또 살아 있기는 한 건지 알아낼 방법이 없었단 뜻이오."

"그럼 그녀와 약속을 어긴 게 되지 않소."

사람들은 이야기 속의 관치가 얼마나 약속에 철저한지를 떠올리며 이런 식이라면 이야기 자체가 성립되지 않는다고 했다.

"아, 물론 당시엔 알지 못했지만 시간이 지나면서 그녀가 부탁한 사람이 누구인지, 또 왜 그녀를 부탁했는지 정도는 충분히 알게 되었습니다."

"오호."

사람들은 관치의 말에 고개를 끄덕이더니 일단 이야기를

계속 들어보자는 쪽으로 의견이 모아졌다. 소민의 죽음으로 잠시 불편한 표정을 드러내던 사람들이었지만 그녀가 부탁한 사람이 누구인지, 또 그 이유를 알게 되었다는 말에 다시 호기심을 드러낸 것이다.

제10장. 순망치한(脣亡齒寒)

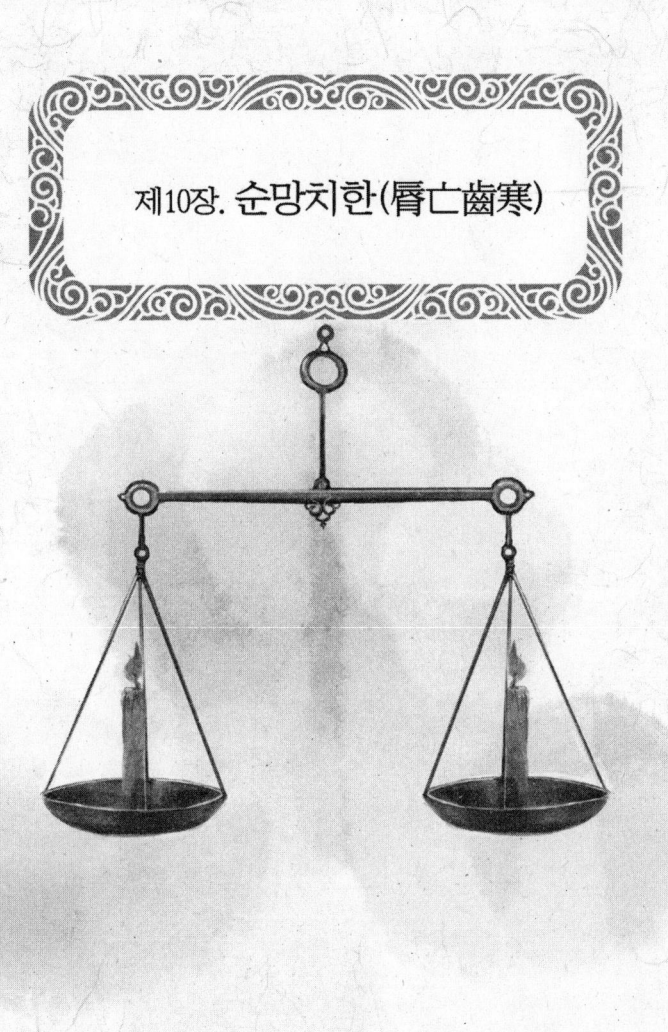

순망치한(脣亡齒寒)

-입술이 없으면 이가 시린 것처럼 서로 돕던 이가 망하면 다른 한쪽도 위험하다는 뜻

 온몸이 따갑다. 가시덩굴에 쓸린 것 같기도 하고 거친 마의를 맨몸에 걸친 것 같기도 했다. 열병이라도 앓는 듯 얼굴은 후끈거렸고 온몸의 피가 다 빠져버린 듯 기운이라곤 하나도 찾아볼 수가 없다.
 '난 살아 있는가?'
 관치는 이성적으로 생각하기로 했다. 아직 고통을 느낄 수 있으니 살아 있을 수도 있다. 그러나 이 고통들이 결국엔 자신을 죽음으로 몰아갈 수도 있다.
 앞뒤를 바꿔서 이야기한다고 해도 결국 자신의 몰골은 결코 사람 같지 않을 거라고 판단했다. 옷은 거의가 불타버렸고 피가 흐르던 상처는 열기에 닿아 말라버렸다. 관치는 자

신의 몸이 마치 사람 가죽을 뒤집어쓴 마른 장작과 같다고 생각했다. 갈증이 심했는지 입술이 말라비틀어졌다.
 '비라도 오면 좋으련만…….'
 관치는 절대 꺼지지 않을 불처럼 활활 타오르고 있는 당문 한가운데서 멍한 눈으로 하늘을 올려다봤다. 회색빛, 그리고 주황빛. 까마득히 솟구친 연기에 누각들을 휘감고 있는 불빛이 반사된다. 언뜻 보면 화룡(火龍)이 강림해 세상을 쓸어버리고 다시 제 갈 곳으로 돌아가는 듯 보였다.
 '살아야 한다.'
 소민이 머물던 새하얀 전각이 꺽꺽거리는 비명 소리와 함께 와르 무너져 내렸다.
 소민을 안은 채 창문을 뚫고 나오긴 했지만 관치는 결코 안전한 곳에 있지 않았다. 쏟아져 내린 서까래에서 썩은 짚단이 터져 나왔다. 꿈틀거리며 거리를 좁혀 오는 불길. 오랜 세월 기와 밑을 받치고 있던 온갖 부산물들이 취객의 구역질처럼 오물을 쏟아냈다.
 '소민을…….'
 관치는 어떻게든 몸을 일으키기 위해 안간힘을 썼다. 소민의 죽음은 되돌릴 수 없지만 그녀의 몸만큼은 온전히 보내주고 싶었다.
 '더 이상 상처 받지 않도록.'
 관치는 지렁이가 진흙 밭을 기어가듯 꾸물꾸물 몸을 움직였다. 그의 품 안엔 여전히 소민이 안겨 있었고 관치는 소민의 몸에 생채기라도 생길까 두려워했다. 마치 목숨을 걸고 전쟁에 나선 이름 모를 병사처럼 생존은 치열했고 결과는 비참했다.

이미 싸늘한 주검이 돼버린 이름 모를 병사의 환영이 관치에게 말을 건넸다.

"고향 어귀를 돌아서면 누런 벌판이 펼쳐집니다."

무슨 말인지 모르겠다는 관치의 표정에 병사는 아직도 모르겠냐는 듯 다시 입을 열었다.

"죽었지만, 그래서 슬프지만 고향의 가을은 지켜 냈지 않습니까."

'아, 그렇지. 그녀가 뭐라고 했더라.'

관치는 그녀가 세상을 떠나기 직전 자신에게 뭔가 부탁을 했음이 기억났다.

'지켜 달라고 했는데……'

어기적거리며 기어가는 와중에도 소민의 몸에 상처가 나지 않도록 자신의 몸을 방패로 삼으면서도 그녀가 지켜 달라고 했던 그것이 무엇이었는지 기억해내고자 애썼다. 그녀와 나눈 마지막 대화, 약속, 그리고 그녀의 미소.

'아이가 있다.'

관치는 소민 그녀에게 아이가 있음을 기억해냈다.

"소민에게 아이가 있다!"

목이 메어 아무런 소리도 내지 못하고 있던 관치. 갑작스럽게 말문이라도 트인 것처럼 우렁찬 목소리가 화마 속을 뚫고 나갔다.

"누구 없소! 아무도 없소!"

관치는 도움의 손길을 찾아 목이 찢어지도록 소리를 질렀지만 돌아오는 것은 타오르는 불꽃의 웃음. 타닥거리며 세상을 집어삼키는 화룡의 웃음만이 그의 고막을 흔들어댔다.

홀로 서야만 했다. 의지할 곳은 어느 곳에도 없었다. 소민 그녀의 주검을 지켜 내고 그녀의 무덤 앞에 술을 따를 수 있는 사람은 오직 자신뿐임을 깨달은 것이다.

곧 가닥가닥 끊어졌던 근육들에 피가 돌기 시작했다. 팔다리 없는 비렁뱅이처럼 바닥을 기어 다니던 관치의 움직임이 잠시 멈추는가 싶더니 세상에서 가장 느린 동물이 바로 자신임을 증명이라도 하겠다는 듯 천천히, 움직인다 말해도 아무도 믿지 않을 정도의 속도로 그렇게 몸을 일으켰다.

쏴아아아아.

화룡의 시간이 길었음인가. 폭우라도 몰려온 듯 무지막지하게 쏟아지는 빗줄기. 한동안 하염없이 비를 맞으며 흐느끼던 관치가 서서히 움직이기 시작했다.

〈복수를 원하는가?〉

관치의 귓가에 달콤한 유혹이 스며들었다.

'아니. 난 원치 않아.'

〈복수를 원하는 거겠지.〉

'아니. 난 아이를 지킬 거야.'

〈그래. 아이를 지키려면 힘이 필요하잖아.〉

'필요하지.'

〈내가 도와줄 수 있다.〉

'크크큭, 망상 따위에 휘둘려 의지를 실현하라는 소리냐?'

〈망상이든 허상이든 힘! 그 자체가 중요하지 않아?〉

'지긋지긋한 놈. 이제 그만 떨어져라.'

〈후회할 거야. 세상은 네 생각처럼 그렇게 돌아가지 않다는 것만 말해두지.〉

'이미 그 정돈 깨닫고 있다.'

〈힘을 가져.〉

'가질 거야.'

〈내 힘을 가져.〉

'꺼져 버려! 너 따위는 지옥에서나 뒹굴란 말이다!'

〈그자의 말을 믿지 마. 그자 역시 사실은 이 힘으로 세상을 움켜쥐었잖아.〉

'그분의 이름을 욕되게 하지 마라. 지옥에 뒹구는 한이 있더라도 네놈을 찾아가 갈기갈기 찢어버릴 것이니.'

〈킥킥킥, 마음대로 하라지.〉

관치는 마음속 울림을 가까스로 억누르며 의지를 지켜 냈다.

"나는 인간이다. 인간으로서 세상을 살고자 하며 인간으로서 죽어갈 것이다!"

❖ ❖ ❖

"험험, 당문에 왜 불이 났는지 그걸 알려 달라고 했더니 자꾸 손 낭자의 이야기만 나오네."
 쟁자수 하나가 기분이 울적해졌는지 술 한 잔 들이켜며 입술을 적셨다.
"당시 심정을 이야기하지 않고선 그 뒤에 일어날 일들을 설명하기 어렵기 때문에 그렇습니다."
 관치는 이야기가 듣기 힘들면 그만 돌아가 쉬는 게 어떻겠냐고 했다.
"누가 듣기 싫다고 했소? 그냥 그렇다는 거지."
 관치 역시 기분이 좋지 않았는지 이야기 값으로 받은 술 한 병을 단숨에 들이켰다. 목구멍을 달구는 거친 화주의 열기가 순식간에 머리끝까지 올라왔다.
"후……."
 관치가 길게 한숨을 뱉자 방금 배 속으로 사라진 화주 기운이 싸한 향기를 풍기며 주변으로 흩어졌다.
"그래서 손 낭자는 잘 모시었소?"
 관치는 다시 긴 숨을 내쉬더니 천천히 고개를 끄덕였다.

"우성각 뒤뜰까지 어떻게 돌아왔는진 기억이 잘 나지 않습니다. 정신을 차리고 보니 손톱이 너덜거릴 정도로 땅을 파고 있더군요."

묘를 파고 있었다는 말에 슬쩍 관치의 손끝을 훔쳐보던 표사 하나가 입을 열었다.

"볕이 들지 않는 뒤뜰은 묫자리로 좋지 못할 텐데……."

뒤뜰에 소민의 묘지를 만들었다는 관치의 말에 좀 더 좋은 곳에 묻어주지 그랬냐며 아쉬운 목소리를 흘렸다.

"조만간 그렇게 될 것입니다."

"그래. 그래야지. 사람이 오래 움직인 땅은 딱딱하고 물기가 빠지지 않아 좋지 못하지."

"모두들 신경 써주시니 소민도 고마워할 것입니다."

"그래. 그런데 정말 당문의 생존자가 겨우 둘뿐이었습니까? 아무리 남궁세가가 기습을 했다 해도 믿기지 않는데."

진하석은 아무리 남궁세가가 대단하다고 해도 그 정도는 아니지 않냐는 의견을 냈다.

"바로 그 부분이 세상에 잘못 알려진 것입니다."

"그게 무슨 말입니까? 그렇다면 남궁세가의 힘이 당문세가를 완전히 쓸어버릴 정도로 대단하다는 말입니까?"

진하석은 설마 하는 눈빛으로 관치를 바라봤다. 다른 사람들도 납득하기 어렵다는 표정이다.

"하하, 이거 소문이 단단히 난 모양이군요."

"그게 무슨 말입니까?"

"당문세가를 멸망시킨 것은 남궁세가가 아닙니다. 진 표두님 말씀대로 남궁세가가 아무리 대단하다고 해도 말도 안 되는 소리죠. 오히려 당문의 멸망 때문에 남궁세가만 궁지에 몰렸다고 해야 하나."

"남궁세가가 궁지에 몰리다니 그게 무슨 뜻인가?"

나이 지긋해 보이는 쟁자수 하나가 그건 또 무슨 소리냐며 관치를 바라봤다.

"당문을 멸망시킨 것은 남궁세가가 아닙니다. 물론 남궁세가도 당문을 기습하기 위해 준비를 하고는 있었지만 그전에 다른 쪽에서 선수를 친 것이죠. 남궁세가 입장에서야 검만 뽑아들었는데 당문이 그냥 망해버린 상태가 되었으니 다른 이들이 보기엔 남궁세가의 힘이 엄청나다고 생각할 만했죠."

"다른 이들이라니? 당문에 원한을 가진 자들이 또 있었단 말인가?"

"그걸 원한이라고 해야 할지."

"원한도 없는데 한 일족의 씨를 말려 버린단 말인가?"

표사들은 말도 안 된다며 손을 내저었다.

"그러니까 어디서부터 이야기를 해야 하나. 소민이 무공서적 하나를 가지고 있었다는 말은 이미 했었죠?"

사람들은 당연히 했다며 고개를 끄덕였다.

"설마 그 무공 서적 때문에 당문이 멸망했다는 말을 하려는 거라면 더더욱 말이 안 되는 소립니다. 만에 하나 무공 서적이 목표였다면 불을 지르고 씨를 말릴 정도로 사람들을 죽이는 것보다 조용히 책만 훔쳐 내는 게 더 빨랐을 테니 말입니다."

 진하석은 소민의 이야기가 나온 뒤론 관치에게 거의 존칭을 쓰다시피 하고 있었다. 재미있는 현상이라면 관치를 어려워하던 쟁자수들은 오히려 편하게 대하고 있다는 점이다.

 "맞습니다. 그래서 원한이라고 해야 할지 아니면 그저 책이 목적이었다고 해야 할지 말하기 어렵다고 한 것입니다."

 "흠……."

 진하석은 참 어려운 부분이라며 고개를 갸웃거렸다.

 "원한이었든 책이 목적이었든 중요한 것은 그게 아닙니다."

 "으음? 일족이 멸망을 했는데 그게 문제가 아니라니 그럼 뭐가 문제란 말입니까?"

 "남궁세가는 물론 멸족을 당한 당문의 사람들 역시 누가 자신들에게 검을 들이댔는지 알지 못했다는 겁니다."

 "……."

 정체불명의 인물들이 반나절 사이에 당문을 멸망시켰다는 관치의 말에 모두들 한동안 말이 없어졌다. 과거 혼란기에도 그 정도 살육은 거의 일어나지 않았다고 봐야 했다. 그런데 지금처럼 치안이 안정되고 관의 힘이 막강한 날에 정체불명의 검수들이 무림 세가 하나를 반나절 만에 도륙하고 태워버렸다니 어느 누구도 공감할 수가 없는 이야기였다.

"만에 하나 그런 일이 있었다면 관에서 가만있지 않았을 것이오."

"물론입니다. 관에선 당연히 남궁세가를 범인으로 지목했죠. 그런데 당문에 일이 있은 뒤, 남궁세가가 관에 공격을 받았다거나 남궁가의 사람이 잡혀갔다는 이야기를 들은 적이 있습니까?"

진하석은 관치의 질문에 표사들을 바라봤다. 혹시 들은 게 없냐는 눈빛이다. 그러나 표사들 역시 그런 이야기는 들어보지 못했는지 고개를 젓거나 눈만 깜빡였다.

"보십시오. 모두들 상식이나 된 듯이 남궁세가를 범인으로 지목하지만 결국 남궁세가가 범인이었다라고 알려진 것은 하나도 없지 않습니까. 바로 그 부분 때문에 관은 물론이고 무림의 다른 단체들까지 비상이 걸린 겁니다."

진하석과 표사들, 그리고 쟁자수들은 대체로 그런 것 같다며 동시에 고개를 끄덕였다.

"그럼 관치 자네는 당문을 그렇게 만든 자들이 누구인지 알고 있다는 말인가?"

쟁자수 한 명이 떨떠름한 표정으로 질문을 던졌다.

"아직까지는 저도 정확힌 알지 못합니다. 하지만 그들의 옷 중앙에 수(嬬) 자가 새겨져 있다는 것은 알고 있습니다."
 "수(嬬)라면 기다린다는 뜻 아니오."
 "그렇습니다. 그것도 아주 오래 기다린다는 뜻이 되죠."
 "그럼 자네는 그들과 직접 맞닥트리기라도 했다는 말인가?"

 쟁자수는 당문을 궤멸시킨 그런 무서운 자들과 마주쳤다면 살아난다는 것 자체가 불가능하지 않냐며 의심스런 눈빛으로 관치를 바라봤다.
 "물론 제가 본 것은 아닙니다. 바로 당문의 생존자들이 목격한 것이죠."
 "도대체 당문에서 살아남은 사람이 누구입니까? 일단 계속 이야기를 해주시죠."
 진하석은 더 이상 궁금해서 안 되겠다며 다른 이들의 질문 공세를 막아섰다. 우선 그 뒤의 이야기를 들어야 이 일들이 어떻게 돌아가고 있는지 파악이 될 것 같았기 때문이다.

◎　◎　◎

 관치는 뜰 안에 소민의 무덤을 만들어놓고 한동안 넋 나간 사람처럼 시간을 보냈다. 아직도 그녀의 죽음이 거짓처럼 느껴졌고 모든 게 꿈만 같았다.
 그렇게 뜬눈으로 밤을 지새우고 여명이 밝아올 무렵 담장 너머로 다급한 발소리가 들려왔다.

"도와주세요!"

도움을 청하는 여인의 목소리. 어젯밤 당문의 화재 소식에 급하게 달려 나갔던 미란의 목소리였다.

"부탁이에요."

상처를 입었을까? 평소라면 어렵지 않게 넘어오던 담장을 견고한 성이라도 된 듯 연방 도움을 청하는 목소리가 흘러들었다.

관치는 무거운 몸을 이끌고 담장 밑에 쌓여 있는 장작더미 위로 올라섰다.

"다쳤소?"

"아, 있었군요. 조카가 상처를 입었는데 움직일 수가 없어요. 안쪽으로 들어갈 수 있도록 도와주세요."

"객점의 문이 열려 있는데 왜 이쪽으로 온 것이오?"

"쫓기고 있어요. 거리 쪽은 사람들의 시선이 많아서 움직일 수가 없단 말이에요."

관치는 다급한 표정으로 계속 도움을 청하는 미란의 모습에 한동안 아무런 말도 하지 않고 바라보기만 했다.

"제발……."

미란은 조카라고 말한 여인을 안고 있는 것만으로도 벅차는지 숨소리도 고른 상태가 아니었다.

"잠시만 기다리시오."

관치 자신 역시 몸 상태가 정상이 아닌 데다 제대로 힘을 쓰기 어려운 상황이었기에 손을 내미는 대신 사다리를 준비해 담장 너머로 내려 줬다.

 미란은 이왕 도와줄 것 관치가 직접 내려와 줬으면 했다. 그러나 무심한 눈길로 들어가 버리는 관치의 모습에 별수 없이 민영을 들쳐 업은 채 사다리를 타야만 했다. 야속한 마음도 들었지만 도움을 주는 사람에게 불평을 늘어놓는다는 것 역시 내키는 일은 아니었다.

 아슬아슬한 몸짓으로 담장을 넘어온 미란은 민영을 바닥에 내려놓고 곧바로 사다리를 치워버렸다.

"죄송해요."

 미란은 자신과 민영을 숨겨 준 관치에게 고맙다는 눈빛을 보였다. 그러나 관치는 미란 쪽으론 고개도 돌리지 않은 채 바닥에 앉아 한곳만 바라볼 뿐이다.

 관치가 자신의 방문을 반기지 않는다는 걸 알고 있긴 했지만 최소한 이 정도는 아니었단 생각이 들었다. 뭔가 이상한 느낌을 받은 미란이 관치의 시선을 따라 뜰 안쪽을 바라봤다.

'무덤?'

 미란은 어제만 해도 보이지 않던 무덤 하나가 뜰 한쪽에 자리를 잡고 있자 더욱 의아한 표정이 되었다.

'하룻밤 사이에 무덤이라니. 누가 죽기라도 한 것인가?'

무덤의 주인이 누구인지 궁금한 미란이었지만 일단 민영의 상처를 돌보는 게 우선이었다.
"창고 좀 쓸게요. 조카의 상처를 치료해야만 해서……."
미란은 관치의 숙소에 들어가도 되겠냐는 눈빛을 날렸다. 관치의 고개가 그렇게 하라는 듯 작게 흔들거렸다.
"자세한 이야기는 조금 있다 들려 드릴게요. 혹시 누군가 찾아오거나 행패를 부린다면……."
"창고 안쪽에 반대편 별채로 통하는 작은 문이 있소. 만에 하나 그대의 적이 이곳에 모습을 나타낸다면 무조건 그 문으로 나가는 게 좋을 것이오."
관치는 연준하에게 그랬던 것처럼 그녀가 위험을 피할 수 있도록 창고와 별채 사이에 문이 있음을 알려 줬다.
"네, 고마워요."
미란은 관치의 설명에 고개를 숙여 보이더니 민영을 안고 창고로 들어갔다. 관치의 이상한 행동들에 이유를 묻고 싶었지만 지금은 민영의 목숨을 구하는 것이 급선무였다. 일가의 유일한 생존자이자 가문을 공격한 자들을 직접 목격한 증인이었으니 미란 입장에선 혈연관계가 아닐지라도 민영의 생존이 가장 중요한 부분이었다.

피를 많이 흘리긴 했지만 치명상은 피했기에 민영의 상태는 하루 만에 안정을 찾아가고 있었다. 민영의 상태가 안정이 되자 미란의 신경은 창고 주인 관치에게 다시 쏠리기 시작했다.

날이 저물어 가는데도 관치의 위치는 변함이 없었다. 미란은 자신이 담을 넘어서 봤던 처음 그 모습 그대로 무덤 앞에 앉아 있는 관치를 보며 무덤의 주인이 누구인지 궁금증이 늘어갔다.

'혹시……'

미란은 관치가 저렇게 넋을 놓을 정도로 마주 보고 있어야 할 사람이 누구일까 생각하다가 설마 하는 심정이 되었다.

'아니야. 불가능해. 관치 저 사람이 능력을 숨기고 있다 할지라도 그 넓은 세가 안에서 그들을 피해 누군가를 데리고 나온다는 건……'

미란은 있을 수 없는 일이라며 스스로 고개를 저어버렸다. 하지만 아무리 생각을 해봐도 그것 외엔 다른 이유가 떠오르질 않았다.

미란은 조심스럽게 관치 쪽으로 이동했다. 혼자서 궁리를 하는 것보다 물어보는 게 더 빠르겠다 생각한 것이다.

"저기요……"

평소 톡톡 튀던 목소리의 미란이었지만 이번엔 조심스러운 목소리가 되었다.

"왜 그러시오?"

석상이라도 된 듯 앉아 있던 관치가 미란의 부름에 입을 열었다.

"그 무덤… 누구의 것인지 물어봐도 될까요?"

"……"

미란은 관치가 아무런 말도 하지 않고 침묵을 지키자 더욱 조심스러운 목소리로 입을 열었다.

"그냥… 궁금해서요. 실례가 되었다면……."

"평생 사랑했던 사람이오."

"아……."

관치의 입에서 사랑하는 사람이라는 말이 흘러나오자 미란의 표정이 미묘하게 흔들렸다.

"왜……."

미란은 관치가 사랑했던 사람이 왜 무덤 속에 누워 있는지, 또 그 사람이 정확히 누구인지 더욱 알고 싶어졌다.

"내가 세가에 도착했을 땐 이미 화마가 뒤덮은 상태였소. 그녀를 구하고 싶었지만… 할 수만 있다면 내 목숨을 내놓더라도 그녀를 살리고 싶었지만……."

미란이 아는 관치는 평소 말이 없는 사람이었다. 그리고 누군가의 질문에 성실히 대답을 하는 그런 사람도 아니었다.

'말을 하고 싶어 한다.'

미란은 관치가 누군가에게 자신의 이야기를 하고 싶어 함을 느꼈다.

"이야기해주실 수 있나요? 그분에 대해서……."

"어쩌면 그대도 아는 사람일 것이오."

"……."

자신도 아는 사람일 거란 관치의 말에 미란은 잠시 입을 다물었다. 자신이 예상하는 사람이 관치가 사랑하는 사람이라면 자신은 어떤 반응을 보여야 할까. 그리고 창고 안에 잠들어 있는 민영에겐 뭐라고 말을 해야 할지 판단이 서지 않았다.

"혹시 그분의 이름이……."

"소민. 손소민이오."

"……!"

미란은 관치가 사랑했던 사람의 이름을 듣는 순간 벼락이라도 맞은 듯 그대로 굳어버렸다.

"누, 누구라구요?"

"그대도 아는 사람이었군. 아니지. 알고 있는 게 당연한 일이겠지."

미란은 한동안 말을 잇지 못했다.

"함께 죽고 싶었지만… 그녀의 마지막 부탁 때문에 그럴 수도 없었소."

관치는 아직도 그 순간만 생각하면 가슴이 저려 오는지 깊게 한숨을 내쉬었다.

"무슨 부탁이었는지 알 수 있을까요……."

미란은 금방이라도 울음이 터질 것 같은 얼굴로 소민의 부탁이 무엇인지 물었다.
"딸이 있다고 했소. 그 아이를 부탁한다고… 그 아이를 지켜 주라며 약속해달라 했소."
미란의 얼굴에 눈물이 주르륵 흘러내렸다.
"혹시 소민 그녀를 안다면… 그녀가 부탁한 아이가 누구인지 알 수 있겠소?"
"그, 그런 걸 알 리가 없잖아요!"
미란은 갑작스레 화를 내더니 그대로 창고 안으로 들어가 버렸다.
관치는 갑작스런 미란의 태도에 고개를 돌렸지만 미란은 이미 창고 안으로 들어가 버린 뒤였다.
"왜……."
관치는 영문을 모르겠다는 듯 창고를 바라보다 급히 몸을 일으켰다. 누군가 다가오는 소리를 들은 것이다. 다급한 발소리와 함께 쇠붙이가 부딪치는 소음. 우성각 안에 문제가 생긴 것 같았다.
"남궁가의 사람들은 이미 떠났을 텐데."
관치는 갑작스런 소음에 의아한 표정을 지었다.
하지만 그 의아함도 잠시, 소란의 주인공이 부엌문을 열고 모습을 나타내자 관치의 표정이 크게 굳어졌다.
"여긴 웬일이지?"

평소 부드러운 어투를 유지하던 관치였지만 오늘은 그다지 반갑지 않은 손님, 연준하가 모습을 드러낸 것이다.

"도와줘!"

"무슨 소리를……."

갑작스럽게 도와달라는 연준하의 말에 무슨 소리를 하냐며 쏘아붙이려 했지만 관치 쪽으로 몸을 날리는 그의 모습에 미처 말을 끝내지도 못했다. 곧 부엌문이 요란한 소리를 내며 부서지더니 시커먼 복장에 복면을 쓴 자들이 우르르 몰려나온 것이다.

창고 안으로 들어가 버렸던 미란도 갑작스런 소란에 다시 모습을 드러냈다.

"무슨 일이죠?"

"안으로 들어가! 그리고 내가 말한 대로 움직여!"

왜 이런 사태가 벌어졌는지 일일이 확인할 상황이 아님을 깨달은 관치가 급히 소리를 질렀다.

미란 역시 묻고 따질 때가 아니라 생각했는지 관치의 말대로 창고 안으로 다시 들어가 버렸다. 민영을 깨워 후원 쪽으로 몸을 피해야 했다.

"나는?"

연준하는 미란이 창고 문을 닫고 들어가 버리자 당혹스런 표정을 지었다.

"넌 여기 남아서 날 도와야지."

"웃기지 마. 저놈들을 무슨 수로?"

이미 흑의인들에게 호되게 당했는지 연준하는 그럴 수 없다는 듯 고개를 저어버렸다.

"일을 가지고 온 것은 너다. 당사자가 도망을 친다면 어쩌자는 것이냐?"

"……."

연준하 역시 자신의 행동이 얼마나 어이없는지 충분히 알고 있었다. 하지만 잠시의 어이없음이 목숨을 구할 수 있다면 그렇게 행동하는 게 백배 천배 낫다고 생각했다. 상대할 수 없는 적을 향해 부나방처럼 달려드는 짓은 용기가 아니라 만용인 것이다.

"도와줄 테니 내가 시키는 대로만 해. 그러면 된다."

연준하는 여전히 불안한 눈빛을 보이면서도 급히 고개를 끄덕였다. 관치가 그렇다고 하면 그렇게 될 것이 분명했다.

물론 왜 관치의 말에 고개를 끄덕이며 그렇게 될 거라 믿는 거냐고 물어본다면 딱히 대답할 말은 없었다. '그냥 그럴 것 같으니까.' 연준하가 할 수 있는 최선의 대답은 막연한 믿음뿐이었지만 두말하지 않는 관치의 성격은 어느새 연준하의 머릿속에 '말하면 지키는 인간'으로 각인되기 시작한 것이다.

―내가 신호를 하면 무조건 창고 안으로 들어가. 그리고 후원으로 도망을 쳐.

연준하는 관치의 전음에 잠시 흠칫한 표정을 지었다. 분명히 내공이 없다고, 내공을 익힌 흔적을 찾아볼 수 없다고 생각했던 연준하였다.

'전음을 사용해?'

연준하는 급박한 상황 속에서도 관치가 전음을 사용했다는 점이 더 놀라웠는지 표정이 흔들린 것이다.

"그대들이 누구인지는 알고 싶지 않소. 그러나 타인의 거처를 찾아올 때는 최소한의 예의를 보이는 것이 좋지 않겠소?"

언제나 그렇듯 관치는 상대를 가리지 않고 예의를 보였다. 문제는 관치가 보이는 예의 바름이 상대방에겐 언제나 묘한 비꼼으로 들린다는 데 있었다.

"죽여라."

흑의를 입은 사내 한 명이 메마른 목소리로 대뜸 죽이란 명령을 내리자 연준하의 표정은 더욱 다급해졌다. 그러나 관치는 그럴 줄 알았다는 듯 무덤덤한 목소리로 다시 입을 열었다.

"나는 당신들을 막을 방법이 없소. 그러니 당신들이 죽이고자 마음을 먹는다면 분명히 죽을 것이오."

검을 세우며 앞으로 걸어 나오던 흑의인들은 관치의 말에 잠시 멈칫하더니 명령을 내린 흑의인을 바라봤다. 정말 그냥 죽여도 되냐는 눈빛이다.

명령을 내렸던 흑의인 역시 담대한 관치의 말에 잠시 갈등을 보였다. 그냥 죽이면 그만이라고 생각했다가 막상 죽이고자 하면 죽을 수밖에 없다고 말하자 머릿속이 살짝 복잡해진 것이다.

 잠시 주춤거리는 흑의인들의 모습에 다시 관치가 입을 열었다.

 "원하는 것이 객점 뜰에서 장작이나 패는 나요, 아니면 화산검객 연준하요?"

 "당연히 연준하다."

 "그럼 연준하를 죽여라가 맞지 않겠소?"

 "……"

 흑의인은 당연하다는 듯 '연준하를 죽여라.' 라고 말하는 관치의 말에 잠시 말문이 막혔다. 연준하가 고래고래 소리를 지르며 어떻게 그런 말을 아무렇지도 않게 내뱉냐며 발을 동동 구른 것이다. 웃기는 장면이기는 한데 웃음은 나오지 않는, 한마디로 설명하기 어려운 상황이 펼쳐진 것이다.

 "연 검객, 나는 이곳에서 평화로운 시간을 보내고 있었소."

 "뭔 소릴 하는 거야!"

 "그런데 당신의 방문이 나의 평화를 방해하고야 말았소."

 "야, 이 자식아! 지금 그런 소리나 할 때가 아니잖아!"

 "그래서 말인데, 그대는 저들과 돌아갔으면 하오."

"이 자식이 정말 미쳤나. 오냐, 어차피 죽을 것 네놈부터 죽이고!"

"여기서 날 죽이면 당신은 일구이언을 하는 셈인데 그래도 되겠소?"

"당장 내가 죽게 생겼는데 그깟 약속이 대수야?"

연준하는 얼굴이 벌겋게 변하면서 버럭버럭 소리를 질러댔다.

흑의인들은 일이 웃기게 돌아간다는 듯 여유로운 모습을 보이기 시작했다. 당장 연준하를 잡는 것도 중요하지만 둘 사이에 벌어지는 설전도 은근히 재미를 주고 있었다.

-내가 움직이면 따라서 움직여. 그리고 지금 아주 잘하고 있다. 연기는 그렇게 하는 거야.

'이런 염병할! 내가 지금 연기하는 걸로 보이냐?

연준하는 또다시 흘러드는 관치의 전음에 당장 폭발할 지경이 되고 말았다.

"말이야 바른 말이지. 연 검객 그대가 이곳에 오지 않았다면 내가 왜 이런 일을 당하겠냔 말이오?"

관치는 흑의인들에게 그렇지 않냐는 듯 눈빛을 날렸다. 흑의인들 역시 '그건 그렇지.' 하는 모습으로 간간이 고개를 끄덕였다.

연준하는 관치가 뒷짐까지 지고 뜰을 걷기 시작하자 당장 검을 뽑아들고 관치의 뒤를 쫓았다.

"에라, 이 자식아! 너 죽고 나 죽자!"

연준하는 더 이상 못 참겠다는 듯 관치의 등을 찌르려 했다.

-그렇지. 그렇게 실감나게!

관치는 연준하가 눈에 핏발까지 선 모습으로 검을 내지르자 '바로 그거야!' 하는 전음을 날렸다.

"웃기고 있네. 죽어라, 이 자식아! 혹시나 해서 찾아온 내가 미친놈이다!"

연준하는 관치의 말장난에 자신이 또다시 놀아나고 있다는 생각이 들자 이 모든 것이 결국엔 자신을 팔아넘기려는 또 다른 수작이라고 생각했다. 그래서 연준하는 진짜로 관치의 등을 찌르는 중이었다.

"도, 도와주시오!"

관치는 연준하가 자신을 찌르려 하자 화들짝 놀란 표정을 짓더니 흑의인들을 향해 구원을 요청했다.

관치와 연준하의 다툼을 지켜보던 흑의인들은 급히 도와달라는 관치의 말에 망설임 없이 몸을 날렸다. 두목으로 보이던 흑의인이 '다 죽여 버려.'라고 외치며 몸을 날린 것이다.

-지금이다! 창고 안으로 들어가!

관치는 인정사정없이 자신의 등을 찌르려 하는 연준하에게 버럭 전음을 날렸다.

"뭐?"

연준하는 '나 팔려던 거 아니었어?' 하는 표정을 지으며 어정쩡하게 검을 비껴 세웠다.

"너 바보냐? 뛰어!"

관치는 얼떨떨한 얼굴로 '믿어, 말어?' 하는 표정을 짓고 있는 연준하의 목덜미를 잡아채더니 창고를 향해 몸을 날렸다. 그리고 창고 안으로 들어가는 중에 문 앞에 박혀 있던 말뚝 하나를 발로 걷어차 버렸다.

흑의인들은 관치와 연준하가 기껏 도망을 친다는 곳이 창고 쪽이자 독 안에 든 쥐나 마찬가지라며 미소를 지었다.

그러나 관치의 발길에 말뚝이 뽑히는 순간 뜰 중앙에 뭔가 움직이는가 싶더니 수십 가닥의 밧줄이 땅을 뚫고 허공으로 솟구쳤다. 갑자기 그물을 엮어놓은 듯 좌우로 튕겨 오른 밧줄이 몸을 날리고 있던 흑의인들을 순식간에 묶어버렸다. 마치 허공에 매달린 말린 생선처럼 줄줄이 엮여 버린 흑의인들은 밧줄 사이에서 벗어나려고 몸부림 쳤지만 그럴수록 손발이 엉켜들면서 동료들의 몸에 검상을 만들어냈다.

"뭐, 뭐야?"

연준하는 예상치 못한 상황이 벌어지며 단숨에 위험에서 벗어나자 관치와 밧줄더미를 번갈아 바라봤다.

"시간이 없다. 저 밧줄로는 얼마 버티지 못한다."

관치는 어서 후원 쪽으로 빠져나가라는 관치의 말에 고개를 저었다.

"다 죽여 버리면 돼."

"웃기는 소리 그만 하고 어서!"

관치는 검을 들어올리며 창고 밖으로 나가려는 연준하를 급히 붙잡고 으르렁거리는 목소리로 언성을 높였다.

"적이 저들뿐이라면 모를까, 그게 아니라면 여기에서 조금이라도 멀어지는 게 상책이다."

"젠장!"

연준하는 당장이라도 코가 맞닿을 정도로 얼굴을 들이밀며 눈을 부라리는 관치의 모습에 결국 창고 안쪽에 있는 구멍을 통해 후원으로 빠져나가야 했다.

제11장. 남부여대(男負女戴)

남부여대(男負女戴)

―남자는 지고 여자는 인다는 뜻으로 오갈 곳 없이 떠도는 신세

"이쪽이에요."

민영을 안고 후원에 나와 있던 미란이 관치와 연준하를 발견하고 손을 흔들었다.

"왜 이곳에 있는 것이오?"

"어디로 가야 할지 모르겠어요."

밖으로 나가자니 세가를 공격했던 자들에게 발각이 될까봐 걱정스러웠고 안에만 있자니 연준하를 쫓아온 자들에게 공격을 당할까 걱정스러웠다. 한마디로 진퇴양난에 빠진 것이다.

"일단 이곳을 벗어납시다. 창고의 입구는 바로 발각될 것이오."

"하지만 어디로……."

미란은 답답하다는 듯 관치를 바라봤다.

"도움을 줄 사람이 있소. 일단 나를 따라오시오."

관치는 이곳에서 시간을 낭비할 수 없다는 듯 바로 후원 뒷문을 열었다.

"그 아이는?"

관치는 미란이 안고 있는 민영을 바라보며 어떻게 할 것인지 물어봤다.

"데리고 가야 해요."

"이곳에 숨겨 놓는 게 낫지 않을까? 짐이 될 텐데."

관치는 한 치의 망설임도 없이 현실 그 자체를 이야기했다.

"인정머리 없는 놈. 상처 입은 여인을 어떻게 버려 놓고 간다는 말이냐?"

연준하는 짐이 될 뿐이라며 두고 가야 한다는 관치의 말에 당장 쏘아붙였다.

"닥쳐라. 네놈이 나타나지 않았다면 아무 일도 없었을 것이다."

"……."

관치는 당장이라도 연준하를 죽여 버릴 듯 무시무시한 눈빛을 쏟아냈다. 연준하 역시 자신의 잘못을 모르는 바는 아니었기에 조용히 입을 다물어버렸다. 아니, 다물기 싫어도 다물 수밖에 없었다. 자신을 노려보는 관치의 눈에서 감당하기 어려운 기세를 느낀 것이다.

"소민, 그분의 아이가 누구인지 궁금하다고 했죠."

미란은 관치가 물러설 기미를 보이지 않자 최후의 수단을 선택했다.

"설마 이 아이가 그녀의 딸이라고 말하고 싶은 것이오?"

관치는 웃기지 말라는 듯 미란을 바라봤다. 아무리 봐도 위기를 모면키 위한 진부한 설정인 것이다.

"네. 그분의 딸이에요. 민영 이 아이의 어머니가 바로 죽산에서 오신 분이죠."

관치는 미란의 입에서 죽산이라는 말이 흘러나오자 표정이 굳어졌다. 단 한 번도 미란에게 소민의 고향이 죽산이라고 한 적이 없었기 때문이다.

"알고 있으면서도 대답을 하지 않은 것과 좀 전에 왜 화를 냈는지 나를 납득시켜야 할 것이오."

"그렇게 하죠. 하지만 당신도 그분과의 약속을 지켜야 할 거예요."

관치는 차가운 눈빛으로 자신을 쳐다보는 미란을 보다가 그녀의 품에서 민영을 넘겨받았다.

"내가 안고 가지."

"……."

미란은 민영이 소민의 딸이라는 걸 말하는 순간 관치의 태도가 달라지자 입술을 잘게 깨물었다.
"이봐, 시간이 없다면서. 언제까지 이러고 있을 거야?"
미란과 관치 사이에 미묘한 문제가 있다는 것 정도는 알고 있지만 그런 문제를 당장 이곳에서 해결할 수는 없는 일이었다.
"빨리 가자고!"
"가지."
관치는 품에 민영을 안은 상태로 후원을 벗어났다.
"이런 길은 어떻게 아는 거죠?"
미란은 관치가 움직이는 경로를 지켜보며 도저히 있을 수 없는 일이 일어나고 있다는 듯 질문을 던졌다.
"도움을 주는 사람이 다니는 길이다."
"아까부터 도움을 주는 사람이 있다고 하는데 도대체 누굴 말하는 거죠?"
"보통 심부름꾼이라고 부르더군."
"심부름꾼?"
연준하와 미란은 더욱 모르겠다는 표정을 지었다.
"하지만 그들은."
미란과 연준하는 관치가 '그들'이라는 호칭을 쓰자 찾아가고 있는 사람이 단수가 아닌 복수임을 알아차렸다.
"스스로를 해결사라고 부르지."
"해결사?"

"그런 직업도 있었나?"

관치의 입에서 해결사라는 말이 흘러나오자 연준하와 미란은 약속이나 한 듯 눈 끝을 찡그렸다. 입으론 모르겠다 말하고 있지만 관치가 말하는 자들이 누구인지 대충은 감을 잡은 것이다.

뒷골목에서 남들이 나서기 어려운 일을 대신 처리해주며 먹고사는 자들. 연준하나 미란이 알기로 그들의 주 업무는 고리대금업자의 수금을 폭력으로 도와주거나 얼토당토않은 각서를 만들어 순박한 양민들을 괴롭히는 아주 질이 나쁜 자들이었다. 그런데 관치가 도움을 받을 곳이 바로 그자들이라니 내심 명문 정파와 명문 세가에서 성장해온 두 사람에겐 절대 달갑지 않은 상황이었다.

"거의 다 왔다. 여기서부터는 절대 입을 열어선 안 된다."

"입을 열지 말라니요?"

"흥, 감히 누가 내 입을 막는단 말이냐?"

관치는 입을 열지 말라는데도 곧바로 입을 열어버리는 두 사람을 보며 인상을 썼다.

"어느 곳이든 그들만의 법이 있고 그것을 지켜야만 그들을 이해할 수 있는 법이다. 만에 하나 내 말을 어기고 문제를 일으킨다면 난 더 이상 두 사람을 도울 수 없다."

"……."

"……."

점점 말투가 차가워지고 매서워지는 관치의 모습에 두 사람은 쉽게 적응이 되질 않았다. 그동안 보아오고 또 두 사람이 겪어왔던 관치와는 전혀 다른 사람처럼 느껴진 것이다.

거기다 미란은 관치의 마지막 말에 더욱 충격을 먹은 상태였다. 두 사람을 더 이상 돕지 못한다는 말은 민영을 관치가 데려가겠다는 말이었기 때문이다. 물론 현재 자신의 능력으론 이 혼란을 벗어날 방법이 없기에 관치에게 맡겨 놓는 게 좋겠단 생각도 했지만 그것이 옳다는 걸 알면서도 서운한 마음을 감추기가 어려웠다. 이곳까지 오는 동안에도 자신과 연준하는 아랑곳하지 않았지만 품 안에 안고 있는 민영은 행여 생채기라도 날까 봐 조심스러운 모습을 보인 것이다.

'어차피… 그럴 줄 알고 있었잖아.'

미란은 더 이상 그 부분에 대해선 고민하지 않아야 한다고 스스로를 다독였다.

'제일흥신소'라는 목 간판이 붙어 있는 곳에 도착한 관치가 짧게 기척을 냈다. 그러자 안쪽에서 늙수그레한 목소리가 흘러나왔다.

"누구시오?"

"우성각 뒤뜰의 관치입니다."

"응? 당신의 일은 모두 처리가 되었을 텐데?"

"다른 의뢰가 있소."

"일단 들어오시오."

관치는 안으로 들어오라는 말이 흘러나오자 연준하와 미란을 향해 다시 한 번 눈치를 줬다. 절대 입을 열지 말라는 무언의 지시였다.

"흠, 오늘은 인원이 늘었군."

관치가 안으로 들어오자 대머리 노인 한 명이 걸어 나왔다.

"사천을 벗어날 방법을 찾고 있습니다."

관치는 여타의 설명은 늘어놓지 않고 바로 목적만 말했다.

"황금 두 냥."

노인은 관치 일행을 힐끗 쳐다보더니 바로 의뢰 금액을 이야기했다.

"이봐! 황금 두 냥이라니? 노망이라도 난 거야?"

관치와 노인의 대화를 듣고 있던 연준하는 기껏 사천성을 벗어나는 데 황금 2냥이라는 말에 버럭 언성을 높였다.

"황금 넉 냥."

노인은 성질을 내는 연준하를 힐끔 올려다보더니 다시 금액을 말했다.

"아니, 이 노인네가! 꺼억!"

지금 장난하냐며 다시 소리를 치려던 연준하는 짤막한 비명 소리와 함께 벌러덩 넘어져 버렸다. 관치가 이까지 드러내며 적대감을 보이더니 그대로 연준하의 입에 주먹을 처넣은 것이다.

"흠, 좋은 구경거리를 보여 줬으니 석 냥으로 해주지."

노인은 연준하가 입을 부여잡고 비명을 토해내자 흡족한 표정을 지으며 한 냥을 깎아줬다.

"한 냥에 해주시면 선금. 석 냥은 후불로 하겠습니다."

이번엔 관치가 액수를 제시했다. 물론 깎아달라거나 너무 많다는 등의 말은 하지 않았다. 단지 지불 방식에 따라 금액을 조정하겠다고 했을 뿐이다.

노인은 관치의 말에 잠시 고민스러운 표정을 짓더니 다시 입을 열었다.

"선금 한 냥 후불 한 냥. 합이 두 냥."

"죄송합니다. 다음 기회에 보도록 하죠. 옆집이 낫겠습니다."

관치가 노인의 말에 더 이상 들어볼 것도 없다는 듯 끙끙거리는 연준하의 목덜미를 잡아채더니 밖으로 나가버리자 곁에서 관치를 지켜보고 있던 미란도 급히 뒤따라 움직였다.

그 순간 거친 음성이 터져 나왔다.

"젠장, 더러워서 한다. 알았으니까 한 냥 내놔."

"이미 늦었습니다."

관치는 한 냥에 의뢰를 맡겠다는 노인의 말에 고개를 저어버렸다.

"뭔 소리야? 그 비용이 비싸다고?"

"숙식을 책임져 주신다면 생각해보겠습니다."

"내가 왜 그걸 책임져? 그건 의뢰인이 책임을 져야지."

"생각해보니 그건 의뢰인 쪽에서 해결하는 게 맞군요."

"그렇지. 그건 의뢰하는 쪽에서 해결을 해야지."

노인은 번들거리는 머리를 쓰다듬으며 히히히 웃어댔다.

"흑점을 아십니까?"

히히거리며 웃음을 보이고 있던 노인은 관치의 입에서 '흑점'이라는 말이 흘러나오자 표정이 굳어졌다.

"흑점을 이용할 수 있다면 그렇게 하겠습니다."

"왜 하필이면 흑점이지?"

"이동하는 중에 계속해서 정보가 필요할 것 같습니다."

"내가 해결해줄 수 있다."

"어르신은 길잡이 아닙니까? 그런 일까지 맡길 수는 없죠."

"음……."

노인은 바로 대답을 하지 못하고 한동안 망설이는 표정을 보였다.

"역시 안 되나 보군요. 그럼 저는 이만."

"알았다. 그렇게 해주지. 하지만 흑점에서 벌어지는 일까지 책임을 지진 않겠다."

"어차피 어르신은 길잡이 아닙니까."

"끙, 헛소리 그만 하고 들어와."

관치는 씩 웃음을 보이더니 끙끙거리는 연준하와 미란을 데리고 다시 흥신소 안으로 발길을 돌렸다.

"이제 말을 해도 되오."

관치는 꿀 먹은 벙어리처럼 눈만 깜빡거리고 있는 미란에게 벙어리 행세는 더 이상 하지 않아도 된다고 말했다.

"뭐가 뭔지……."

미란은 이미 오래전부터 이런 뒷골목 세계를 경험한 것처럼 자연스럽게 행동하는 관치의 모습에 또다시 놀라고 말았다. 보면 볼수록 알면 알수록 더욱 속을 알 수 없는 사람. 완숙한 학자의 풍모를 보이다가도 저잣거리 주먹 패처럼 거칠기 짝이 없는 관치라는 사내. 미란은 '정체'를 밝히라는 듯 집요한 눈빛으로 관치를 바라보았다.

"차라도 마시고 있어. 준비를 좀 해야 하니."

"감사합니다."

관치는 노인이 내준 차를 따라 마시며 느긋한 모습을 보였다.

"이렇게 있어도 되는 건가요? 곳곳에 우릴 찾는 이들이……."

"여긴 안전하니 걱정하지 마시오."

"크윽… 야, 이 자식아! 감히 네가 주먹을 날려?"

관치와 노인이 이야기를 나누는 동안 꾹꾹 참고 있던 연준하가 당장이라도 관치의 얼굴에 주먹을 날릴 기세였다.

"경고를 어긴 건 당신이 먼저였소."

"뭐야!"

연준하는 아무리 그래도 그렇지, 말로 해도 될 것을 주먹을 썼다는 생각에 분을 참을 수가 없었다.

"내가 주먹을 날리지 않았다면 지금쯤 당신은 팔 하나쯤 날아갈 수도 있었소. 고마운 줄 아시오."

"그게 무슨 헛소리야?"

"벌써 그대의 목숨을 구해준 것이 세 번째요. 언제나 감사하는 마음으로 나를 대했으면 하는데."

"얼어 죽을! 감사는 무슨!"

연준하는 두고 보자며 몇 차례 씩씩거리더니 제풀에 지쳐 나가떨어졌다.

"아무리 생각해도 이건 아닌 것 같아요. 별로 신용도 가지 않는 데다 비용이 은자도 아니고 금자라니."

미란은 다 늙어 돈만 밝히는 사람을 어떻게 믿고 따라가겠냐며 걱정 섞인 표정을 지었다.

"한 분야에서 수십 년을 살아남은 사람에겐 어느 누구도 함부로 범접할 수 없는 기력(嗇力)이 있는 법이오. 그리고 그 힘을 빌려 쓰는 덴 그만한 대가를 치르는 게 당연한 것이고."

"이왕이면 젊고 빠른 사람을……."

"악충 그놈에게 늦둥이가 하나 있다고 하더니 그게 바로 네년이구나. 골치깨나 썩인다고 하더니 그럴 만도 하군."

안으로 들어갔던 노인이 짐을 챙겨 나오면서 미란을 향해 한 소리 던졌다.

"감히!"

미란은 자신의 아버지 이름을 함부로 부르는 노인의 모습에 미간을 찡그리며 자리에서 일어났다.

"괜히 부끄러운 짓 당하지 말고 그냥 앉아. 아무리 그 녀석 딸이라고 해도 봐줄 생각이 없으니까."

"어르신 말대로 하시오."

"흥!"

관치까지 노인의 편을 들자 미란은 콧방귀를 뀌며 고개를 돌려 버렸다.

"네놈은 화산 떨거지 같은데 어쩌다 저 괴물 놈과 함께 다니는 것이냐?"

"화, 화산 떨거지라니! 죽고 싶은 것이냐!"

지친 표정으로 앉아 있던 연준하는 자신을 화산 떨거지라고 말하는 노인의 말에 당장 검을 뽑아들었다.

"쯧쯧쯧, 조 선배도 노망이 났음이야. 어쩌자고 저런 핏덩이들에게 화산을 넘겨줬을까."

화를 삭이기 위해 찻물을 마시고 있던 미란의 얼굴에 잠시 긴장감이 감돌았다. 자신의 아버지를 놈이라 부르는 것은 물론이고 조씨 성을 가진 화산파 전대 고수 중 한 명을 선배라고 부를 수 있는 사람이 무림에 몇이나 될까 생각해본 것이다.

"노망이 난 모양이군!"

연준하는 더 이상 용서할 수 없다는 듯 앞으로 나섰다. 그러나 그의 움직임은 미란에 의해 막히고 말았다.

"그만둬."

"뭐요?"

연준하의 눈꼬리가 쭉 치켜 올라갔다. 관치는 두 사람이 하는 짓을 조용히 지켜만 볼 뿐이다.

"궁금한 게 있습니다. 질문을 드려도 되겠습니까?"

미란은 시큰둥한 표정으로 잡다한 물건들을 몸에 집어넣고 있는 노인을 향해 물었다.

"이미 질문을 하고 있으면서 또 무슨 질문을 한다는 것이냐?"

"혹시, 어르신이 말씀하신 화산파의 조 선배라는 분이 전대 장문인이셨던 조 어르신을 말씀하시는 건지요?"

"호, 그나마 머리는 비상하다고 간간이 자랑을 늘어놓더니 악충 그놈이 거짓말을 입에 달고 다닌 건 아니었군."

"저희 아버지를 아시는지……."

미란은 점점 노인을 대하기가 어려워짐을 느끼고 있었다.

"알지. 내가 청룡패 가지고 한창 뛰어놀 때 그놈은 변변한 동패도 구하지 못해 안달이 나곤 했으니까."

"……!"

미란은 청룡패라는 말이 나옴과 동시에 표정이 완전히 굳어버렸다. 과거 무림학관이 존재했던 그 시절, 청룡패를 지녔다는 말은 한 문파의 장로와 비견될 정도로 엄청난 신분을 보장받았기 때문이다.

"어르신의 존함을 여쭤 봐도 될지……."

"클클클, 들어봐도 모를 텐데."

노인은 자신의 이름이 전혀 알려지지 않았음을 암시하며 무슨 의미가 있겠냔 표정을 지었다.

"부탁드립니다."

"사마건이라고 한다."

'사마건이라고? 처음 들어보는데…….'

미란은 부지런히 머리를 굴리며 혹시 자신이 기억하지 못하는 곳에 사마건이라는 이름이 들어 있지 않을까 고민을 했다.

"말하지 않았느냐. 들어봐야 모를 것이라고."

"……."

미란은 사마건이라는 이름에서 딱히 건져 낼 것이 없자 답답한 표정이 되었다.

"노인장, 나도 하나 물어봅시다. 정말 노인장같이 허술한 자가 내 사조님을 안다는 것이오?"

사마건은 당연한 것은 물어보는 게 아니라는 듯 한숨을 내쉬었다.

"거짓말! 사조님이 당신처럼 뒷골목에서 이런 짓이나 하는 인간을 아실 리가 없어!"

연준하는 화산을 욕하는 것보다 사마건이 사조님을 안다는 게 더 용납이 되지 않는 듯했다.

"웃기는 놈일세. 내가 조 선배와 알고 지내든 말든 그게 네놈과 무슨 상관이냐?"

"당연히 상관이 있지! 사조님처럼 고매하신 분이 돈이나 밝히는 영감탱이와 친분이 있다니 그게 어떻게 가능하냐고!"

연준하는 얼굴이 빨개질 정도로 흥분을 하며 사마건에게 삿대질까지 해댔다.

관치는 왜 그런 걸로 티격태격하는지 모르겠다는 표정을 짓더니 민영을 안고 안으로 들어가 버렸다. 출발 전에 상처를 살피고 최대한 치료를 해놓을 생각이었다.

알게 모르게 관치의 시선을 살피고 있던 사마건은 그가 고개를 저으며 안으로 들어가 버리자 옳거니 하는 표정을 지었다.

사실 이유는 알지 못했지만 관치와 함께 있다 보면 어딘지 모르게 자신을 위축시키는 묘한 기운이 존재했다. 처음엔 그저 기분이려니 했지만 몇 차례 만남을 가지다 보니 기분 탓이 아니라 진짜 그런 기운을 감지한 것이다. 물론 단순히 관치가 무시무시한 기운을 지니고 있다거나 감당 못할 마공을 익히고 있다는 등의 황당한 이유는 아니었다. 솔직히 사마건 자신도 왜 그런 기분이 드는지, 왜 자꾸 관치에게 밀리는 상황이 발생하는지 스스로도 의문이었고 풀고 싶은 숙제였다.

"그러니까 지금 네놈 말에 따르자면 나 같은 놈은 화산파의 고매한 검객과 친분을 가질 수 없다, 뭐 그런 뜻이냐?"
"당연하다!"
"이거 정말 웃기는 놈이네. 조 선배는 네가 이러고 다니는 걸 알고는 있는 거냐?"
"무슨 소릴 하는 것이냐!"
연준하는 연방 으르렁대며 사마건을 노려봤다.
"어디 보자. 여기 어디다 뒀는데……."
사마건은 서류 더미를 몇 차례 뒤적거리더니 둘둘 말린 종이 몇 장을 펼쳐 들었다.
"화산검협 연준하. 실제 나이 스물다섯. 밖에선 스물여덟이라고 말하고 다님. 무공이든 나이든 밀리기 싫어하는 성격. 별호에 협이 들어가 있기는 하지만 협과는 거리가 멀고 은근히 사람을 괴롭히는 걸 즐김. 첫 경험은 열일곱 때 일성루라는 홍루에서……."

"그, 그만! 무, 무슨 소리를 하는 것이냐!"

연준하는 난데없이 자신의 신상명세를 꺼내들고 줄줄이 읊어대는 사마건의 모습에 기겁한 표정이 되었다.

놀라기는 함께 듣고 있던 미란도 마찬가지였다. 어떻게 화산파 최고의 후기지수라는 연준하의 정보가 이런 뒷골목 허름한 장소에 방치하다시피 있단 말인가.

"미란이라고 했지? 네 것도 읽어줄까?"

미란은 당장 사색이 되며 좌우로 고개를 내저었다.

"정보는 나의 힘, 너희들에겐 끔찍한 고통. 그러니 까불지 말고 잘해라."

"이……."

연준하는 비겁하다며 분한 표정을 지었지만 결국 입을 다물 수밖에 없었다. 사마건이 빼든 자신의 신상명세는 최소한 다섯 장. 그렇다면 그동안 자신이 벌인 수많은 일들이 거의 다 적혀 있다는 뜻일 것이다. 자칫하면 검협이라는 명호가 깨끗하게 지워질 수도 있는 일이었다.

"혹시, 관치 저 사람의 정보도 있나요?"

"황금 열 냥."

사마건은 당연히 물어볼 줄 알았다는 듯 곧바로 정보 비용을 댔다.

"네? 은자도 아니고… 황금이 열 냥이라면."
"싫으면 말고."
"어차피 묻어두셔도 돈이 되지는 않잖아요. 조금이라도 수입을 늘리시는 것이……."

사마건의 행동거지를 통해 그가 얼마나 돈을 밝히는지 파악한 미란은 한 푼도 못 버는 것보다 조금이라도 버는 게 어떻겠냐며 전장을 꺼내들었다.

"얼마?"

미란은 자신의 전장을 통째로 사마건에게 건네줬다.

"흠, 은자 일곱 냥이라……."

사마건은 '겨우 이거?' 하는 표정을 짓다가 아쉬운 대로 챙기겠다는 듯 전낭을 바지춤에 쑤셔 넣었다.

"정보는……."
"직접 봐."

사마건은 종이 한 장을 빼들더니 미란에게 넘겨줬다. 연준하 역시 관치에 대해 궁금증이 많았기에 미란 쪽으로 다가갔지만 전 재산을 털어 얻은 정보를 그냥 넘겨줄 리 만무했다.

"비용 없이는 정보도 없다는 걸 아직도 깨닫지 못한 모양이군요."

미란은 어림도 없다는 듯 관치의 정보가 적혀 있는 종이를 숨겨 버렸다.

"쳇, 그까짓 정보가 뭐가 그리 중요하다고."
연준하는 더러워서 안 본다는 듯 고개를 돌려 버렸다.

〈이름:소관치
나이:39세(추정)
무공:체술을 사용하는 것으로 파악됨.〉

"어르신."
"응?"
"설마 이게 단가요?"
"아직까지는."
아직까지는이라는 말이 나옴과 동시에 미란의 눈빛이 차갑게 가라앉았다.
"정보는 그에 상응하는 가치에 따라 값을 매기는 법입니다."
"개똥도 약에 쓰려면 없는 법이지."
"불합리한 거래는 끝이 좋지 못하죠."
"목마른 사람이 우물을 파는 법이다. 헛소리 그만 하고 저리 비켜."
사마건은 환불 따위는 꿈도 꾸지 말라는 듯 미란을 밀어내더니 안으로 들어가 버렸다.
"젠장!"

결국엔 미란의 입에서도 거친 소리가 터져 나오고 말았다.

"당했나 보군."
시무룩한 표정으로 다가오는 미란에게 관치가 먼저 말을 걸었다.
"네, 당했어요."
"억울한 만큼 공부를 했다 여기시오. 어르신과 함께 있는 동안 배울 것이 많을 테니까."
"아무리 생각해도 사마건이라는 이름은 들어본 적이 없어요."
"당연히 그럴 것이오. 과거엔 일 호라는 별칭으로 살았던 분이니."
관치는 당연히 그럴 수밖에 없다는 듯 고개를 끄덕였다.
"일 호요? 그런 별호를 쓰는 무림인도 있나요?"
"별호는 아니오. 말 그대로 별칭이지."
"별호가 아닌 별칭으로 일 호? 도대체 어떤 사람들이 그런 식으로 이름을 짓죠?"
미란은 이해가 되지 않는다는 듯 고개를 흔들었다.
"살수들은 그런다고 들었소."
"네?"
미란은 사마건이 살수였다는 말에 더더욱 믿지 못하겠다

는 눈빛을 보였다. 자신이 아는 살수는 입이 무겁고 절도 있으며 자신이 목적하는바 외엔 관심을 두지 않는 냉정한 자들이었다.

"과거 어떤 사람을 만나 진로를 바꿨다고 했소."

"살수가 전직을 해요? 그런 일이 가능하다고 보는 거예요? 그들은 자신의 조직을 벗어난 자들을 절대 살려 두지 않아요."

미란은 정말 신빙성 없는 일이라며 관치를 바라봤다.

"나도 그렇게 말했소."

"그래요? 뭐라고 하던가요?"

"일 호 한 명이 전직을 한 것이 아니라, 그가 몸담고 있는 조직 전체가 전업을 했다고 하더군."

"……."

미란은 황당하기 그지없는 관치의 말에 입을 다물어버렸다. 세상에 어떤 살수 집단이 개과천선을 하고 동시에 전업을 선언한단 말인가. 설사 그런 일이 가능하다고 해도 도대체 어떤 사람이 그런 엄청난 일을 해냈다는 건지 더더욱 믿기지 않는 이야기였다.

"일단 사마 어르신의 과거는 중요한 것이 아니오. 안전하게 사천을 빠져나가는 것이 우선될 것이니 출발하기 전에 조금이라도 쉬는 게 좋을 것이오. 어르신은 일단 움직이기 시작하면 긴장을 늦출 수 없게 만드는 양반이니."

"긴장을 늦출 수 없게 만든다니 그건 또 무슨 말이죠?"

"의뢰인이 자신의 행적을 놓쳐 따라오지 못하는 경우가 생긴다 해도 절대 뒤돌아보지 않는 분이오."

"그건 의뢰 자체를 무시하는 게 아닌가요?"

미란은 그런 식으로 의뢰를 해결하려 든다면 그거야말로 사기가 아니냐며 따져 물었다.

"그만큼 빠져나가는 길이 위험하다는 뜻이오. 어르신의 뒤를 따르다 보면 사천성은 어렵지 않게 빠져나가겠지만 중간에 한눈을 팔거나 하지 말라는 짓을 서슴지 않는 자들은 결국 스스로를 죽음으로 몰아넣을 것이니 내 말을 허투루 듣지 마시오."

관치는 민영의 이마에서 땀을 닦아내더니 조그만 상자 하나를 내밀었다.

"뭐죠?"

"어르신에게 부탁해 구한 것이오. 효과가 좋은 금창약이니 출발하기 전에 상처를 닦아내고 발라주시오."

"그렇게 하죠."

미란은 민영에게만 신경을 쓰는 관치의 모습에 살짝 기운 빠진 모습이 되었다.

"내가 거짓말을 얼마나 싫어하는지는 잘 알고 있을 것이오."

"네."

"이 아이를 보호하기 위해 그대만 알아야 하는 정보를 요구할 수도 있을 것이오."

"……"

"망설이지 말기 바라오. 만에 하나 내가 알지 못하는 다른 이유로 어려움에 처하게 된다면 난 그 대상이 누구라 할지라도 용서치 않을 것이오."

"……"

관치는 그 말을 끝으로 방에서 나가버렸다. 민영의 옷을 벗겨야 하기에 함께 있을 수가 없었다.

"어쩌다 저들과 인연이 된 것인가?"
"저도 모르겠습니다."
알다가도 모르겠다는 눈빛의 사마건. 관치 역시 사마건이 보여 주는 눈빛과 다르지 않다는 듯 고개를 저어버렸다.
"자네가 찾던 소민이라는 여인은……."
"떠났습니다."
"그랬군."
"당문을 공격한 자들에 대해서 아는 부분이 있습니까?"
"없네. 가슴에 수(嬬) 자가 새겨져 있다는 것을 제외하곤."
"그렇습니까."
관치는 모래사장에서 바늘이라도 찾는 것 같아 가슴이 답답해졌다.

남부여대(男負女戴) • 315

"그런데 말일세."

"네, 어르신."

"사실 처음 봤던 날 물어보고 싶었던 말인데……."

"네, 편하게 말씀하십시오."

"혹시 자네 예전에 나를 만난 적이 있었던가?"

관치는 사마건의 말에 잠시 마음이 울렁거렸지만 밖으로 표현은 하지 않았다.

"그럴 리가요."

"흠, 그런가. 이상하게도 어디선가 많이 본 듯한 얼굴이라서. 하긴, 세상에 닮은 얼굴이 어디 하나 둘이어야 말이지. 준비는 다 된 것 같은데, 역시 낮에 움직이는 게 좋겠지?"

"그거야 어르신이 더 잘 아시겠죠."

관치는 자신이 관여할 부분이 아니라는 듯 어깨를 으쓱거렸다.

"일단 쉬게나. 이쪽은 관에서도 찾아오지 않는 곳이니 오늘 밤은 안심을 해도 될 것이야. 만에 하나 의심스러운 자가 움직인다면 바로 기별을 하겠네."

"감사합니다."

관치는 사마건이 자신의 방으로 들어가 버리자 길게 한숨을 내쉬었다.

"사마 숙부님, 죄송합니다."

관치가 스스로 조카임을 밝히지 못하고 한숨을 내쉬고 있을 때 사마건은 자신의 방에서 쪽지에 뭔가를 적어내리더니 전서구 한 마리를 빼 밤하늘로 날려 보냈다.

〈급전! 관치가 확실함.〉

외전 - 그날의 기억 편

  소가장의 장남이다. 언제부터인가 나에게 할 말이 있는 듯 보였지만 계속 망설이는 듯하더니 오늘은 결심이 선 것 같았다.

"소관치라고 합니다."

  죽산에서 소가장의 장남 이름을 모르는 사람이 있을까? 어려서부터 신동으로 유명세를 떨치고 있었기에 나 역시 그의 이름이 소관치라는 것 정도는 잘 알고 있었다. 얼굴빛이 많이 상기되어 상당히 긴장을 한 모습이다. 의연한 듯 보이려 하지만 그의 음성에 떨림이 느껴졌다.

"저 관치는 손소민 그대가 좋습니다."

'무, 무슨!'

혹시나 했던 생각이 현실로 나타나자 나도 모르게 심장이 두근거렸다.

 죽산은 물론이고 인근 지역까지 또래의 여자 아이들에게 관치의 존재는 상당한 위상을 차지하고 있었다. 강건해 보이는 눈썹과 지적이면서 우수에 젖은 듯 보이는 얼굴. 사람들의 존경을 받는 집안이라는 것은 둘째 치더라도 이미 학문적 소양이 스승들을 앞질러 서로가 도움을 주는 사이가 되어버렸다는 것 역시 놀라움의 대상이었다. 거기다 언제나 반듯한 모습을 잃지 않았고 자신의 성취를 앞세워 예의를 저버리는 몰염치한 짓도 보이지 않았다. 무예를 익히진 않았지만 다부진 체격을 가지고 있어 백면서생처럼 유약해 보이지 않아 관치의 모습은 수많은 소녀들의 마음을 흔들어놓고 있었다.

 사실 나 역시 소가장의 장남이 지나간다는 말이 들릴 때면 조심스럽게 그를 훔쳐보던 적이 여러 번이었다.

 "출사를 눈앞에 두고 여인의 마음을 얻고자 하는 것이 부족한 행동임을 잘 알고 있습니다. 그러나 언제고 말을 해야 한다면 북경으로 떠나기 전에 제 마음을 전해야 한다고 생각했습니다."

 여전히 믿기지 않는 현실. 마음에 담았지만 결코 다가갈 수 없었던 임이 스스럼없이 나를 선택했다. 어떻게 대답을 해야 하지?

"전 약한 사람은 싫습니다. 아무리 변두리 무관의 딸이라지만 전 무림인이에요."

'소민! 지금 무슨 소리를 하는 거야! 이게 아니잖아.'

나는 당장이라도 고개를 끄덕이며 그의 품에 안기고 싶었지만, 나 역시 당신을 사모하고 있다고 말하고 싶었지만 현실 밖에서 나도 모르게 엉뚱한 소리를 하고 말았다. 시간을 되돌릴 수 있다면 잠깐이라도 좋으니 내가 내뱉은 말을 다시 주워 담고 싶었다.

"……"

나는 스스로의 황망함과 민망함 때문에 등을 돌려야 했다.

'바보! 손소민 바보!'

나는 스스로를 자책하고 원망하며 모든 게 끝장이라고 생각했다. 그런데 관치 그 사람이 다시 입을 열었다.

"만약에 말입니다."

만약이라는 말을 듣는 순간 나도 모르게 '네!' 라고 외치며 '사실은!' 이라고 말하고 싶었지만 여전히 입이 떨어지지 않았다. 도대체 왜 이러는 걸까? 몸과 마음이 다른 이의 것이 된 듯 뜻대로 움직여 주지 않았다.

"당신이 말하는, 강한 사람이 되어 돌아온다면 제 사람이 되어주시겠습니까?"

관치의 질문은 감정의 고조를 느끼기 어려울 정도로 차분했다.

외전-그날의 기억 편 • 323

나의 어깨에 작은 떨림이 일어났다. 그러나 떨림 끝에 흘러나오는 말은 여전히 마음을 외면했고 과연 내가 그 사람에게 어울릴 자격이 있는지 다시 한 번 생각하게 만들었다. 그의 곁에 함께 있는 모습을 수없이 상상해왔지만 막상 그 일이 현실이 될 수도 있다는 생각을 하니 왈칵 겁이 났다.
 "글이나 보던 당신이 얼마나 강해질지 의문이군요."
 자격지심일까. 그에 비해 부족함이 많다는 생각이 들자 나도 모르게 다시 한 번 그의 마음을 외면해버렸다.
 "사내는 일구이언하지 않는 법입니다."
 등도 돌리지 않고 차갑게 말을 뱉는 나의 태도에도 그는 흔들리지 않았다. 오히려 당연한 것에 의구심을 품는 게 아니냐며 단호한 태도를 보였다.
 급기야 나의 마음은 진탕되어 더욱 정신을 차릴 수 없게 되었다. 그러나 서생이 무림인으로 살아간다는 것이 얼마나 허황된 것인지 나는 누구보다도 잘 알고 있었다. 관치의 무뚝뚝한 말투와 흔들림 없는 모습은 그것이 불가능하다는 것을 알면서도 어쩌면 그것마저 가능케 하지 않을까 하는 이 기적인 마음이 고개를 쳐들었다.
 "보여 주세요. 당신의 말대로 일구이언하지 않는 게 사내라면 인생을 맡기는 데 망설이지 않을 겁니다."
 그가 나의 말에 고개를 끄덕이더니 주먹을 움켜쥐는 느낌이 든다. 여기서 몸을 돌려야 할까? 몸을 완전히 돌리진 못했지만 고개는 반쯤 돌리는 덴 성공했다. 그것이 그에겐 신호라도 된 것일까. 낭랑한, 묘한 울림이 있는 그의 목소리가 흘러나왔다.

"꼭 돌아오겠소. 약속하리다."

 더 이상 바라는 것은 없냐는 듯 한동안 나를 바라보던 그. 나는 사실은 그게 아니라고 말하고 싶었지만 결국 기회를 놓쳐 버리고 말았다. 아직 여물지 못한 소녀의 마음만으론 내가 했던 말들을 되돌려 놓을 만큼 용기를 가지고 있지 못했다.

 내가 그렇게 망설이는 동안 그는 몸을 돌려 성큼성큼 저만치 걸어가 버렸다.

 나는 선뜻 약속을 던져 놓고 돌아가 버리는 관치를 조심스럽게 돌아봤다. 그리고 들릴 듯 말 듯 작은 목소리로 겨우 입을 열었다.

 "너무 늦진 마세요……."

2권에 계속

1
작업실 Story

2
작업실 Story

설야 신무협 장편소설

일인문

MARU ORIENTAL FANTASY STORY

전 9권
절찬 판매 중!!

人門

이제 천외검가는 없다.
소연이 너만의 일인문(一人門)이 탄생한 것이다.
그러니 천외검가라는 굴레에 얽매이지 말고
가고 싶은 곳으로 날아가거라.

마루

www.mayabook.co.kr

www.mayabook.co.kr